«PANDORA»

Della stessa autrice
(anche in ebook)

NOI SIAMO TUTTO
14 MODI PER INNAMORARSI (con altre autrici)

NICOLA YOON

IL SOLE È ANCHE UNA STELLA

Traduzione di Federica e Stefania Merani

Sperling & Kupfer

Questa è un'opera di fantasia. Nomi, personaggi, luoghi e avvenimenti sono frutto dell'immaginazione dell'autrice, o usati in chiave fittizia. Qualsiasi rassomiglianza con persone realmente esistenti o esistite, o con fatti e località reali, è puramente casuale.

T.S. Eliot, «Il canto d'amore di J. Alfred Prufrock», in *Poesie*, a cura di Roberto Sanesi, Bompiani, Milano 2015.

Le altre citazioni nel testo sono tratte da: William Shakespeare, *I sonetti*, trad. di P. Rebora, Sansoni, Firenze 1941; Emily Dickinson, *La «Speranza» è quella cosa piumata*, in *Silenzi*, trad. di B. Lanati, Feltrinelli, Milano 2014; Robert Frost, *The Road Not Taken / La strada non presa*, in *Conoscenza della notte e altre poesie*, trad. di G. Giudici, Mondadori, Milano 1988.

L'editore ringrazia Alloy Entertainment.

alloyentertainment

Pubblicato per

Sperling & Kupfer

da Mondadori Libri S.p.A.

Published by arrangement with Rights People, London
Produced by Alloy Entertainment, LLC

ISBN 978-88-200-6794-6

I Edizione luglio 2019

Anno 2019-2020-2021 - Edizione 1 2 3 4 5 6 7 8 9 10

Ai miei genitori, che mi hanno insegnato
a inseguire i sogni e a realizzarli.

Sapere qualcosa del tramonto
non ne guasta certo la poesia.

CARL SAGAN, *Pale Blue Dot*

Oserò
Turbare l'universo?
In un attimo solo c'è tempo
Per decisioni e revisioni che un attimo solo invertirà.

T.S. ELIOT, *Il canto d'amore di J. Alfred Prufrock*

prologo

Carl Sagan ha dichiarato che, se si vuole fare una torta di mele partendo da zero, bisogna prima inventare l'universo. E quando dice «partendo da zero», intende dal *niente*, proprio. Da ancor prima che il mondo esistesse. Se si vuole fare una torta di mele partendo dal nulla più totale, bisogna iniziare dal Big Bang e dall'espansione degli universi, dai neutroni, dagli ioni, dagli atomi, dai buchi neri, dai soli, dalle lune, dalle maree oceaniche, dalla Via Lattea, dalla Terra, dall'evoluzione, dai dinosauri, dalle estinzioni di massa, dagli ornitorinchi, dall'Homo erectus, dall'uomo di Cro-Magnon e così via. Bisogna partire dall'inizio. Bisogna inventare il fuoco. Servono acqua, semi e terra fertile. Servono le mucche, qualcuno che le munga e qualcun altro che trasformi il loro latte in burro. E poi i meli, il grano e la canna da zucchero. La chimica e la biologia. Per fare una torta di mele davvero buona servono le arti. Per una torta di mele che possa durare generazioni servono la stampa e la Rivoluzione industriale e magari addirittura una poesia.

Per fare una cosa tanto semplice come una torta di mele, bisogna creare il mondo intero.

daniel

«ADOLESCENTE della zona accetta il destino e acconsente a diventare medico, stereotipo»

È colpa di Charlie se la mia estate (e ora anche l'autunno) è stata un susseguirsi di titoli assurdi. Charles Jae Won Bae, alias Charlie, mio fratello maggiore, figlio primogenito di un primogenito, ha spiazzato i miei genitori (i loro amici e tutta la pettegola comunità coreana di Flushing, New York) facendosi cacciare dall'università di Harvard (*Scuola migliore*, aveva commentato mia madre all'arrivo della lettera di ammissione). Ora che è stato cacciato da *Scuola migliore,* mia madre ha il broncio da tutta l'estate, non se ne capacita.

Perché tuoi voti così bassi? Loro cacciato te? Perché cacciato? Perché non fatto restare e studiare di più?

Mio padre commenta: *Non cacciato. Costretto a ritiro. Non lo stesso che cacciato.*

Charlie farfuglia: *È una cosa temporanea, solo per due semestri.*

Vittima com'è della tremenda raffica di sconcerto, vergogna e delusione dei miei genitori, Charlie fa quasi pena anche a me. Quasi.

natasha

Mia madre mi dice che è ora di piantarla e che quello che sto facendo è inutile. Siccome è arrabbiata, parla con un accento più marcato del solito e ogni sua affermazione è una domanda.

«Non ti sembra che sia ora di piantarla, Tasha? Non ti sembra che stai facendo una cosa inutile?» mi rimprovera, prolungando la u di inutile per un secondo di troppo.

Mio padre non fiata. È ammutolito per la rabbia o per l'impotenza – quale delle due non riesco mai a capirlo – e, dato il broncio perenne, è difficile immaginare il suo viso con un'altra espressione. Se tutto fosse successo anche solo qualche mese fa, mi sarebbe dispiaciuto vederlo così, ma adesso non me ne importa più di tanto. È colpa sua se ci troviamo in questo casino.

L'unico della famiglia a essere contento degli ultimi sviluppi è Peter, il mio fratellino di nove anni. In questo momento sta facendo la valigia con *No Woman, No Cry* di Bob Marley in sottofondo. «Un classico per quando si preparano i bagagli», l'ha definita.

Nonostante sia nato qui in America, Peter dice di voler vivere in Giamaica. È sempre stato timidissimo e ha difficoltà a farsi degli amici. Secondo me è convinto che la Giamaica sarà un paradiso e che per qualche motivo laggiù se la passerà meglio.

Siamo tutti e quattro nel soggiorno del nostro bilocale, che funge anche da camera per me e Peter. Ha due piccoli divani letto che apriamo di sera e, al centro, una tenda bluette a mo' di séparé. In questo istante la tenda è scostata e si vedono entrambe le nostre metà di stanza.

Indovinare chi di noi due vuole andarsene e chi vuole restare è un gioco da ragazzi. La mia parte del soggiorno ha ancora un aspetto vissuto, con i libri nello scaffale Ikea e la mia foto preferita di me e della mia migliore amica Bev sulla scrivania. Siamo in posa nel laboratorio di fisica, con tanto di occhiali protettivi e bocca a cuore. Gli occhiali sono stati un'idea mia, le labbra sexy un'idea sua. Non ho tolto un solo indumento dal comò e nemmeno staccato dalla parete il mio poster della NASA che raffigura la volta celeste. È enorme – in realtà sono otto poster uniti insieme – e mostra le principali stelle, costellazioni e sezioni della Via Lattea visibili dall'emisfero nord. Fornisce persino istruzioni su come trovare la stella polare e orientarsi con gli astri nel caso ci si perda. I tubi che ho comprato per trasportarlo sono ancora chiusi e appoggiati al muro.

Dalla parte di Peter, invece, le superfici sono pressoché spoglie e le sue cose sono già quasi tutte riposte in valigie e scatoloni.

Mia madre ha ragione, ovviamente... quello che sto facendo è inutile. Ma prendo comunque le cuffie, il libro di fisica e qualche fumetto. Se mi toccherà aspettare, almeno potrò leggere e finire i compiti.

Peter mi guarda e scuote la testa. «Perché ti porti dietro quello?» mi domanda, riferendosi al testo di fisica. «Ce ne andiamo, Tasha. Non devi consegnare nessun compito.»

Mio fratello ha appena scoperto il potere del sarcasmo e lo sfrutta alla minima occasione.

Non mi degno nemmeno di rispondergli, mi limito a indossare le cuffie e mi avvio verso la porta. «Torno presto», dico a mia madre.

Lei storce la bocca e si volta dall'altra parte. Mi sforzo di ricordare che non ce l'ha con me. «Tasha, non è mica che ce l'ho con te, capito?» è una frase che ripete spesso, in questi giorni. Sto andando all'Ufficio Cittadinanza e Immigrazione degli Stati Uniti (USCIS) nel centro di Manhattan per vedere se c'è qualcuno che mi possa aiutare. Siamo immigrati irregolari e stasera saremo rimpatriati.

Quella di oggi è la mia ultima possibilità di convincere qualcuno – o il fato – a suggerirmi una scappatoia per restare in America.

Io non credo nel fato, sia chiaro. Ma sono disperata.

daniel

Motivi per cui ritengo che Charles Jae Won Bae, alias Charlie, sia uno stronzo (in ordine sparso):

1. Prima dell'epico, clamoroso (nonché piacevolissimo) fiasco a Harvard è stato costantemente bravo in tutto. Nessuno è tenuto a essere bravo in tutto. In matematica, inglese, biologia, chimica, storia e discipline sportive. È immorale essere bravi in tutto. Lo si può essere in tre o quattro cose al massimo. E anche così si rasentano i limiti del buon gusto.
2. È un duro, il che significa che fa lo stronzo per buona parte del tempo. Quasi tutto il tempo. Tutto il tempo, insomma.
3. È alto, con gli zigomi scolpiti, cesellati e ogni altro aggettivo da romanzo rosa che li descriva. Le ragazze (tutte, non solo le coreane del gruppo di lettura della Bibbia) dicono che ha due labbra da baciare.
4. Tutto ciò sarebbe accettabile – con lui c'è proprio l'imbarazzo della scelta, davvero troppa grazia concessa a un'unica persona – se Charlie fosse un bravo ragazzo. Invece non lo è. Charles Jae Won Bae non è un bravo ragazzo. È pieno di sé e, ancora peggio, è un bullo. Un vero stronzo. Incallito, per giunta.
5. Io non gli piaccio, e questa storia va avanti da anni.

natasha

Prima di passare sotto il metal detector infilo cellulare, cuffie e zaino nella vaschetta grigia. Come ogni giorno, la sorvegliante – IRENE, è scritto sul cartellino – ferma la vaschetta prima che il nastro trasportatore se la prenda.

Io la fisso e non sorrido.

Come ogni giorno, lei guarda nella vaschetta, capovolge il cellulare e ne osserva la cover, una riproduzione della copertina di *Nevermind*, l'album dei Nirvana. E, come ogni giorno, sfiora con le dita il neonato in primo piano e io inorridisco all'idea che lo tocchi. Il cantante dei Nirvana era Kurt Cobain. La sua voce, lo strazio che vi si avverte, il modo in cui è tutt'altro che perfetta, il modo in cui ti trasmette ogni singola sensazione provata da Cobain, il modo in cui si assottiglia al punto da farti credere che stia per spezzarsi e invece no, è l'unica cosa che ha preservato la mia sanità mentale da quando quest'incubo è iniziato. La sofferenza di Cobain è infinitamente più atroce della mia.

La sorvegliante ci sta mettendo un sacco di tempo, ma io non posso mancare all'appuntamento. Le direi volentieri qualcosa, solo che non voglio farla arrabbiare. Probabilmente odia il suo lavoro. Non voglio darle motivo di farmi ritardare ancora di più. Mi lancia un'altra occhiata, però non dà segno di riconoscermi, anche se nell'ultima settimana mi sono presentata tutti i giorni. Per lei sono soltanto un altro volto anonimo, un altro richiedente della cittadinanza, un altro qualcuno che vuole qualcosa dall'America.

irene

Una storia

NATASHA si è fatta un'idea completamente sbagliata di Irene. Irene ama il suo lavoro. Anzi, di più: ne ha bisogno. È quasi l'unica occasione cha ha di stabilire un contatto umano. L'unica cosa che tiene a bada la sua solitudine totale e disperata.

Ogni interazione con questi richiedenti le salva la vita, almeno un po'. All'inizio quasi non si accorgono di lei. Infilano gli oggetti personali nella vaschetta e li seguono con lo sguardo mentre passano attraverso il rilevatore. In molti sospettano che Irene possa intascarsi qualche spicciolo, una penna, delle chiavi o qualcos'altro. Se tutto procedesse normalmente, il richiedente di turno non si accorgerebbe mai di lei, ma Irene fa in modo di attirare l'attenzione. È la sua unica occasione di entrare in contatto con il mondo.

Perciò ogni volta blocca la vaschetta con una mano guantata, e il ritardo è tale da indurre il richiedente ad alzare gli occhi e incrociare il suo sguardo. A vedere davvero la persona che ha di fronte. I più borbottano di malavoglia un «buon giorno» e le parole la tirano un po' su. Altri le chiedono come sta e il suo morale migliora ancora.

Irene non risponde mai. Non sa come fare. In compenso abbassa di nuovo lo sguardo sulla vaschetta e controlla ogni singolo oggetto in cerca di indizi, di qualche piccola informazione da conservare e valutare in un secondo momento.

Non desidererebbe altro che sfilare i guanti e toccare chiavi, portafogli e monetine. Sfiorarne la superficie con le dita, memorizzarne la consistenza e permettere agli oggetti altrui di penetrare in lei. Ma, non potendo rallentare troppo la fila di persone, alla fine allontana da sé la vaschetta e il suo proprietario.

Irene ha appena trascorso una nottata particolarmente difficile. La bocca famelica della sua solitudine voleva inghiottirla in un sol boccone. E stamattina ha bisogno di un contatto che le salvi la vita. Distoglie lo sguardo da una vaschetta e lo rivolge al richiedente successivo.

È la stessa ragazza che si presenta ogni giorno dall'inizio della settimana. Avrà al massimo diciassette anni e come tutti non stacca mai gli occhi dalla vaschetta. La fissa come se non sopportasse di doversi separare dalle cuffie rosa shocking e dal cellulare. Irene appoggia la mano guantata sul fianco della vaschetta per impedire che scivoli via dalla sua vita e finisca sul nastro trasportatore.

La ragazza solleva lo sguardo e Irene si sente rincuorata. Sembrano entrambe disperate. Irene accenna un sorriso. Tra sé e sé le sorride davvero.

Bentornata. Mi fa piacere vederti, le dice, ma solo tra sé.

Nella realtà ha già abbassato lo sguardo e osserva la custodia del cellulare. Raffigura un neonato bianco e paffuto, completamente immerso in un'acqua cristallina. Ha braccia e gambe divaricate e dà più l'idea di volare che di nuotare. Bocca e occhi sono aperti, e davanti a lui penzola una banconota da un dollaro appesa a un amo da pesca. È un'immagine immorale, e ogni volta che Irene la guarda si accorge di prendere una boccata d'aria in più, come se fosse lei a stare sott'acqua.

Vorrebbe trovare un pretesto per confiscare quel telefono, però non ce n'è motivo.

daniel

So qual è stato il momento preciso in cui ho smesso di piacere a Charlie. Era l'estate in cui compivo sei anni e lui otto. Quando scorrazzava sulla sua bicicletta nuova di zecca (rossa, a dieci marce, fichissima) con i suoi amici nuovi di zecca (bianchi, dieci anni d'età, fichissimi). Malgrado le tante avvisaglie ricevute per tutta l'estate, non mi ero accorto di essere stato retrocesso a «fratello minore rompiscatole».

Quel giorno mio fratello andò via con i suoi amici senza di me. Io lo inseguii per interi isolati gridando il suo nome, convinto che si fosse solo dimenticato di invitarmi. Pedalavo così svelto che mi stancai (e in bicicletta i bambini di sei anni non si stancano, quindi non so se mi spiego).

Tanto valeva smettere di inseguirlo, no? Figuriamoci se non sentiva che lo chiamavo.

Alla fine si fermò e saltò giù dal sellino. Gettò la bicicletta nel fango, al diavolo il cavalletto, e restò lì ad aspettare che lo raggiungessi. Era arrabbiato, si vedeva. E per farlo sapere a tutti imbrattò ancora di più la bici con i piedi.

«*Hyung*», gli dissi, usando l'appellativo con cui i fratelli minori si rivolgono ai maggiori. Ma capii subito di aver commesso un errore madornale. Charlie avvampò ovunque, guance, naso, punta delle orecchie. Era un tizzone ardente. Lanciò una rapida occhiata ai suoi nuovi amici che, lì di fianco, ci guardavano neanche fossimo stati in tivù.

«Come ti ha chiamato?» domandò il più basso.

«Cos'è, una specie di codice segreto coreano?» aggiunse il più alto.

Charlie li ignorò entrambi e mi guardò dritto in faccia. «Che ci fai qui?» Era così furioso che la voce gli tremava.

Io una risposta non l'avevo, ma lui nemmeno la voleva, in realtà. Lui voleva solo picchiarmi. Lo intuii da come stringeva e allentava i pugni. Stava valutando i guai in cui si sarebbe ficcato se me le avesse date lì nel parco, davanti a dei ragazzi che conosceva appena.

«Perché non ti fai degli amici tuoi e non la smetti di seguirmi come un poppante?» mi disse alla fine.

Avrei preferito che mi picchiasse.

Alzò la bici da terra e rimontò in sella sbuffando, così gonfio di rabbia che temetti di vederlo scoppiare e di dover dire alla mamma che suo figlio, il maggiore e più perfetto, era esploso.

«Mi chiamo Charlie», disse a quei ragazzi perché non si azzardassero ad aggiungere altro. «Allora, venite o no?» Non li aspettò e non si voltò per vedere se arrivavano. E loro seguirono le sue orme lì nel parco, per tutta l'estate e per tutta la scuola media, come molti altri avrebbero fatto dopo di loro. In qualche modo avevo reso mio fratello un re.

Da quel giorno non l'ho mai più chiamato *hyung*.

charles jae won bae

Una storia futura

DANIEL ha ragione riguardo a Charles. È uno stronzo in tutto e per tutto. Certe persone con il tempo migliorano, ma lui no. Lui finirà per adattarsi alla propria natura, alla pelle cui da sempre è destinato.

Prima di allora, però, prima di diventare un uomo politico e di fare un buon matrimonio, prima di cambiare nome in Charles Bay, prima di tradire la sua brava moglie e i suoi elettori ogni due per tre, prima del successo e dei troppi soldi guadagnati e prima di ottenere tutto ciò che desidera, compirà un atto di bontà e di altruismo nei confronti di suo fratello. L'ultimo atto di bontà e altruismo che compirà mai in vita sua.

famiglia

La storia di un nome

QUANDO Min Soo si innamorò di Dae Hyun, non si aspettava che quell'amore li avrebbe portati dalla Corea del Sud all'America. Ma Dae Hyun era stato povero tutta la vita. E in America aveva un cugino che stava facendo fortuna a New York e gli aveva promesso un aiuto.

Per la maggior parte degli immigrati, trasferirsi è un atto di fede. Anche se senti parlare di sicurezza, opportunità e benessere, è pur sempre un bel salto separarti dalla tua lingua, dal tuo popolo e dal tuo Paese. Dalla tua storia. E se poi le voci che circolano non sono vere? Se non riesci a adattarti? Se non ti accettano?

Alla fine solo alcune di quelle voci si rivelarono vere. Come tutti gli immigrati, Min Soo e Dae Hyun si adattarono come poterono. Evitarono le persone e i luoghi che non li gradivano. E, aiutati dal cugino di Dae Hyun, raggiunsero il benessere e la loro fede fu premiata.

Qualche anno dopo, quando Min Soo scoprì di essere incinta, il suo primo pensiero fu quale nome dare al bambino. Aveva la sensazione che in America i nomi non significassero niente, al contrario di ciò che avveniva in Corea, dove quello di famiglia compariva per primo e raccontava tutta la storia degli antenati. In America invece il cognome compariva per ultimo. E secondo Dae Hyun quella era la dimostrazione che per gli americani l'individuo è più importante della famiglia.

Per Min Soo fu un tormento la scelta del nome, quello che gli americani chiamano *first name*. Cos'era meglio, optare per un nome americano, più facile da pronunciare per insegnanti e compagni di classe, o attenersi alla tradizione e scegliere due caratteri cinesi per formare un nome proprio di due sole sillabe?

I nomi sono strumenti potenti, agiscono come segnalatore d'identità e cartina geografica, collocandoti nel tempo e nello spazio. Possono servire persino da bussola. Alla fine Min Soo giunse a un compromesso. Diede al figlio un nome americano seguito da un nome coreano, quest'ultimo seguito a sua volta da quello di famiglia. Lo chiamò Charles Jae Won Bae. E chiamò il secondo figlio Daniel Jae Ho Bae.

Alla fine, scelse entrambi i nomi. Coreano e americano. Americano e coreano.

Perché i suoi figli sapessero da dove venivano.

E perché sapessero dove stavano andando.

natasha

Sono in ritardo. Entro in sala d'attesa e mi avvio verso l'accettazione. L'addetta scuote la testa come se avesse già assistito alla scena. Non c'è niente che non abbiano già visto, qua dentro, e non gliene importa un granché se per te è tutto nuovo, invece.

«Deve chiamare il centralino dell'USCIS e prendere un altro appuntamento.»

«Non ho tempo», replico. In maniera pacata e ragionevole le spiego della sorvegliante, Irene, e di quanto sia strana. Lei alza le spalle e abbassa lo sguardo. Mi ha congedato. In qualunque altro giorno, mi arrenderei.

«La chiami, la prego. Chiami Karen Whitney. È stata lei a dirmi di tornare.»

«Il suo appuntamento era per le otto, e ora sono le otto e cinque. La signora Whitney ha ricevuto un altro richiedente.»

«La prego. Non è colpa mia se sono in ritardo. La signora Whitney mi ha detto...»

La donna assume un'aria inflessibile. Qualsiasi cosa dirò, non si lascerà intenerire. «La signora Whitney è già impegnata con un altro richiedente», mi ripete, come se l'inglese non fosse la mia prima lingua.

«La chiami», insisto io, a voce alta e in tono isterico. Gli altri richiedenti, anche quelli che non parlano inglese, mi fissano. La disperazione si traduce in tutte le lingue.

La donna fa un cenno con la testa al tizio della security piazzato all'ingresso. Ma, prima che lui mi raggiunga, la porta che conduce ai vari uffici si apre. Un uomo di colore, altissimo e magrissimo, mi fa segno di avvicinarmi. Poi annuisce rivolto alla signora dell'accettazione. «Tranquilla, Mary. La ricevo io.»

Svelta varco la soglia prima che il tipo cambi idea. E lui, senza neanche guardarmi, si volta e percorre una serie di corridoi. Lo seguo in silenzio finché non si ferma davanti all'ufficio di Karen Whitney.

«Attenda qui», mi dice. Sparisce solo per qualche secondo, ma quando torna ha in mano una cartellina rossa, il mio fascicolo.

Percorriamo un altro corridoio fino al suo ufficio. «Io sono Lester Barnes», si presenta. «Si accomodi.»

«Sono stata...» attacco io, ma lui mi zittisce con un gesto.

«Tutte le informazioni che mi occorrono sono in questo fascicolo.» Mi sventola davanti la cartellina reggendola per un angolo con due dita. «Per il suo bene le consiglio di restare in silenzio mentre io leggo.»

L'ordine che regna sulla sua scrivania dev'essere un vanto per lui. Ha un set di accessori da ufficio argentati: un portapenne, dei raccoglitori per la posta in entrata e per quella in uscita e persino un portabiglietti da visita con incise le lettere LRB. Ormai chi li usa più i biglietti da visita? Allungo una mano, ne prendo uno e me lo infilo in tasca.

Il grosso armadio alle sue spalle è una distesa di fascicoli impilati e divisi per colore. Ognuno racchiude la vita di una persona. I loro colori saranno ovvi come penso io? Il mio è Rosso Rifiuto.

Dopo qualche minuto il signor Barnes mi guarda. «Per quale motivo è qui?»

«Karen – la signora Whitney – mi ha detto di tornare. È stata gentile con me. Mi ha detto che forse un modo c'era.»

«Karen è nuova.» Me lo dice come se mi stesse spiegando qualcosa, ma non capisco cosa.

«L'ultimo ricorso presentato dalla sua famiglia è stato respinto. Il rimpatrio rimane valido, signorina Kingsley. Lei e la sua famiglia dovrete lasciare il Paese stasera alle dieci.»

Chiude il fascicolo e mi avvicina una scatola di fazzoletti in previsione delle lacrime che verserò. Ma io non sono una piagnona.

Non ho pianto quando mio padre ci ha detto dell'ordine di rimpatrio, né quando i vari ricorsi sono stati respinti.

Non ho pianto lo scorso inverno, quando ho scoperto che il mio ex ragazzo Rob mi tradiva.

E non ho pianto nemmeno ieri, quando Bev e io ci siamo dette ufficialmente addio. Sapevamo da mesi che questo momento sarebbe arrivato. Non ho pianto, però... non è stato facile. Oggi sarebbe venuta con me, ma è in California con i suoi a visitare Berkeley e un paio di altre università statali.

«Magari al mio ritorno sarai ancora qui», ha insistito dopo il nostro diciassettesimo abbraccio. «Magari alla fine si sistemerà tutto.»

Bev è sempre stata un'inguaribile ottimista, anche di fronte alle circostanze più avverse. È la classica ragazza che compra i biglietti della lotteria, mentre io sono quella che prende in giro chi lo fa.

Insomma. Non ho nessuna intenzione di mettermi a piangere proprio adesso. Mi alzo, raccolgo le mie cose e mi avvio verso la porta. È uno sforzo immane per me continuare a non essere una piagnona. In testa sento la voce di mia madre.

Non lasciare che il tuo orgoglio abbia la meglio su di te, Tasha.

A quel punto mi volto. «Insomma, non c'è proprio niente che lei possa fare per aiutarmi? Dovrò partire per forza?» Parlo così sottovoce che io stessa mi sento a malapena. Il signor Barnes, invece, non fa nessuna fatica. Ascoltare voci basse e sofferenti rientra fra le sue mansioni.

Tamburella con le dita sul fascicolo chiuso. «Suo padre è stato fermato per guida in stato di ebbrezza...»

«È un problema suo. Perché devo pagare io per il suo sbaglio?»

Mio padre. La sua unica notte di celebrità ha avuto come conseguenza che lo fermassero per guida in stato di ebbrezza, che ci scoprissero e che io perdessi il solo posto che chiamo casa.

«È comunque una clandestina», prosegue, in tono un po' meno duro di prima.

Io annuisco ma non apro bocca, perché questa volta scoppierei davvero a piangere. Mi infilo le cuffie e mi avvio di nuovo verso la porta.

«Io ci sono stato, nel suo Paese. In Giamaica», mi dice il signor Barnes. E sorride al ricordo del suo viaggio. «Mi sono divertito. Laggiù è tutto *irie*, caspita. Si troverà bene.»

Gli psichiatri si raccomandano di non reprimere le emozioni perché finirebbero per esplodere. Non si sbagliano. Sono arrabbiata da mesi. Ho la sensazione di esserlo da sempre. Arrabbiata con mio padre. Arrabbiata con Rob, che appena una settimana fa mi ha detto che dovremmo sforzarci di essere amici nonostante «tutto», cioè il fatto che mi ha tradito. Nemmeno Bev è scampata alla mia rabbia. È dall'inizio dell'autunno che si scervella per scegliere l'università a cui presentare domanda di ammissione sulla base delle scelte del suo ragazzo, Derrick. Non fa che controllare la differenza di fuso orario fra un college e l'altro. «Le relazioni a distanza funzionano?» mi chiede ogni due o tre giorni. L'ultima volta le ho risposto che forse non le conviene programmare il suo futuro in funzione del suo attuale ragazzo del liceo. Solo che non l'ha presa bene, convinta com'è che la loro storia durerà per sempre. Secondo me durerà fino al diploma. Forse fino alla fine dell'estate. Per rappacificarmi mi è toccato farle i compiti di fisica per settimane.

E ora un uomo che probabilmente non ha trascorso più di una settimana in Giamaica mi viene a dire che sarà tutto *irie*.

Mi tolgo le cuffie. «Dov'è stato?» gli domando.

«A Negril», risponde. «Un posto molto carino.»

«È mai uscito dall'albergo?»

«Mi sarebbe piaciuto, ma...»

«Ma sua moglie non ha voluto perché aveva paura, giusto? Sulla guida c'era scritto che era meglio restare entro i confini del resort.» Mi risiedo.

L'uomo appoggia il mento sul dorso delle mani conserte. Per la prima volta da quando questa conversazione è iniziata, non è lui a condurla.

«Temeva per la propria incolumità?» Mimo due virgolette intorno alla parola «incolumità», come se in realtà non fosse una cosa di cui preoccuparsi. «O forse non voleva che la vista di tutta quella povertà le guastasse lo spirito vacanziero.» Sento montare la collera repressa.

«Ha ascoltato Bob Marley, un barista le ha portato un po' d'erba, qualcuno le ha spiegato il significato di *irie*, e si è convinto di sapere qualcosa. Ha visto un tiki bar, una spiaggia e la sua stanza d'albergo. Ma quello non è un Paese. È un resort.»

Lui alza le mani come per difendersi, come per tentare di ricacciarmi le parole in gola.

Sì, sto infierendo.

No, non me ne importa niente.

«Non venga a dirmi che mi troverò bene. Non lo conosco, quel posto. Sono qui da quando avevo otto anni. In Giamaica non conosco nessuno. Non parlo con l'accento del luogo. Non conosco i miei parenti giamaicani, non come si dovrebbero conoscere dei famigliari, almeno. Questo è il mio ultimo anno di liceo. Che ne sarà del ballo della scuola, del diploma, dei miei amici?»

Voglio avere le loro stesse stupide preoccupazioni. Ho anche già cominciato a preparare la mia domanda di ammissione al Brooklyn College. Mia madre ha impiegato due anni per mettere da parte i soldi per andare in Florida a comprarmi una tessera di previdenza sociale «valida». Una tessera è «valida» se ha sopra un numero rubato, non falsificato. L'uomo che gliel'ha venduta le ha detto che le meno care, quelle con il numero contraffatto, non superano i controlli delle referenze e quelli per l'ammissione all'università. Con la tessera che ho adesso, invece, posso fare richiesta di sussidio. Se insieme al sussidio ottengo una borsa di studio, potrei persino riuscire a permettermi la Binghamton University e altre università dello Stato di New York.

«Che ne sarà dei miei studi universitari?» gli domando, ormai in lacrime. Un flusso inarrestabile che da molto tempo aspettava di sgorgare.

Il signor Barnes mi avvicina di più la scatola di fazzoletti. Ne prendo sei o sette, li uso e poi ne riprendo altrettanti. Raccolgo di nuovo le mie cose. «Ha la minima idea di come ci si senta a non avere un posto dove stare?» Ancora una volta parlo a voce troppo bassa perché qualcuno mi senta, e ancora una volta lui mi sente.

Sono ormai sulla porta, la mano sulla maniglia, quando mi dice: «Signorina Kingsley. Aspetti».

irie

Una storia etimologica

FORSE hai già sentito la parola *irie*, prima d'ora. Forse sei stato in Giamaica e sai che affonda parte delle sue radici nel dialetto giamaicano, il patois. E parte nel rastafarianesimo. Lo stesso Bob Marley, il famoso cantante reggae, era un rastafariano e contribuì a diffonderla al di là delle coste giamaicane. E forse sentendola ti fai un'idea della religione e della sua storia.

Forse sai che il rastafarianesimo è un piccolo ramo delle tre religioni abramitiche principali: il cristianesimo, l'islam e l'ebraismo. E che le religioni abramitiche sono monoteiste e incentrate su diverse incarnazioni di Abramo. Nella parola sentirai echi della Giamaica degli anni Trenta, l'epoca in cui il rastafarianesimo fu inventato. O forse addirittura echi del suo leader spirituale, Hailé Selassié I, imperatore d'Etiopia dal 1930 al 1974.

Nel sentirla coglierai il suo significato spirituale originario. Va *tutto bene* tra te e il tuo dio e quindi tra te e il mondo. Essere *irie* significa trovarsi in uno stato spirituale di appagamento e di euforia. La parola evoca l'invenzione della religione in sé.

O forse la storia non la conosci proprio.

E senza sapere nulla di Dio, dello spirito e della lingua,

conosci soltanto la definizione odierna e colloquiale della parola. Quella per cui *irie* vuol dire semplicemente *tutto bene*.

A volte, quando si cerca una parola sul vocabolario, si scopre che alcune definizioni sono indicate come obsolete. Natasha si domanda spesso come la lingua possa essere tanto mutevole. Una parola che all'inizio ha un significato finisce poi per assumerne un altro. Dipenderà da un abuso e da un'ipersemplificazione, come succede per la parola *irie* insegnata ai turisti nei resort? O piuttosto da un uso improprio del termine in questione, come quello che di recente ne fa il padre di Natasha?

Prima della notifica del provvedimento di rimpatrio, il padre si rifiutava di parlare con accento giamaicano o di ricorrere allo slang. Adesso che hanno l'obbligo di tornare in patria, invece, non fa che usare nuove espressioni, come un turista in previsione di un viaggio all'estero. «Tutto *irie*, bello», risponde al classico «Come andiamo?» dei cassieri al supermercato. «*Irie*», replica al postino che gli rivolge la stessa domanda mentre consegna la posta. E sempre sfoggiando un sorriso esagerato. Con le mani affondate nelle tasche e le spalle ben dritte, come se il mondo gli avesse elargito più doni di quanti sia ragionevole accettarne. Una sceneggiata talmente falsa da lasciar credere a Natasha che tutti capiscano subito che tipo è. E invece no. Per un attimo il suo modo di fare mette il buonumore, come se un po' delle fortune che mostra di avere possano trasmettersi anche agli altri.

Le parole, riflette Natasha, dovrebbero comportarsi più come unità di misura. Un metro è e resta sempre un metro. Alle parole non dovrebbe essere permesso cambiare significato. Chi decide che il cambio è avvenuto, e quando è avvenuto? C'è una fase di passaggio in cui il termine ha entrambi i significati? O una fase in cui non ne ha nessuno?

Natasha sa che se davvero dovrà lasciare l'America perderà

le sue amicizie, persino quella con Bev. All'inizio lei e Bev si sforzeranno di restare in contatto, certo, ma non sarà più come vedersi ogni giorno. Niente ballo della scuola insieme, con i rispettivi ragazzi. Niente festeggiamenti per le lettere di ammissione né pianti per quelle di rifiuto. Né stupide foto ricordo della cerimonia di consegna del diploma. Il trascorrere del tempo aumenterà sempre di più la distanza. Bev resterà in America, a vivere come un'americana. Natasha sarà in Giamaica, straniera in terra natia.

Quanto impiegheranno i suoi amici a dimenticarsi di lei? E lei a parlare con accento giamaicano? A scordarsi di aver mai vissuto in America?

Un bel giorno, *irie* avrà un nuovo significato, diventerà una delle tante parole dalla lunga lista di accezioni arcaiche e obsolete. «Tutto *irie*?» ti chiederà qualcuno senza la minima inflessione. «Tutto *irie*», risponderai, per dire che è tutto okay ma non ti va di parlarne. Nessuno di voi due saprà niente di Abramo, del rastafarianesimo o del dialetto giamaicano. La parola non avrà più alcuna storia.

daniel

«INTRAPPOLATO nel parentale vortice di aspettative e delusioni, adolescente della zona non si aspetta di essere soccorso»

Il bello di avere un fratello maggiore stronzo che non sbaglia un colpo è che nessuno ti stressa. Charlie è sempre stato abbastanza bravo per tutti e due. Ora che non è più così perfetto, mi sento troppa pressione addosso.

Ecco la tipica conversazione che ho avuto 1,3 miliardi di volte (o giù di lì) da quando Charlie è tornato a casa:

Mamma: Tuoi voti ancora belli?

Io: Sì.

Mamma: Biologia?

Io. Sì.

Mamma: E matematica? Te non piace matematica.

Io: Lo so che non mi piace la matematica.

Mamma: Ma voti ancora belli?

Io: Sempre sul nove.

Mamma: Perché non dieci? *Aigo*. È ora che metti testa su tue spalle. Ormai tu no più bambino.

Oggi ho un colloquio per l'ammissione all'università di Yale con un ex studente.

Yale è *Seconda scuola migliore*, ma una volta tanto mi impunto e mi rifiuto di fare domanda alla *Scuola migliore* (Harvard). L'idea di essere anche lì il fratello minore di Charlie sarebbe davvero troppo. E poi chissà se a Harvard mi prenderebbero, ora che mio fratello è stato sospeso.

Sono in cucina con la mamma. In vista del mio colloquio, sta cuocendo apposta per me i *mandu* (ravioli al vapore) surgelati. Io intanto mi faccio un aperitivo pre-*mandu* con i cereali Cap'n Crunch (i migliori che l'umanità abbia mai conosciuto) e scrivo sul mio taccuino Moleskine. Sto lavorando a una poesia sul cuore infranto che ho iniziato un secolo fa (o giù di lì). Il problema è che non ho mai avuto il cuore infranto, per cui mi riesce difficile.

Scrivere seduto al tavolo della cucina mi sembra un lusso. Se ci fosse mio padre non potrei farlo. Anche se non lo dice apertamente, lui disapprova la mia vena poetica.

Mia madre mi interrompe mentre mangio e scrivo per introdurre una variazione al nostro dialogo tipo. Io mi barcameno farfugliando i miei «sì» tra un boccone di cereali e l'altro, quando di colpo lei cambia il copione e invece del solito «Ormai tu no più bambino» dice: «Non fare come tuo fratello».

Lo dice in coreano. Per dare più enfasi alla frase. E vuoi per volere di Dio o del fato o per pura e semplice Sfiga, Charlie entra in cucina giusto in tempo per sentirla. E io smetto di masticare.

Vista da fuori sembrerebbe una scena perfetta. Una madre che prepara la colazione ai suoi due figli. Uno a tavola, intento a mangiare i cereali (senza latte). L'altro che compare a sinistra del palco e si appresta a fare colazione pure lui.

In realtà sta succedendo tutt'altro. Poiché si vergogna che Charlie l'abbia sentita, la mamma arrossisce. È un rossore lieve, ma si nota. Gli offre dei *mandu*, anche se lui detesta il cibo coreano e non lo mangia più dalla prima media.

E Charlie? Si limita a fingere. Finge di non capire il coreano. Finge di non aver sentito quando lei gli ha offerto i ravioli. Finge che io non esista.

E io quasi ci casco finché non gli guardo le mani. Dai pugni serrati traspare tutta la verità. Charlie ha sentito e capito benissimo. Persino dargli del pezzo di merda matricolato o del coglione megagalattico sarebbe stato meglio che dire a me di non fare come lui. La mia vita è stata finora l'esatto contrario. *Perché non puoi fare un po' più come tuo fratello?* Questo ribaltamento della sorte non giova a nessuno dei due.

Charlie prende un bicchiere dalla credenza e lo riempie d'acqua del rubinetto. Bere acqua del rubinetto è solo un modo per far incavolare la mamma. Lei sta per pronunciare la solita frase «No. Acqua beve filtrata», ma poi ci ripensa. Charlie la scola in tre rapidi sorsi, rimette a posto il bicchiere senza lavarlo e lascia aperta la credenza.

«Dagli tregua, *omma*», dico alla mamma dopo che se n'è andato. Sono arrabbiato sia *con* lui sia *per* lui. I miei non la smettono di criticarlo. Chissà che incubo deve essere per lui lavorare tutto il giorno con mio padre in negozio. Scommetto che papà alterna le ramanzine ai sorrisi che dispensa ai clienti e alle risposte che dà loro su extension, olio di tea tree e rimedi per capelli trattati chimicamente. (I miei hanno un negozio di prodotti di bellezza per la cura dei capelli afro. Si chiama *Black Hair Care*.)

La mamma alza il coperchio della vaporiera per controllare i *mandu*. Il vapore le appanna gli occhiali. Quando ero piccolo la scena mi faceva ridere, e lei la esagerava appannandoli il più possibile e fingendo di non vedermi più. Ora si limita a sfilarseli e li pulisce con un canovaccio.

«Che successo a tuo fratello? Perché bocciato? Lui non boccia mai.»

Senza occhiali sembra più giovane, più bella. È strano pensare che la tua mamma sia bella? Probabile. Sono sicuro che a Charlie non capita mai. Tutte le sue ragazze (tutte e sei) erano molto carine, tutte bianche, un po' in carne, con i capelli biondi e gli occhi azzurri.

No, non è vero. Ce n'è stata una, Agatha, la sua ultima ragazza del liceo, che aveva gli occhi verdi.

La mamma si rimette gli occhiali e aspetta, come se io avessi davvero una risposta. Odia non sapere quello che accadrà dopo. La sua nemica è l'incertezza. Sarà perché è cresciuta povera nella Corea del Sud.

«Lui non boccia mai. Successo qualcosa.»

Così mi incavolo ancora di più. Forse non gli è *successo* proprio niente. Forse ha mollato l'università perché non gli piacevano le materie. Forse non vuole fare il medico. Forse neanche lo sa, quello che vuole. È cambiato e basta.

Ma in casa mia non è permesso cambiare. Dobbiamo diventare medici, è quella la nostra strada. E da quei binari non si esce.

«Qui voi ragazzi ha vita troppo facile. America ha rammollito voi.» Se avessi una cellula cerebrale per ogni volta che ho ascoltato questa frase, sarei un geniaccio.

«Siamo nati qui, mamma. Saremo rammolliti di natura.»

Lei non approva. «Tu pronto per colloquio?» Mi scruta da capo a piedi e trova da ridire. «Tu taglia capelli prima di colloquio.» Sono mesi che mi stressa con la storia che devo tagliarmi il codino. Rispondo con un verso che può valere come un «sì» o come un «no». Lei mi posa davanti un piatto di *mandu* e io mangio in silenzio.

È proprio per via del colloquio che i miei mi hanno permesso di saltare la scuola. Anche se sono appena le otto del mattino non ci penso nemmeno a restare a casa e a sorbirmi altre conversazioni come questa. Prima che scappi, la mamma mi consegna un borsellino pieno di distinte di versamento da portare a mio padre in negozio.

«*Appa* dimenticato qui. Porta tu.» Di sicuro pensava di darlo a Charlie prima che uscisse, ma se n'è dimenticata per via del loro piccolo incidente in cucina.

Prendo il borsellino, agguanto il mio quaderno e salgo con calma di sopra a vestirmi. La mia stanza è in fondo a un lungo corridoio. Passo davanti alla camera di Charlie (chiusa come sempre) e a quella dei miei. La mamma ha lasciato un paio di tele bianche e ancora incellofanate appoggiate allo stipite della porta. Oggi è il suo giorno libero e, dato che non andrà in negozio, non vedrà l'ora di trascorrerlo da sola a dipingere, ci scommetto. Ultimamente si dedica a blatte, mosche e scarafaggi. Per prenderla in giro le dico che attraversa una disgustosa fase insettofila, ma a me questa fase piace ancora più di quella delle orchidee astratte che risale a un paio di mesi fa.

Faccio una piccola deviazione ed entro nella camera vuota che usa come studio per vedere se ha dipinto qualcosa di nuovo. E infatti trovo un enorme scarafaggio. Nonostante la tela non sia particolarmente grande, lo scarafaggio la occupa tutta. I dipinti di mia madre sono sempre molto colorati e bellissimi, ma l'impiego di tutto quel colore nelle dettagliate riproduzioni quasi anatomiche degli insetti li rende qualcosa di più che dei quadri bellissimi. In questo, le scure sfumature perlacee di verde, azzurro e nero conferiscono al carapace la lucentezza dell'olio sulla superficie dell'acqua.

Tre anni fa, per il suo compleanno, papà le ha fatto una sorpresa assumendo una persona part-time in negozio, per evitarle di doverci andare ogni giorno. Poi le ha regalato un set di colori a olio e un paio di tele. Non l'avevo mai vista piangere per un regalo. Da allora non ha più smesso di dipingere.

Una volta tornato nella mia camera, mi chiedo per la decimillesima volta (o giù di lì) come sarebbe adesso la sua vita se non avesse mai lasciato la Corea. Se non avesse conosciuto mio padre e non avesse avuto me e mio fratello. Sarebbe diventata un'artista, forse?

Indosso l'abito grigio di sartoria e la cravatta rossa. «Troppo sgargiante», è stato il commento della mamma mentre facevamo compere. Evidentemente, solo ai quadri è concesso essere colorati. L'ho convinta dicendole che il rosso mi avrebbe fatto sembrare sicuro di me. Specchiandomi ora, devo ammettere che quest'abito mi dona davvero un'aria sicura e disinvolta (sì, disinvolta). Peccato che lo stia indossando soltanto in vista di questo colloquio e non per qualcosa di cui m'importi veramente. Controllo le previsioni del tempo sul cellulare e decido di fare a meno del cappotto. La temperatura massima sfiorerà i venti gradi, una perfetta giornata autunnale.

Malgrado la rabbia che mi è montata per come ha trattato Charlie, do un bacio alla mamma e le prometto di tagliarmi i capelli, dopodiché esco di casa. Nel pomeriggio, la mia vita prenderà il treno per la stazione «*dottor* Daniel Jae Ho Bae», ma fino ad allora la giornata è mia. Farò tutto quello che il mondo mi dirà. Ho intenzione di comportarmi come se fossi in una cavolo di canzone di Bob Dylan e andrò dove mi porta il vento. Fingerò che il mio futuro sia ancora aperto e che possa succedere di tutto.

natasha

SUCCEDE tutto per una ragione. È così che dice la gente. Lo ripete spesso anche mia madre. «Cose succedono per una ragione, Tasha.» In genere lo si dice quando qualcosa va male ma non malissimo, ecco. Un incidente d'auto non mortale. Una caviglia slogata anziché rotta.

E, guarda caso, la mamma non l'ha detto riguardo al nostro rimpatrio. Che ragione può esserci perché accada una cosa così brutta? Papà, il responsabile di questa situazione, dice: «Il disegno di Dio non si vede mica sempre». Sarei tentata di precisare che forse non gli conviene affidare tutto alle mani di Dio, e che sperare nell'impossibile non è una strategia di sopravvivenza, ma per farlo dovrei rivolgergli la parola, e a me non va di rivolgergli la parola.

Sono cose che si dicono per dare un senso alla realtà. Sotto sotto, nel profondo del cuore, siamo quasi tutti convinti che la vita abbia un senso, uno *scopo*. Che vi sia equità. Un minimo di moralità. Che le cose belle capitino ai buoni e quelle brutte ai cattivi.

Nessuno vuole credere che la vita proceda a caso. Papà sostiene di non capire da dove venga il mio cinismo, ma io non sono cinica. Sono realista. È meglio vedere la vita com'è, non come vorremmo che fosse. Le cose non accadono per una ragione. Accadono e basta.

Ci sono però alcuni Dati Osservabili: se non fossi arrivata tardi al mio appuntamento, non avrei incontrato Lester Barnes. E se lui non avesse pronunciato la parola *irie*, non avrei avuto la crisi di pianto. Se non avessi avuto la crisi di pianto, adesso non avrei in mano il nome dell'avvocato noto come «il risolutore».

Esco dal palazzo oltrepassando la barriera di sicurezza. Avverto l'impulso irrazionale e per me del tutto insolito di ringraziare quella sorvegliante, quell'Irene, ma è a un paio di metri di distanza intenta ad accarezzare la roba di qualcun altro.

Controllo i messaggi sul cellulare. Anche se in California sono appena le 5.30 del mattino, Bev mi ha già inviato una sfilza di punti interrogativi. Sono indecisa se raccontarle gli ultimi sviluppi, ma poi decido che proprio di «sviluppi» non si tratta.

«Ancora niente», le rispondo. Egoisticamente, continuo a desiderare di averla qui con me. O meglio, a desiderare di essere lì con lei, a visitare i college e a vivere le normali esperienze di una maturanda.

Guardo di nuovo il biglietto che stringo tra le dita. Jeremy Fitzgerald. Il signor Barnes non mi ha permesso di chiamarlo con il suo telefono per prendere appuntamento.

«È una scommessa parecchio azzardata», mi ha detto prima di spingermi quasi a forza fuori dalla porta.

Dati Osservabili: non conviene mai fare scommesse azzardate. Meglio calcolare le probabilità e andare sul sicuro. Se però la scommessa azzardata è l'unica scelta che hai, ti tocca puntarci comunque.

irene

Una storia incerta

DURANTE la pausa pranzo, Irene si scarica l'album dei Nirvana. Lo ascolta tre volte di fila. Nella voce di Kurt Cobain sente quello che sente Natasha: un'infelicità perfetta, stupenda, una voce così dilaniata dalla solitudine e dal desiderio da sembrare sul punto di spezzarsi. Per Irene sarebbe preferibile che si spezzasse davvero, preferibile al vivere desiderando senza avere, al vivere in sé.

E dalla voce di Kurt Cobain si fa trascinare sempre più in basso, giù, giù dove è buio tutto il tempo. Fa ricerche su Internet e scopre che la storia di Cobain non ha un lieto fine.

Allora elabora un piano. Oggi sarà il suo ultimo giorno di vita.

La verità è che sono anni che a tratti progetta di uccidersi. Nei testi di Cobain trova finalmente le parole giuste. Scrive un biglietto di addio indirizzato a nessuno in particolare: «*Oh well. Whatever. Nevermind*».

natasha

Fatti appena due passi fuori dal palazzo, compongo il numero. «Vorrei un appuntamento per oggi il prima possibile, per favore.»

La donna all'altro capo sembra rispondermi da un cantiere. In sottofondo sento il rumore di un trapano e dei colpi ripetuti. Sono costretta a ripetere due volte il mio nome.

«E qual è il problema?» mi chiede.

Io esito. La specialità degli immigrati irregolari è quella di saper mantenere i segreti. Prima che quest'avventura del rimpatrio cominciasse, avevo raccontato tutto solo a Bev, anche se di solito i segreti non sono il suo forte.

«Mi scappano», si giustifica sempre, come se non avesse alcun controllo sulle cose che le escono di bocca.

Eppure, persino lei si era resa conto di quanto fosse importante mantenere questo segreto in particolare.

«Pronto, signora? Può dirmi qual è il problema?» insiste la donna al telefono.

Premo il cellulare contro l'orecchio e mi blocco al centro della gradinata. Intorno a me, il mondo accelera come un film in avanzamento veloce. La gente sale e scende a scatti le scale a velocità tre volte superiore al normale. In cielo le nuvole sfrecciano e il sole si sposta.

«Sono un'immigrata irregolare», rispondo. Il cuore mi batte come se avessi corso a lungo da chissà quale distanza.

«Mi occorrono altri dettagli», replica lei.

Così le racconto ogni cosa. Sono giamaicana. I miei genitori sono entrati nel Paese illegalmente quando avevo otto anni e viviamo qui da allora. Mio padre è stato fermato per guida in stato di ebbrezza. E adesso saremo rimpatriati. Lester Barnes ha pensato che l'avvocato Fitzgerald potesse darmi una mano.

Mi fissa un appuntamento per le undici del mattino.

«Posso esserle d'aiuto in qualcos'altro?» mi chiede.

«No, va bene così», rispondo.

Lo studio dell'avvocato è in una zona ancora più centrale di quella in cui mi trovo adesso, nei pressi di Times Square. Guardo l'ora sul telefono, sono le 8.35. Un venticello improvviso mi alza l'orlo della gonna e mi solletica i capelli. Strano che il clima sia così mite a metà novembre. Forse potevo anche fare a meno della giacca di pelle, tutto sommato. D'istinto esprimo il desiderio che non sia un inverno troppo rigido, ma poi mi ricordo che probabilmente non sarò più qui per vederlo. Se in una città nevica e in giro non c'è nessuno ad assistere alla nevicata, è freddo lo stesso?

Sì. La risposta è sì.

Mi stringo nella giacca. Stento tuttora a credere che il mio futuro sarà diverso da quello che avevo pianificato.

Mancano ancora due ore e mezzo all'appuntamento. La mia scuola dista appena quindici minuti a piedi da qui. Per un attimo sono tentata di raggiungerla per darle un'ultima occhiata. È un liceo scientifico molto ambito e competitivo, ed è stata durissima entrarci. Non riesco a capacitarmi che da oggi potrei anche non rivederlo più. Alla fine decido di non andare: troppa gente in cui imbattersi e troppe domande del tipo: «Perché non sei a scuola?» a cui non mi va di rispondere.

Così decido di ingannare il tempo percorrendo a piedi i cinque chilometri che mi separano dallo studio legale. Di strada c'è il negozio di dischi in vinile che preferisco. Mi infilo le cuffie e metto in coda l'album *Temple of the Dog*. È una giornata all'insegna del grunge anni Novanta, tutto angoscia e chitarre a palla. Lascio che la voce di Chris Cornell aumenti e si porti via un po' delle mie preoccupazioni.

samuel kingsley

Una storia di rimpianti, parte prima

Il padre di Natasha, Samuel, si era trasferito in America due anni prima del resto della famiglia. Il piano prevedeva che partisse prima lui per affermarsi come attore a Broadway. Non doversi preoccupare di una moglie e di una figlia piccola gli avrebbe facilitato le cose. Senza di loro sarebbe stato libero di presentarsi alle audizioni con il minimo preavviso e di intrecciare rapporti con la comunità teatrale di New York. All'inizio si era parlato di un anno, ma poi gli anni erano diventati due. E da due sarebbero diventati tre, se la madre non si fosse rifiutata di aspettare oltre.

Anche se all'epoca aveva appena sei anni, Natasha si ricorda bene le telefonate in America. Le intuiva dai tanti numeri in più che la mamma doveva comporre. All'inizio filava tutto liscio. Il padre aveva la voce di sempre. Era felice.

Dopo un annetto, però, parlava con uno strano accento tutto nuovo, più ritmico e nasale rispetto al patois. Ed era meno felice. Natasha si ricorda di quando ascoltava le conversazioni tra i genitori. Non poteva sentire quello che diceva il padre, ma non ce n'era bisogno.

«Quanto pretendi che aspettiamo ancora?»

«Ma, Samuel? Non siamo mica più una famiglia con te là e noi qua.»

«Parla con tua figlia, bello.»

Così, un giorno, lei e sua madre avevano lasciato la Giamaica per sempre. Natasha salutò amici e parenti convinta che li avrebbe rivisti, forse per Natale. All'epoca non sapeva cosa significasse essere immigrati irregolari. Non sapeva che volesse dire non poter più tornare a casa. Non poter più considerare casa la propria terra, ma solo un luogo straniero come un altro. Del giorno della partenza ricorda che in aereo si era preoccupata soltanto di come avrebbero attraversato le nuvole, per poi rendersi conto che erano tutto fuorché batuffoli di cotone. Si chiedeva se il padre l'avrebbe riconosciuta e se le avrebbe voluto ancora bene. Era passato tanto di quel tempo.

Ma Samuel la riconobbe eccome e sì, le voleva bene come prima. All'aeroporto le abbracciò forte entrambe.

«Cribbio se mi siete mancate, tutte e due», esclamò, e le strinse di più a sé. Era lo stesso di sempre. In quel momento persino nella voce, perché parlava il patois di una volta. Però aveva un odore diverso, un odore di sapone americano, vestiti americani e cibo americano. Ma Natasha non ci fece caso. Era talmente felice di vederlo che si sarebbe abituata a qualunque cosa.

Nei due anni che Samuel aveva trascorso da solo in America aveva abitato con un'anziana amica di famiglia della madre, senza bisogno di lavorare e usando i propri risparmi per coprire le poche spese che aveva.

Ma dopo che moglie e figlia si furono trasferite in America, le cose dovettero cambiare. Daniel trovò impiego come vigilante in uno dei palazzi di Wall Street e si trasferì con la famiglia in un bilocale in affitto a Brooklyn, nel quartiere di Flatbush.

«Posso riuscirci, a far quadrare le cose», disse a Patricia.

E scelse il turno di notte in modo da tenersi libero il giorno per le audizioni.

Però di giorno era stanco.

Non trovava mai parti adatte e, per quanto si sforzasse, non avrebbe mai perso il suo accento. E a questo di certo non giovava che moglie e figlia gli parlassero con una forte inflessione giamaicana, anche se cercava di insegnar loro la «vera» pronuncia americana.

Vedersi sbattere la porta in faccia, poi, non era facile. Per diventare attore bisogna avere la pellaccia dura, ma quella di Samuel non lo era mai abbastanza. Le porte in faccia erano come carta vetrata, e a furia di riceverne la pelle gli si sfogliava tutta. Dopo un po' di tempo cominciò a chiedersi chi avrebbe resistito più a lungo: se lui o i suoi sogni.

daniel

«RAGAZZO della zona ormai rassegnato prende il treno della linea 7 in direzione ovest per il Tramonto dell'infanzia»

A volte tendo a esagerare un po', lo ammetto, ma è proprio così che mi sento. Questo treno è un Treno Magico del cavolo che mi trasporta a tutta velocità dall'infanzia (gioia, spontaneità, divertimento) all'età adulta (tristezza, prevedibilità e fine assoluta del divertimento). Quando scenderò, avrò le idee chiare e un taglio di capelli impeccabile (cioè corto). Non leggerò (né scriverò) più poesie, ma solo biografie di Persone Molto Importanti. Avrò un Punto di Vista su argomenti seri quali l'Immigrazione, il ruolo della Chiesa Cattolica in una società sempre più laica e il relativo schifo delle squadre di football professionistico.

Il treno si ferma e si svuota per metà. Mi dirigo verso il mio posto preferito, il sedile doppio accanto alla cabina del capotreno. Mi metto comodo e occupo entrambi i posti.

Sì, lo so, è da cafoni. Ma una buona ragione ce l'ho, per questo comportamento, e c'entra con la volta in cui, su un treno deserto alle due di notte (cioè ben oltre il coprifuoco), un tizio con un serpente gigante intorno al collo mi si è seduto accanto anche se c'erano un migliaio (o giù di lì) di posti liberi.

Sfilo il taccuino dalla tasca interna della giacca. Ci vorrà un'oretta per raggiungere la Trentaquattresima Strada a Manhattan, dove c'è il mio barbiere preferito, e questa poesia non si scriverà da sola. Dopo cinquanta minuti (e tre miseri versi scritti da cane), ad appena un paio di fermate dalla mia, le porte del Treno Magico del cavolo si chiudono. Percorriamo cinque o sei metri di galleria e il convoglio si ferma con un cigolio. Come da copione, le luci sfarfallano e poi si spengono. E passano cinque minuti prima che il capotreno si decida a darci qualche informazione. Mi aspetto di sentirgli dire che il treno ripartirà a breve eccetera eccetera, e invece se ne esce con un:

«SiGNOre e SiGNOri. Fino a ieri ero proprio come voi. Viaggiavo su un treno che non andava da nessUNA parte, proprio come voi».

Oh, merda. Di solito i pazzi sono a bordo, non alla guida dei treni. I passeggeri scattano a sedere, tutti con una nuvoletta con la scritta CHE CAVOLO SUCCEDE? sospesa sulla testa.

«Ma poi mi è sucCESsa una cosa. Ho avuto un'esperiENza mistica.»

Non ho ben capito da dove provenga il tizio (Pazzopoli, abitanti 1). Accentua le sillabe toniche delle parole e dà l'idea di avere il sorriso stampato in faccia mentre evangelizza il prossimo.

«Dio in perSOna è sceso dal firmaMENto e mi ha salvato.»

La gente è sbigottita e alza gli occhi al cielo nell'incredulità più totale.

«Egli salveRÀ anche voi, ma voi dovete acCOglierlo nei vostri cuori. AccoGLIEtelo adesso, prima di raggiungere la vostra ultima destinaZIOne.»

A questo punto borbotto qualcosa anch'io, perché i doppi sensi sono la cosa peggiore in assoluto. Un tizio vestito elegante sbraita che il capotreno dovrebbe chiudere quella cazzo di bocca e guidare e basta. Allora una madre tappa le orecchie alla figlioletta e replica che non c'è bisogno di usare un linguaggio del genere. Il nostro treno rischia di trasformarsi nell'isola del *Signore delle mosche*.

Il capotreno/evangelizzatore tace e, prima che il convoglio si rimetta in marcia, trascorriamo un altro minuto seduti al buio. Entriamo nella stazione di Times Square, ma le porte tardano ad aprirsi. Gli altoparlanti si riaccendono gracchiando.

«SiGNOre e SiGNOri. Da questo momento il treno è fuori serVIzio. Per il vostro bene vi consiglio di scendere. Cercate Dio e lo troverete.»

Scendiamo tutti, sollevati e furiosi allo stesso tempo.

Abbiamo ognuno un posto preciso da raggiungere. E cercare Dio non rientra nei nostri programmi.

natasha

Noi esseri umani non siamo creature ragionevoli. Invece della logica, a governarci sono le emozioni. Se fosse il contrario, il mondo sarebbe un luogo più felice. Per esempio, sulla base di un'unica telefonata, io ho iniziato a sperare in un miracolo.

E pensare che non credo nemmeno in Dio.

il capotreno

Una storia evangelica

DIVORZIARE non è stato facile, per il capotreno. Un giorno la moglie gli ha annunciato di avere semplicemente smesso di amarlo. Non riusciva a spiegarselo neanche lei. Non aveva un amante. Non c'era nessun altro con cui desiderasse stare. Ma l'amore che provava un tempo era svanito.

C'è da dire che nei quattro anni trascorsi da quando il divorzio è diventato effettivo, in un certo senso il capotreno ha rinunciato a credere. I voti pronunciati da lui e sua moglie davanti a Dio e agli invitati se li ricorda, ovvio. Ma se la persona che dovrebbe amarti per sempre può non farlo più da un giorno all'altro, resta forse qualcosa in cui credere?

Ormai alla deriva e senza più certezze, da allora il capotreno non ha fatto che vagare da una città all'altra, da un appartamento all'altro, da un impiego all'altro, ancorato al mondo da un filo sottilissimo. Ha difficoltà a addormentarsi. L'unica cosa che lo aiuta è guardare la tivù a tarda notte con l'audio spento. Le immagini che scorrono senza sosta sullo schermo gli placano la mente e lo fanno addormentare.

Una sera, mentre compie il solito rituale, un programma che non ha mai visto cattura la sua attenzione. Un uomo, in piedi dietro un leggio, sta parlando a un vasto pubblico.

Alle sue spalle c'è un enorme schermo su cui è proiettato il suo stesso viso. Rigato di lacrime. La telecamera abbraccia il pubblico estasiato. Qualcuno sta piangendo, ma il capotreno intuisce che non sono lacrime di dolore.

E così, invece di dormire, ripristina l'audio del televisore e sta sveglio tutta la notte a guardare il programma.

Il giorno dopo, svolta qualche ricerca, scopre il cristianesimo evangelico e inizia un viaggio di cui non sapeva di aver bisogno. Scopre che per diventare un cristiano evangelico i principali passi da compiere sono quattro. Primo, devi rinascere. Gli piace molto l'idea di poter essere generato una seconda volta, libero dal peccato e perciò degno di amore e di salvezza. In secondo e terzo luogo, devi credere fermamente nella Bibbia e nel fatto che Cristo è morto perché tutti i nostri peccati possano essere perdonati. Infine devi diventare una sorta di attivista che condivida e diffonda il Vangelo.

Ecco perché il capotreno fa il suo annuncio all'altoparlante. Come può non condividere con i suoi simili la gioia appena scoperta? Perché di gioia si tratta. Una gioia pura risiede nella certezza della fede. Nella certezza che la vita ha uno scopo e un significato. Che, per quanto dura possa essere l'esistenza terrena, il futuro ci prospetta un luogo migliore dove Dio progetta di condurci.

Nella certezza che dietro tutte le cose che gli sono capitate, anche quelle brutte, c'è sempre una ragione.

daniel

VISTO che sto permettendo all'universo di indirizzare la mia esistenza in quest'Ultimo Giorno d'Infanzia, non mi secca dover aspettare un altro treno che mi porti fino alla Trentaquattresima Strada. Il capotreno ci ha detto di andare in cerca di Dio. E forse Dio (uomo o donna che sia… ma chi vogliamo prendere in giro? Dio è maschio al cento per cento. Altrimenti come si spiegherebbero la guerra, le pestilenze e l'alzabandiera mattutino?) è proprio qui a Times Square, che aspetta di farsi trovare. Appena in strada, però, mi viene in mente che Times Square è una specie di inferno (un abisso infuocato di tremolanti insegne al neon che pubblicizzano tutti e sette i peccati capitali). Dio non se ne andrebbe mai in giro da queste parti.

Percorro la Settima Avenue per raggiungere il mio barbiere, con lo sguardo sempre pronto a cogliere qualche segno. Sulla Trentasettesima vedo una chiesa. Salgo le scale e provo ad aprire la porta, ma è chiusa a chiave. Dio dev'essere ancora a letto. Guardo prima a sinistra e poi a destra. Ancora nessun segno. Cerco qualcosa di impercettibile, tipo un uomo con i capelli lunghi che tramuti l'acqua in vino e regga un cartello in cui si proclama Gesù Cristo, nostro Signore e Salvatore.

Mi siedo sulle scale fregandomene del completo elegante e, dall'altra parte della via, vedo i pedoni schivare una ragazza che dondola leggermente sul posto. È nera, con un enorme cespuglio di riccioli afro e due quasi altrettanto enormi cuffie rosa, di quelle con l'imbottitura gigante per isolarti dai rumori esterni (e dal resto del mondo). Ha gli occhi chiusi e una mano poggiata sul cuore. È nell'estasi più totale.

La scena si protrae per circa cinque secondi e poi la ragazza apre gli occhi. Si guarda intorno, si stringe nelle spalle come se fosse imbarazzata e riparte a passo spedito. Qualunque musica stia ascoltando deve essere fantastica per averle fatto perdere il controllo di se stessa proprio al centro di un marciapiede di New York. L'unica cosa che mi abbia mai fatto provare una sensazione simile è scrivere poesie, ma non mi porta a niente.

Darei qualsiasi cosa per desiderare davvero la vita che i miei genitori vogliono per me. Vivere sarebbe più facile se la prospettiva di diventare medico mi entusiasmasse. Sembra quasi scontato che ci si entusiasmi all'idea di fare il dottore. Di salvare la vita della gente e roba del genere. Ma a me non dice un granché.

Seguo con lo sguardo la ragazza che si allontana e, quando sposta lo zaino su una spalla, la vedo, finalmente: la scritta bianca DEUS EX MACHINA stampata a caratteri cubitali sul retro della sua giacca di pelle. *Dio che esce dalla macchina*. Sento la voce del capotreno risuonarmi nella testa e mi chiedo se si tratti di un segno.

Di solito non sono uno che importuna le ragazze e, a dirla tutta, non la sto proprio inseguendo. Mantengo fra noi l'innocua distanza di mezzo isolato circa.

La ragazza entra in un negozio che si chiama *Second Coming Records*, un'allusione alla seconda venuta di Cristo. Non sto scherzando. Ormai non ho più dubbi: è di sicuro un segno, e oggi ho tutte le intenzioni di seguire il vento. Voglio proprio sapere dove mi porterà.

natasha

Mi infilo nel negozio di dischi sperando di evitare le occhiate di chi mi ha visto comportarmi da squilibrata sul marciapiede. Mi ero lasciata trasportare un attimo dalla musica. Chris Cornell che canta *Hunger Strike* mi cattura ogni volta. Canta il ritornello come se patisse la fame da sempre.

All'interno di *Second Coming*, le luci sono basse e l'aria odora come sempre di polvere e deodorante per ambiente al limone. Hanno cambiato un po' la disposizione, dall'ultima volta che sono venuta. Prima i dischi erano divisi per decenni, ora per genere musicale. Ogni reparto ha un poster rappresentativo che lo identifica: *Nevermind* dei Nirvana per il grunge. *Blue Lines* dei Massive Attack per il trip hop. *Straight Outta Compton* degli N.W.A. per il rap.

Potrei passarci tutta la giornata, qua dentro. E se oggi non fosse oggi, ce la passerei. Solo che non ho né il tempo né i soldi.

Sono diretta al reparto «Trip hop» quando noto una coppia intenta a limonare sul retro del negozio, nel settore «Regine del pop», vicino a un poster di *Like a Virgin* di Madonna. Se ne stanno lì con le labbra incollate e, anche se non li vedo bene in faccia, conosco intimamente il profilo di lui. È il mio ex ragazzo, Rob. La sua partner di pomiciata è Kelly, la ragazza con cui mi ha tradita.

Guarda chi dovevo incontrare proprio oggi, cavolo. Perché Rob non è a scuola? Questo è il mio posto preferito, e lui lo sa. Nemmeno gli piace, la musica. Sento risuonare nella testa la voce di mia madre. *Le cose succedono per una ragione, Tasha.* Io non sono della stessa opinione, eppure dev'esserci una spiegazione logica che giustifichi l'orrore di questa giornata. Magari ci fosse Bev con me. In quel caso neanche ci sarei entrata, nel negozio di dischi. «Troppo vecchio e noioso», avrebbe commentato lei. E forse saremmo rimaste a Times Square, a guardare i turisti cercando di indovinare la loro provenienza dai vestiti. I tedeschi in genere portano i calzoni corti qualunque tempo faccia.

Come se guardare Rob e Kelly mangiucchiarsi la faccia a vicenda non mi disgustasse già abbastanza, vedo lei allungare una mano, agguantare un disco, nasconderlo tra i loro due corpi e infilarlo nella voluminosa giacca che indossa, perfetta per il taccheggio.

Roba da matti.

Mi caverei gli occhi piuttosto che continuare a osservarli, e invece lo faccio. Non credo a quello che vedo. Mentre si divorano a vicenda per qualche altro istante, ecco rispuntare la mano di Kelly.

«Oh mio Dio, sono disgustosi. Come fanno a essere tanto schifosi?» Le parole mi sfuggono di bocca senza che riesca a trattenermi. Come mia madre, tendo a pensare a voce alta.

«Lo ruba così, come se niente fosse?» chiede qualcuno accanto a me con una voce altrettanto incredula. Do una rapida occhiata per capire con chi sto parlando. È un ragazzo asiatico in abito grigio e cravatta di un rosso esagerato.

Mi volto per seguire di nuovo la scena. «Non ci lavora

nessuno, qua dentro? Non lo vedono quello che sta succedendo?» domando, più rivolta a me stessa che a lui.

«Non ci converrà dire qualcosa?»

«A loro?» gli chiedo, indicando i due ladruncoli.

«Al personale, magari?»

Scuoto la testa senza guardarlo. «Io li conosco, quei due», rispondo.

«Mano lesta è amica tua?» Il tono è lievemente accusatorio.

«È la ragazza del mio ragazzo.»

Cravatta rossa distoglie lo sguardo dal crimine in atto e lo sposta su di me. «Come, scusa?» mi chiede.

«Intendevo del mio *ex* ragazzo. In pratica mi ha messo le corna con lei.» Vedere Rob deve avermi confuso più del previsto. Altrimenti non si spiega che, a titolo gratuito, io abbia fornito quest'informazione a uno sconosciuto.

Cravatta rossa torna a concentrarsi sui due taccheggiatori. «Che bella coppia, una ladra e un traditore.»

Mi scappa quasi da ridere.

«Meglio se lo diciamo a qualcuno», insiste.

«Mai e poi mai. Fallo tu, se vuoi.»

«L'unione fa la forza», replica lui.

«Se parlo, passo per quella gelosa che si mette in mezzo.»

«E lo sei?»

Lo fisso di nuovo. Ha un'aria così comprensiva.

«Questa è una domanda un po' personale, non credi, Cravatta rossa?»

«Mi sembrava che ormai fossimo in confidenza», ribatte lui con un'alzata di spalle.

«Figuriamoci», replico, voltandomi verso la coppia. Rob si sente osservato e incrocia il mio sguardo prima che riesca a distoglierlo.

«Oh, porco cavolo», sussurro.

Rob mi rivolge il suo tipico sorrisetto idiota unito a un cenno di saluto. E io sono quasi tentata di sollevare il dito medio. Come ho fatto a stare con lui otto mesi e quattro giorni? A permettere a questo complice di tenermi le mani e baciarmi?

Mi giro verso Cravatta rossa. «Sta venendo da questa parte?»

«Sì.»

«Forse potremmo baciarci come fanno le spie nei film», propongo.

Cravatta rossa avvampa.

«Guarda che non dicevo sul serio», gli spiego con un sorriso.

Lui non fiata e arrossisce ancora di più. E il rossore gli tinge tutto il viso.

Rob ci raggiunge senza dare il tempo a Cravatta rossa di riprendersi e reagire.

«Ciao», mi fa. Ha una voce baritonale, rassicurante. Una delle cose che mi piacevano di lui. E sembra Bob Marley da giovane, però bianco e senza i capelli rasta.

«Com'è che tu e la tua ragazza rubate?» interviene Cravatta rossa senza darmi il tempo di rispondere al «ciao».

Rob alza le mani e si allontana di un passo. «Ehi, amico. Abbassa la voce», gli fa. E stampa il solito sorrisetto idiota su quella sua faccia da idiota.

Cravatta rossa continua, a voce ancora più alta: «Questo è un punto vendita indipendente. Un'attività a conduzione famigliare. State rubando a gente reale. Hai idea di quanto sia difficile per le piccole imprese sopravvivere quando quelli come voi si portano via la roba?»

Cravatta rossa ha ragione e Rob riesce persino a mostrare un minimo di rimorso.

«Non ti voltare, ma credo che la tua ragazza sia appena stata beccata», dico io. Due commessi imprecano a bassa voce contro di lei battendole le mani sul davanti della giacca.

Rob si libera finalmente del sorrisetto idiota e, invece di correre in soccorso di Kelly, ficca le mani in tasca e se la svigna. Vedendolo fuggire, Kelly lo chiama, lui però non si ferma. Uno dei commessi minaccia di telefonare alla polizia. Lei lo implora di non farlo e sfila due dischi da sotto la giacca. Ha buon gusto. Riconosco i Massive Attack e i Portishead.

Il commesso glieli strappa di mano. «Se ti rivedo qua dentro chiamo la polizia.»

Kelly esce di corsa dal negozio chiamando Rob a gran voce.

«È stato divertente, no?» commenta a quel punto Cravatta rossa. Ha un sorriso a trentadue denti e gli occhi che brillano. Avverto una specie di déjà-vu. Come se quella scena l'avessi già vissuta. Come se avessi già visto quegli occhi lucenti e quel sorriso e persino già affrontato quel discorso.

Ma poi la sensazione svanisce.

«Daniel», mi dice lui porgendomi la mano.

E, con quella sua manona liscia e calda, stringe la mia qualche istante di troppo.

«Molto piacere», gli dico ritraendomi. Ha un sorriso davvero bello, ma io non ho tempo per i ragazzi ben vestiti e con un bel sorriso. Mi rimetto le cuffie. Mentre lui resta lì ad aspettare che gli dica il mio nome.

«A mai più rivederci, Daniel», aggiungo, ed esco dal negozio.

daniel

«Aspirante Casanova stringe la mano della Ragazza carina e le offre un mutuo a un tasso d'interesse accettabile»

Le stringo la mano. Indosso giacca e cravatta e le stringo la mano.

Che cosa sono? Un bancario?

Chi è che incontra una ragazza carina e le stringe la mano?

Charlie le avrebbe fatto un complimento. Adesso sarebbero seduti in un posticino buio e romantico a bersi un bel caffè. E lei sognerebbe già dei pargoletti metà coreani e metà afroamericani.

natasha

Fuori le strade sono più affollate di prima. Un mix di turisti che si sono avventurati un po' troppo lontano da Times Square e di lavoratori newyorkesi che li vorrebbero veder tornare verso Times Square. Qualche passo davanti a me vedo Rob e Kelly. Mi fermo a osservarli per un po'. Lei sta piangendo e lui si affanna a dimostrarle di non essere uno stronzo traditore e infedele. Ho la sensazione che riuscirà nell'intento. È molto persuasivo e lei non desidera altro che farsi persuadere.

L'anno scorso io e Rob eravamo compagni di banco a fisica avanzata. L'ho notato solo perché mi ha chiesto aiuto con gli isotopi e l'unità di misura dell'emivita. Sono un'autentica secchiona, in quella materia. Mi ha invitato al cinema dopo che ha passato il test della settimana successiva.

La vita di coppia era una novità per me, ma mi piaceva. Mi piaceva incontrarlo davanti al suo armadietto tra una lezione e l'altra, e avere sempre dei programmi per il weekend. Mi piaceva che gli altri ci considerassero una coppia e mi piaceva uscire in quattro con Bev e Derrick. E, anche se odio doverlo ammettere, mi piaceva *lui*. Solo che poi mi ha fatto le corna. Ricordo ancora di essermi sentita offesa, tradita e, stranamente, piena di vergogna. Come se fosse tutta colpa mia. Quello che non capivo, però, era perché avesse finto. Non poteva soltanto lasciarmi e mettersi con Kelly?

Comunque non mi ci è voluto molto, a dimenticarlo. È questo che mi rende così diffidente. Che ne è stato dei sentimenti che provavo per lui? Passiamo tutta la vita a cercare l'amore. Ne parlano poesie, canzoni e romanzi interi. Ma com'è possibile fidarsi di una cosa che può finire di colpo com'è cominciata?

emivita

Una storia di decadimento

L'EMIVITA di una sostanza è il tempo che la sostanza impiega a dimezzare il proprio valore iniziale.

Nella fisica nucleare, è il tempo che impiegano gli atomi instabili a perdere energia emettendo radiazioni. In biologia, di solito il termine si riferisce al tempo impiegato per dimezzare la concentrazione di una sostanza (acqua, alcol o prodotti farmaceutici) nell'organismo. In chimica, è il tempo necessario per trasformare metà di un reagente (idrogeno e ossigeno, per esempio) in un prodotto (acqua).

In amore, è il tempo che impiegano gli innamorati a provare la metà di ciò che provavano all'inizio.

Quando Natasha pensa all'amore, è a questo che pensa: niente dura per sempre. Come l'idrogeno-7, il litio-5 o il boro-7, l'amore ha un'emivita infinitesimale che decade finché non resta più nulla. E quando finisce, è come se non ci fosse mai stato.

daniel

La ragazza senza nome è ferma a un semaforo davanti a me. Giuro che non la sto seguendo. Fa la mia stessa strada, tutto qui. Ha di nuovo le cuffie rosa shocking sulle orecchie e, come prima, ondeggia a tempo di musica. Anche se non la vedo in faccia, scommetto che ha gli occhi chiusi. Salta il turno al passaggio pedonale e, a quel punto, la raggiungo. Se si voltasse adesso, penserebbe di sicuro che la sto perseguitando. Appena il semaforo ritorna verde, scende dal marciapiede.

Non è abbastanza attenta da notare il tizio sulla BMW bianca che sta per passare con il rosso. Ma io sono vicino.

La tiro indietro per il braccio. I nostri piedi si incrociano. Incespichiamo e cadiamo entrambi sul marciapiede. Lei atterra per metà sopra di me. Il suo cellulare non è altrettanto fortunato e sbatte sull'asfalto.

Un paio di persone ci chiedono se stiamo bene, ma i più ci scansano come se fossimo l'ennesimo ostacolo in quella gincana che è New York.

La ragazza senza nome si stacca da me e guarda il telefono. Lo schermo è attraversato da una piccola ragnatela di venature.

«Ehi, che t'è preso?» mi fa, ma più che una domanda è una protesta.

«Stai bene?»

«Quello per poco non mi ammazzava.»

Alzo lo sguardo e vedo l'auto accostata al marciapiede poco più avanti. Mi piacerebbe dirne quattro al conducente, ma non voglio lasciarla sola. «Stai bene?» ripeto.

«Sai da quanto tempo ce l'ho?» Lì per lì penso che si riferisca al telefono, invece ha in mano le cuffie. Si sono spaccate durante la caduta. Una delle imbottiture penzola dai fili e ha l'involucro esterno rotto.

La ragazza sta per piangere.

«Te ne compro un altro paio.» Devo assolutamente evitare che pianga, ma non per nobiltà d'animo o chissà che altro. Il pianto per me è contagioso. Un po' come succede quando uno sbadiglia e attacca lo sbadiglio a tutti. O quando uno vomita e l'odore ti provoca un conato. A me succede con il pianto, e mi rifiuto di mettermi a piangere davanti alla ragazza carina a cui ho appena rotto le cuffie.

Lei sarebbe quasi tentata di accettare l'offerta, si vede, ma so già che non lo farà. Infatti serra le labbra e scuote il capo.

«È il minimo che possa fare», insisto.

Finalmente mi guarda. «Mi hai già salvato la vita.»

«Non saresti morta. Forse menomata.»

Sto cercando di farla ridere, però non funziona. Ha le lacrime agli occhi. «Oggi per me è una giornataccia», mi spiega.

E io mi volto per non farle vedere le mie, di lacrime.

donald christiansen

Una storia di soldi

Donald Christiansen conosce il prezzo delle cose che non hanno prezzo. Ha le tavole attuariali stampate nella mente. Conosce il costo di una vita umana persa in un disastro aereo, in un incidente stradale, in una strage in miniera. E questo perché un tempo lavorava nelle assicurazioni. E dare un prezzo all'imprevisto e all'indesiderato era il suo mestiere.

Il prezzo per aver investito per sbaglio una diciassettenne chiaramente distratta è molto inferiore a quello stabilito per sua figlia, uccisa da un autista impegnato a inviare messaggi con il cellulare. Tant'è vero che, d'istinto, appena ricevuta la notizia, Donald aveva subito pensato alla cifra che la compagnia assicurativa del conducente avrebbe dovuto pagare.

Accosta a lato della strada, inserisce le doppie frecce e poggia la testa sul volante. Tasta la fiaschetta nella tasca interna del cappotto. Ci si riprende mai da un'esperienza del genere? Donald è convinto di no.

Sono passati due anni e il dolore persiste, senza accennare ad andarsene, se non dopo essersi portato via tutto. Un dolore che gli è costato il matrimonio, il sorriso, la capacità di mangiare e dormire a sufficienza e di provare dei sentimenti.

Un dolore che gli è costato la capacità di restare sobrio.

Motivo per cui poco fa ha rischiato di investire Natasha.

Donald non ha ben capito che cosa stesse cercando di comunicargli l'universo portandogli via la sua unica figlia, ma ecco che cosa ha imparato: che nessuno è in grado di stabilire che prezzo abbia perdere tutto. E ancora, che tutte le storie future possono naufragare in un solo istante.

natasha

CRAVATTA rossa si volta dall'altra parte. Credo stia per piangere, una cosa assurda. Si offre di comprarmi delle cuffie nuove. Anche se accettassi, delle cuffie nuove non potrebbero mai sostituire queste.

Le possiedo da quando ci siamo trasferite qui in America. Il giorno in cui mio padre me le ha regalate, era ancora fiducioso di raggiungere il successo. Stava ancora cercando di convincere mia madre che lasciare il nostro Paese natale, la famiglia e i nostri amici, sarebbe valso a qualcosa, alla fine. Era sicuro di sfondare. Di realizzare il sogno americano che sognano persino gli americani.

E per convincerla sfruttava me e mio fratello. Ci comprava regali a rate, oggetti che ci potevamo permettere a malapena anche così. Il fatto che qui potevamo essere felici avrebbe dimostrato che era stato giusto trasferirsi.

A me non importava che ci fosse una ragione dietro a quei regali. E queste cuffie supercostose erano il regalo che in assoluto mi piaceva di più. Per me contava solo che fossero del mio colore preferito e garantissero un suono da intenditori. Sono state il mio primo amore. Conoscono tutti i miei segreti. Sanno dell'adorazione che prima nutrivo per mio padre. E dell'odio che ora nutro per me stessa per aver smesso di adorarlo.

Mi sembra passato un secolo da quando stravedevo per lui, da quando era un pianeta lontano e io il suo satellite prediletto. Altro che pianeta, mio padre è soltanto l'ultimo lampeggiare stanco di una stella già morta.

E io non sono un satellite. Sono un detrito spaziale che si scaglia il più lontano possibile da lui.

daniel

Non credo di aver mai osservato nessuno come sto osservando lei. La luce del sole le filtra tra i capelli disegnandole una specie di aureola intorno alla testa. Il viso è un alternarsi di emozioni. Gli occhi sono grandi e neri, con le ciglia lunghe. Potrei guardarli per ore. In questo momento sono spenti, ma so esattamente come sarebbero se fossero brillanti e sorridenti. Chissà se riuscirò a farla ridere. La pelle è di un bruno caldo e luminoso. Le labbra sono rosa e carnose, ma forse è un po' troppo tempo che gliele fisso. Meno male che è troppo triste per accorgersi di quanto sia un cretino superficiale (e arrapato).

Lei smette di osservare le cuffie rotte e, appena i nostri occhi si incontrano, ho una specie di déjà-vu. Ma più che rievocare un'esperienza passata, mi sembra di vivere una scena che accadrà nel mio futuro. Vedo come saremo da vecchi. Non distinguo i volti e non so né dove né in quale anno ci troviamo. Ma ho una strana sensazione positiva che non saprei descrivere. È un po' come conoscere tutte le parole di una canzone e trovarle ugualmente incantevoli e sorprendenti.

natasha

Mi alzo e mi do una spolverata. Peggio di così, questa giornata non può andare. Finirà pure, prima o poi. «Mi stavi seguendo?» gli domando, più scontrosa e insofferente di quanto dovrei essere con la persona che mi ha appena salvato la vita.

«Cavolo, sapevo che l'avresti pensato.»

«Guarda caso eri proprio dietro di me, o sbaglio?» Armeggio con le cuffie nel tentativo di riattaccare l'imbottitura, ma non c'è verso.

«Forse era destino che oggi ti salvassi la vita», risponde lui.

Faccio finta di niente. «Okay, grazie dell'aiuto», ribatto, e mi accingo ad andarmene.

«Dimmi almeno come ti chiami», sbotta lui.

«Senti, Cravatta rossa...»

«Daniel.»

«Okay, Daniel. Grazie per avermi salvata.»

«Che nome lungo.» Tiene gli occhi incollati ai miei. E non mollerà finché non glielo dico, lo so.

«Natasha.»

Ho l'impressione che stia di nuovo per porgermi la mano, invece la infila in tasca. «Bel nome.»

«Mi fa piacere che sia di tuo gradimento», replico con tutto il sarcasmo di cui sono capace.

Lui non aggiunge altro, si limita a guardarmi corrugando appena la fronte, come se si sforzasse di capire qualcosa.

Alla fine non resisto più e gli chiedo: «Perché mi fissi?»

Lui arrossisce ancora e adesso sono io che lo fisso. Sarebbe divertente prenderlo in giro solo per il gusto di farlo arrossire. Osservo il suo viso spigoloso. È di una bellezza classica, disinvolta, oserei dire. A guardarlo starsene lì in giacca e cravatta, me lo immagino bene in una di quelle commedie romantiche hollywoodiane in bianco e nero, a scambiare battute sagaci con la protagonista femminile. Ha gli occhi nocciola e infossati. Qualcosa mi dice che sorride molto. I capelli neri e folti sono raccolti in una coda di cavallo.

Dati Osservabili: la coda lo promuove da attraente a supersexy.

«Ora sei tu che fissi me!» protesta. E stavolta sono io ad arrossire.

Mi schiarisco la voce. «Perché sei in giacca e cravatta?»

«Più tardi ho un colloquio. Ti va di andare a mangiare qualcosa?»

«A che pro?» gli chiedo.

«Per l'iscrizione a Yale. Ho fatto domanda anticipata.»

Scuoto la testa. «No. Intendevo perché vuoi andare a mangiare qualcosa?»

«Perché ho fame?» replica lui, come se non ne fosse davvero sicuro.

«Mmm. Io no.»

«Un caffè, allora? O altrimenti un tè, una bibita, dell'acqua filtrata?»

«Perché?» insisto, certa che non si arrenderà mai.

Lui manifesta la propria indifferenza con un'alzata di

spalle, ma non con gli occhi. «Perché no? Tanto più che mi devi la vita, visto che te l'ho appena salvata.»

«Prenderti la mia vita non ti conviene, fidati», commento.

daniel

PERCORRIAMO due lunghi isolati in direzione ovest, verso la Nona Avenue, e superiamo almeno tre caffetterie. Due sono della stessa catena nazionale (okay, lo dice il nome, ma voi avete mai visto qualcuno inzuppare una ciambella nel caffè?). Io però scelgo la terza, la caffetteria indipendente, perché noi proprietari di attività a conduzione famigliare dobbiamo sostenerci a vicenda.

È un locale tutto mogano e legno scuro in cui aleggia il classico odore che ci si aspetta in un posto del genere. È anche un tantino stucchevole, e quando dico «un tantino» mi riferisco ai molti dipinti a olio raffiguranti singoli chicchi di caffè appesi alle pareti. Chi lo sapeva che ritrarre i chicchi di caffè fosse diventato di moda? E che quei chicchi solitari potessero mettere tanta tristezza?

Il locale è quasi vuoto e i tre baristi dietro il bancone hanno l'aria di annoiarsi parecchio. Provo a movimentare la loro vita ordinando una bevanda elaboratissima a base di caffè ristretto, latte a vario contenuto di grassi, caramello e pure sciroppo di vaniglia.

Ma i tre hanno ancora l'aria annoiata.

Natasha ordina un caffè nero senza zucchero, e in questa

scelta è difficile non leggere la sua personalità. Sto per fare un commento quando mi viene in mente che potrebbe interpretarlo come una battuta a sfondo razziale, il che sarebbe un modo davvero pietoso (in una scala che va da pietoso a estremamente pietoso passando per abbastanza, alquanto e davvero pietoso, appunto) di iniziare una storia.

Insiste a voler pagare dicendo che è il minimo che possa fare. Non solo il mio caffè costa 6,38 dollari, ma la informo anche che salvare una vita ne vale almeno due, di bevande al caffè elaboratissime. Non le strappo nemmeno un sorriso.

Scelgo un tavolo in fondo, il più lontano possibile da tutto quel non-fervore di attività. Appena ci sediamo, Natasha controlla l'ora sul cellulare. Funziona ancora malgrado le crepe sullo schermo, e lei ci passa sopra il pollice sospirando.

«Devi andare da qualche parte?» le domando.

«Sì», risponde, e spegne il telefono.

Aspetto che aggiunga qualcosa, però non ci pensa neanche. Il suo viso mi sfida a rivolgerle altre domande, ma per oggi ho già raggiunto la mia quota massima di sfide (1 = pedinare una ragazza carina, 2 = inveire contro l'ex ragazzo della ragazza carina, 3 = salvare la vita alla ragazza carina, 4 = invitare la ragazza carina a trascorrere del tempo con me).

Seguono trentatré secondi di un silenzio molto poco piacevole. E io piombo nell'insicurezza più totale tipica di quando conosci una persona e vuoi fare colpo a tutti i costi.

Vedo ogni mia mossa attraverso il suo sguardo. Sembrerò un cretino a gesticolare così? Avrò le sopracciglia troppo cespugliose? Questo sorrisetto sarà sexy o darà più l'idea che mi stia venendo un ictus?

Sono talmente nervoso che esagero ogni movimento. SOFFIO sul caffè, lo SORSEGGIO, lo MESCOLO, interpretando il ruolo di un giovane uomo intento a sorbire una bevanda chiamata caffè.

Soffio troppo forte sulla tazza e un po' di schiuma vola via. Più fico di così non potrei essere, io stesso non vedrei l'ora di frequentarmi (si fa per dire). Non ci metterei la mano sul fuoco, ma potrebbe esserle sfuggito un sorrisetto, quando è schizzata la schiuma.

«Sei ancora contento di avermi salvato la vita?» mi domanda.

Ingurgito troppo caffè e mi ustiono non soltanto la lingua, ma pure un bel tratto di esofago. Che cavolo. Forse è segno che devo lasciar perdere. Ormai è chiaro che non sono destinato a far colpo su questa ragazza.

«Perché, dovrei pentirmene?» le chiedo.

«Be', finora non è che ti abbia trattato molto bene.»

È piuttosto diretta, perciò decido di esserlo anch'io. «È vero, però non ho una macchina del tempo con cui tornare indietro e cancellare quel che ho fatto», le dico senza battere ciglio.

«Ti piacerebbe?» mi domanda un po' imbronciata.

«Certo che no.» Che razza di verme mi reputa?

Si alza per andare in bagno e io, per non farmi trovare seduto lì ad aspettarla come un ebete, tiro fuori dalla tasca il taccuino e abbozzo qualche verso. Al suo ritorno sto ancora scrivendo.

«Oh, no», borbotta mentre si risiede.

«Che c'è?» le domando.

«Non sarai mica un poeta?» mi chiede indicando il taccuino.

Nonostante il suo sguardo divertito, mi affretto a chiudere il quaderno e lo rinfilo in tasca.

Forse non è stata una grande idea. Che cosa mi sono messo in testa con quest'assurdità del déjà-vu al contrario? Sto solo ritardando il futuro. Asseconderò il volere dei miei genitori e sposerò una graziosa ragazza coreano-americana. A differenza di Charles, io non ho niente contro le ragazze coreane. Mio fratello sostiene che le coreane non sono il suo tipo, ma io la fissazione di avere un proprio «tipo» non la capisco. Il mio tipo sono le ragazze. Tutte quante. Perché dovrei restringermi da solo il campo?

Sarò un medico in gamba, capace di grande empatia con i pazienti.

Sarò il ritratto della felicità.

Ma qualcosa in Natasha mi suggerisce che la mia vita potrebbe essere straordinaria.

Sarebbe meglio se lei si comportasse da stronza fino in fondo e ce ne andassimo ognuno per la propria strada. Non c'è nessuna speranza che ai miei (soprattutto a mio padre) stia bene vedermi uscire con una ragazza di colore.

Faccio comunque un ultimo tentativo. «Tu come la sfrutteresti, una macchina del tempo, se ce l'avessi?»

Per la prima volta da quando ci siamo seduti non ha l'aria né stizzita né annoiata. Si sporge in avanti con lo sguardo pensieroso.

«Può viaggiare nel passato?»

«Ovvio. È una macchina del tempo.»

Mi lancia un'occhiata come a dire che di queste cose non capisco un'acca. «I viaggi nel passato sono complicatissimi.»

«Supponiamo di aver risolto le complicazioni. Che cosa faresti?»

Posa il caffè e incrocia le braccia al petto. Lo sguardo le si illumina.

«E ignoriamo il paradosso del nonno?» mi domanda.

«Assolutamente», le rispondo fingendo di sapere di cosa sta parlando, ma lei mi incalza.

«Non conosci il paradosso del nonno?» chiede incredula, come se mi mancassero delle informazioni basilari su come funziona il mondo (tipo come nascono i bambini). Non sarà mica fissata con la fantascienza?

«No. Non lo conosco», ammetto.

«Okay. Supponiamo che tuo nonno sia cattivo.»

«Mio nonno è morto. L'ho visto solo una volta, in Corea. Mi è sembrato una brava persona.»

«Sei coreano?»

«Coreano-americano. Sono nato qui.»

«Io sono giamaicana. Sono nata là.»

«Ma non hai nessun accento.»

«Be', è da un po' che sono qui.» Da come serra la presa sulla tazza mi accorgo che sta cambiando umore.

«Spiegami questo paradosso», la imbecco per distrarla. Ci riesco e le torna il buonumore.

«Okay. Sì. Supponiamo che tuo nonno sia ancora vivo e che sia cattivo.»

«Vivo e cattivo», ripeto annuendo.

«È cattivissimo, perciò inventi una macchina del tempo e torni indietro per ucciderlo. Supponiamo che tu lo uccida prima che incontri tua nonna. In quel caso uno dei tuoi genitori non nascerebbe, e quindi nemmeno tu, perciò non potresti tornare indietro nel tempo per ucciderlo. Ma c'è un però! Se lo uccidessi *dopo* l'incontro con tua nonna, allora nasceresti e, a quel punto, inventeresti una macchina del tempo per tornare indietro a ucciderlo. E la storia si protrarrebbe all'infinito.»

«Ah. Allora sì, lo ignoriamo.»

«Insieme al principio di autoconsistenza di Novikov, immagino.»

Se prima la trovavo carina, adesso lo è di più. Ha il volto acceso, i capelli che ondeggiano e lo sguardo luminoso. Gesticola, mi racconta dei ricercatori del MIT e della curva delle probabilità per sfuggire ai paradossi.

«Perciò in teoria tu non riusciresti a uccidere tuo nonno perché la pistola farebbe cilecca proprio al momento giusto, oppure perché ti verrebbe un infarto...»

«O perché resterei senza fiato alla vista della giamaicana carina che è appena entrata nella stanza.»

«Esatto. Succederebbe qualcosa di strano e improbabile che impedirebbe il verificarsi di un evento impossibile.»

«Ah», ripeto un'altra volta.

«Altro che 'ah'», replica lei sorridente.

Altro che «ah», certo, ma non mi viene in mente nulla di intelligente o di arguto da dire. Ho difficoltà a ragionare e a guardarla contemporaneamente.

C'è un'espressione giapponese che mi piace: *koi no yokan*. Più che un colpo di fulmine vero e proprio, descrive un colpo di fulmine a scoppio ritardato. La sensazione che provi quando incontri la persona di cui finirai per innamorarti. Magari non sarà amore a prima vista, ma inevitabilmente ti innamorerai di lei.

Proprio quello che mi sta accadendo adesso, ne sono convinto. L'unico problemino (forse insormontabile) è che sono altrettanto convinto che per Natasha non sia così.

natasha

Non racconto a Cravatta rossa tutta la verità su ciò che farei con una macchina del tempo, se l'avessi. Tornerei indietro per cancellare il giorno più bello della vita di mio padre. Sarebbe un atto di puro egoismo, ma è esattamente ciò che farei perché il *mio* futuro non venisse spazzato via.

Invece di raccontargli la verità, gli svelo gli aspetti scientifici del caso. Alla fine del mio discorso mi guarda come se si fosse innamorato di me. A quanto pare non ha mai sentito parlare del paradosso del nonno né del principio di autoconsistenza di Novikov, il che un po' mi sorprende. Mi sarò immaginata che fosse un secchione solo perché è asiatico; una bella cavolata da parte mia, perché non sopporto quando gli altri immaginano che mi piaccia il rap o che sia brava nello sport. Per la cronaca, soltanto una delle due cose è vera.

A parte il fatto che oggi mi rimpatriano, non sono proprio la ragazza giusta di cui innamorarsi. Prima di tutto non mi piacciono le cose temporanee e non dimostrabili, e l'amore romantico è sia temporaneo sia non dimostrabile.

Secondo, ed è un segreto che non racconto mai a nessuno, dubito di essere capace di amare. Anche solo temporaneamente. Quando stavo con Rob non ho mai provato le sensazioni descritte nelle canzoni d'amore. Non mi sono mai sentita travolgere né consumare. Non ho mai avuto bisogno di lui come dell'aria che respiravo. Mi piaceva un sacco, certo. Mi piaceva guardarlo. Mi piaceva baciarlo. Ma ho sempre saputo di poter vivere senza di lui.

«Cravatta rossa», gli dico.

«Daniel», mi corregge.

«Non innamorarti di me, Daniel.»

Lui reagisce sputacchiando del caffè. «E chi ti dice che lo farò?»

«Il taccuino nero su cui ti ho visto scrivere e la tua faccia. Quel tuo bel faccione che pare un libro aperto, ecco chi me lo dice.»

Arrossisce di nuovo, perché arrossire riassume tutto il suo modo di essere. «E perché non dovrei?» mi domanda.

«Perché io non mi innamorerò di te.»

«Come lo sai?»

«Non credo nell'amore.»

«Non è mica una religione», obietta lui. «L'amore esiste comunque, che tu ci creda oppure no.»

«Ah, davvero? E puoi dimostrarlo?»

«Le canzoni romantiche. La poesia. L'istituto del matrimonio.»

«Ma per favore. Sono soltanto parole. Si può applicare il metodo scientifico all'amore? Lo si può osservare, misurare, sottoporre a esperimenti riproducibili? No. Lo si può sezionare, colorare come un vetrino e studiare al microscopio? No. E coltivarlo su una piastra di Petri o mapparne la sequenza genetica?»

«No», ripete lui ridendo e facendomi il verso.

Alla fine scoppio a ridere anch'io. Qualche volta mi prendo un po' troppo sul serio.

Daniel raccoglie una cucchiaiata di schiuma dalla tazza e la infila in bocca. «Per te saranno soltanto parole, ma dovrai pur riconoscere che tutte quelle persone provano *qualcosa*.»

Annuisco. «Qualcosa di temporaneo e non misurabile in alcun modo. E solo perché hanno bisogno di credere. Altrimenti sarebbero costretti ad ammettere che la vita non è altro che un susseguirsi casuale di eventi positivi e negativi fino al giorno della morte.»

«E a te sta bene essere convinta che la vita non abbia senso?»

«Che alternative ho? La vita è così.»

Un'altra cucchiaiata di schiuma accompagnata da un'altra risata. «Quindi per te la sorte, il fato, la predestinazione non esistono?»

«Non sono una credulona», rispondo, più divertita di quanto dovrei.

Daniel si allenta la cravatta e si abbandona all'indietro inclinando la sedia. Dalla coda di cavallo gli sfugge una ciocca di capelli che subito si sistema dietro l'orecchio. Anziché lasciarsi scoraggiare dal mio nichilismo, sembra sempre più a suo agio. Quasi contento.

«Penso di non aver mai conosciuto una persona dal fascino così disincantato», commenta come se fossi un fenomeno da baraccone.

«E la cosa ti attrae?» gli domando.

«La trovo interessante.»

Mi guardo intorno. Stranamente il bar si è riempito senza che me ne accorgessi. Il bancone è gremito di persone in attesa di ordinare. Gli amplificatori diffondono *Yellow Ledbetter* dei Pearl Jam, un altro dei miei gruppi preferiti nel panorama grunge-rock anni Novanta. Non riesco a trattenermi. Devo chiudere gli occhi per ascoltare Eddie Vedder che canticchia a bocca chiusa il ritornello. Quando li riapro, Daniel mi sta fissando. Sposta di nuovo il peso avanti e torna con tutte e quattro le gambe della sedia a terra. «E se ti dicessi che potrei farti innamorare di me in maniera scientifica?»

«Mi farei due risate», replico io. «Anzi, quattro.»

multiverso

Una storia quantistica

Una possibile soluzione al paradosso del nonno è la teoria del multiverso avanzata per la prima volta da Hugh Everett. Secondo questo principio, esistono infinite versioni della nostra storia passata e futura, ognuna in un universo alternativo al nostro.

Per ciascun evento che accade a livello quantistico, l'universo esistente si divide in universi multipli, il che significa che per ogni scelta che compiamo esiste un numero infinito di universi in cui abbiamo compiuto una scelta diversa.

Questa teoria risolve una volta per tutte il paradosso del nonno: postulando la presenza di universi separati in cui si verifichino tutti gli esiti possibili, il paradosso è scongiurato.

In questo modo finiamo per vivere esistenze multiple.

C'è per esempio un universo in cui Samuel Kingsley non rovina la vita di sua figlia. Un universo in cui lui la rovina, ma Natasha è in grado di rimediare. Un universo in cui non c'è rimedio alla rovina. In quale di questi universi stia vivendo in questo istante, però, Natasha non l'ha ancora capito.

daniel

«RAGAZZO della zona tenta di ricorrere alla scienza per conquistare la ragazza»

Non scherzavo a proposito dell'innamoramento ottenuto in maniera scientifica. Ne parlavano addirittura in un articolo del *New York Times*.

Un ricercatore ha messo due persone in un laboratorio e le ha invitate a rivolgersi una serie di domande intime. I due dovevano anche guardarsi negli occhi per quattro minuti senza dire niente. Ora come ora, non riuscirei mai a convincere Natasha a fissarmi così a lungo, questo è certo. A essere sincero, quando ho letto l'articolo non ci ho creduto fino in fondo. Non si possono «indurre» le persone a innamorarsi, no? L'amore è una faccenda molto più complicata. Non basta scegliere una coppia di individui e costringerli a rivolgersi una serie di domande per far sbocciare l'amore. Anche la luna e le stelle hanno un loro ruolo nella cosa. Ne sono certo.

Comunque.

Secondo l'articolo, il risultato dell'esperimento è stato che i due soggetti hanno finito per innamorarsi e sposarsi davvero. Se il matrimonio è durato, questo non lo so. (E non voglio neanche saperlo perché, se è durato, allora l'amore è meno misterioso di quel che penso e può essere coltivato su una piastra di Petri. Mentre, se non è durato, allora l'amore è effimero proprio come sostiene Natasha.)

Prendo il cellulare e cerco su Internet lo studio in questione. Trentasei domande. Sono quasi tutte stupidissime, ma alcune sono accettabili. E poi mi piace l'idea dello sguardo profondo occhi negli occhi.

Di fronte alla scienza non mi tiro mica indietro, io.

natasha

Daniel mi racconta di un esperimento in cui c'entrano un laboratorio, delle domande e l'amore. Gli confesso che sono scettica. Ma non che sono anche un po' intrigata.

«Quali sono i cinque ingredienti chiave dell'innamoramento?» mi domanda.

«Io non credo nell'amore, ricordi?» Mescolo il caffè con il cucchiaino, anche se da mescolare non c'è un bel niente.

«Allora secondo te di cosa parlano le canzoni d'amore?»

«Facile», rispondo. «Di desiderio sessuale.»

«E che mi dici del matrimonio?»

«Be', il desiderio si affievolisce, però ci sono ancora i figli da crescere e le bollette da pagare. A un certo punto si riduce tutto a un'amicizia con tornaconto reciproco a beneficio della società e delle generazioni future.» Smetto di parlare nel momento esatto in cui finisce la canzone. Per un istante non sentiamo altro che il tintinnio dei bicchieri e il ribollio del latte montato a schiuma.

«Ah», commenta lui pensieroso.

«Ancora con questo 'ah'.»

«Non potrei essere più in disaccordo con te.» Si aggiusta il codino evitando che i capelli gli ricadano sul viso.

Dati Osservabili: vorrei tanto vedergli ricadere i capelli sul viso.

Più gli parlo, più lo trovo carino. Mi piace persino la sua franchezza, nonostante di solito io detesti la franchezza. Quel suo codino sexy deve avermi confusa. Sono soltanto capelli, mi dico. Hanno la funzione di tenere la testa calda e di proteggerla dalle radiazioni ultraviolette. In sé non hanno niente di sexy.

«Di che cosa stavamo parlando?» mi domanda.

Pronuncio la parola «scienza» nell'istante in cui lui dice «amore» e scoppiamo entrambi a ridere.

«Quali sono gli ingredienti?» mi incalza un'altra volta.

«Tornaconto reciproco e compatibilità socio-economica.»

«Ma tu ce l'hai, un'anima?»

«L'anima non esiste», sentenzio io.

Daniel scoppia a ridere come se stessi scherzando. «Be'», prosegue dopo essersi reso conto che non sto scherzando. «I miei ingredienti sono l'amicizia, l'intimità, la compatibilità di valori, l'attrazione fisica e il fattore X.»

«Che cos'è il fattore X?»

«Sta' tranquilla. Tra noi c'è già.»

«Buono a sapersi», replico ridendo. «Tanto di te non m'innamoro lo stesso.»

«Concedimi un giorno», mi dice, di colpo serissimo.

«Non è una scommessa, Daniel.»

Mi fissa con quei suoi occhi marroni e luminosi, aspettando una risposta.

«Ti concedo un'ora», gli dico.

Ci resta male. «Solo un'ora? E dopo che succede? Ti trasformi in una zucca?»

«Ho un appuntamento e poi devo andare a casa.»

«Che appuntamento?» mi domanda.

Invece di rispondere, mi guardo in giro. Un barista ripete a gran voce una sfilza di ordinazioni. Una persona ride. Un'altra inciampa.

Mescolo di nuovo il caffè senza che ce ne sia bisogno. «Non ho intenzione di dirtelo.»

«Okay», commenta lui senza scomporsi.

Daniel ha capito che cosa vuole, e ciò che vuole sono io. Mi dà l'idea di essere un tipo determinato e paziente, e quasi lo ammiro per questo. Ma non sa ciò che so io. Domani sarò cittadina di un altro Paese. Domani non sarò più qui.

daniel

Le mostro il mio cellulare e insieme valutiamo quali domande scegliere. Il tempo per tutte e trentasei non lo abbiamo. Lei vorrebbe eliminare i quattro minuti di sguardo profondo occhi negli occhi, ma non se ne parla. Gli occhi sono il mio asso nella manica. Tutte le mie ex ragazze (okay, una delle mie ex ragazze… okay, ho avuto una sola ragazza, ormai ex) avevano un debole per i miei occhi. Grace (l'unica ex ragazza in assoluto di cui sopra) li paragonava a due gemme, in particolare al quarzo affumicato (il suo hobby era l'oreficeria). Stavamo pomiciando nella sua stanza quando me l'ha detto la prima volta, e nel bel mezzo si è interrotta per mostrarmene un campione.

Insomma, ho gli occhi simili al quarzo (affumicato) e le ragazze (una almeno) ne vanno matte.

Le domande rientrano in tre diverse categorie, ognuna più personale della precedente. Natasha vorrebbe fermarsi alle meno personali della prima categoria, ma io le boccio pure questa proposta.

Della categoria #1 (minor grado di intimità) selezioniamo:

#1. Potendo scegliere tra tutte le persone del mondo, chi inviteresti a cena?

#2. Ti piacerebbe essere famoso/a? In che modo?
#7. Hai un vago presagio di come morirai?

Della categoria #2 (intimità media):

#17. Qual è il tuo ricordo più prezioso?
#24. Come giudichi il rapporto con tua madre?

Della categoria #3 (massimo grado di intimità):

#25. Formulate ciascuno tre frasi veritiere usando il «noi». Per esempio: «Siamo entrambi in questa stanza e ci sentiamo...»
#29. Condividi con il/la partner un momento imbarazzante della tua vita.
#34. La tua casa, con dentro tutto ciò che possiedi, prende fuoco. Dopo aver salvato i tuoi cari e i tuoi animali, ti resta il tempo per recuperare in sicurezza un'ultima cosa. Quale salveresti e perché.
#35. La morte di quale dei tuoi famigliari ti sconvolgerebbe di più? Perché?

Alla fine ci ritroviamo con otto domande, perché Natasha ritiene che per rispondere alla numero ventiquattro dovremmo parlare del rapporto che abbiamo con nostro padre, oltre che con nostra madre.

«Com'è che della rovina dei figli si incolpano sempre di più le madri? I padri sono degli esperti nel rovinare i figli.» Lo dice come se l'avesse sperimentato in prima persona.

Controlla di nuovo l'ora sul cellulare. «Devo andare», annuncia e, spingendo indietro la sedia, si alza troppo in fretta e smuove il tavolo. Un po' del suo caffè schizza fuori dalla tazza.

«Oh, merda», esclama. Una reazione un po' eccessiva. Vorrei tanto chiederle dell'appuntamento e di suo padre, ma ora come ora preferisco evitarlo.

Mi alzo, afferro un paio di tovaglioli e ripulisco.

L'occhiata che mi rivolge è un misto di gratitudine ed esasperazione.

«Vieni, usciamo», le dico.

«Sì, va bene. Grazie», replica lei.

La seguo con lo sguardo mentre aggira la fila di caffeinomani in crisi di astinenza. Forse non dovrei fissarle le gambe, ma sono fantastiche (al terzo posto tra le gambe più fantastiche che abbia mai visto). Il mio desiderio di toccarle è pari quasi al desiderio di continuare a parlarle (forse un tantino maggiore), ma non esistono circostanze in cui lei me lo permetterebbe.

O sta tentando di seminarmi o, senza che me ne sia reso conto, siamo impegnati in una gara di marcia veloce. Passa svelta in mezzo a una coppia particolarmente lenta e scende dal marciapiede per evitare un ponteggio e per non farsi ostacolare dagli altri pedoni.

Forse farei meglio a rinunciarci. Chissà perché non l'ho ancora fatto. L'universo mi rema contro per salvarmi da me stesso, è evidente. Scommetto che se cercassi un bivio adesso lo troverei di sicuro.

«Dove stiamo andando?» le chiedo quando ci fermiamo a un passaggio pedonale. Il barbiere dovrà aspettare. Sono sicuro che al college accettino anche la gente con i capelli lunghi.

«*Io* sto andando al mio appuntamento e *tu* mi stai tampinando.»

«Sì, infatti», ribatto, ignorando la sua tutt'altro che sottile precisazione.

Attraversiamo la strada e procediamo in silenzio per qualche istante. Ormai è mattina inoltrata. Alcuni negozi hanno la porta aperta. Fa troppo freddo per accendere il condizionatore e troppo caldo per starsene tappati dentro. Di certo anche mio padre avrà la porta spalancata.

Passiamo davanti a un negozio di elettronica con la vetrina sfavillante di luci che straripa di roba. Su ogni articolo c'è un cartellino rosso con scritto IN SALDO! Ci sono centinaia di negozi simili sparsi per la città. Non capisco come riescano a sopravvivere tutti.

«Chi mai può fare acquisti in un posto del genere?» mi domando a voce alta.

«Chi ama tirare sul prezzo», risponde lei.

Appena mezzo isolato più avanti, sorpassiamo un negozio praticamente identico e scoppiamo entrambi a ridere.

Tiro fuori il cellulare. «Allora. Pronta per le domande?»

«Sei davvero sfinente», commenta lei senza degnarmi di uno sguardo.

«Insistente», la correggo io.

Rallenta e si volta verso di me. «Credi davvero che pormi domande filosofiche e profonde possa farci innamorare?» E con le dita mima delle virgolette immaginarie (oddio, quanto le odio!) per le parole «filosofiche», «profonde» e «innamorare».

«Immagina che sia un esperimento», propongo. «Cos'hai detto poco fa sul metodo scientifico?»

Con questo mi guadagno un sorrisino.

«Gli scienziati non dovrebbero condurre esperimenti su se stessi.»

«Nemmeno per il bene comune?» domando. «Per ampliare la conoscenza che l'umanità ha di se stessa?»

E con questo mi guadagno una grassa risata.

natasha

USARE la scienza contro di me è una bella mossa.

Quattro Dati Osservabili: Daniel è incredibilmente stupido. Troppo ottimista. Troppo franco. E bravino a farmi ridere.

«La domanda numero uno è troppo difficile», mi fa. «Partiamo dalla due. Ti piacerebbe essere famoso e in che modo?»

«Comincia tu», gli dico.

«Io vorrei essere un famoso poeta laureato.»

C'era da aspettarselo. Dati Osservabili: è un inguaribile romantico.

«Saresti povero in canna», gli faccio presente.

«Povero di soldi, ma ricco di parole», ribatte lui senza esitazione.

«Sto per vomitare qui sul marciapiede.» Lo dico a voce troppo alta e una signora in tailleur si scansa.

«Penserò io a ripulirti», afferma lui.

Davvero troppo schietto per i miei gusti. «E quale sarebbe il ruolo del poeta laureato?» domando.

«Quello di offrire saggi consigli poetici. Sarei la persona a cui si rivolgerebbero i leader mondiali afflitti da spinosi problemi filosofici.»

«Che tu risolveresti componendo una poesia per loro?» Il mio tono scettico è inequivocabile.

«O leggendone una», ribatte lui, con la stessa imperturbabile schiettezza.

Fingo di avere dei conati di vomito.

Lui mi rifila una piccola spallata e poi mi aiuta a ritrovare l'equilibrio appoggiandomi una mano sulla schiena. Il tocco è così piacevole che accelero un po' per evitarlo.

«Puoi essere cinica quanto vuoi, ma la poesia può salvare più di una vita, sai?»

Gli scruto il viso per avere conferma che stia scherzando e invece no... ci crede sul serio. Che tenero. E stupido, anche. Ma soprattutto tenero.

«E tu? Che genere di fama vorresti?» mi chiede.

Non ho difficoltà a rispondere. «Vorrei essere una dittatrice illuminata.»

Lui scoppia a ridere. «Di una nazione in particolare?»

«Del mondo intero», replico, e lui ride di nuovo.

«Tutti i dittatori sono convinti di essere illuminati. Anche quelli armati di machete.»

«Sono sicura che quelli sappiano benissimo di essere degli avidi bastardi omicidi.»

«Però tu non vuoi esserlo, giusto?» mi chiede.

«No. Da me solo magnanimità pura. Deciderei cosa sia meglio per tutti e lo farei.»

«E se ciò che è meglio per una persona non lo fosse per un'altra?»

Alzo le spalle. «Accontentare tutti non si può. Come mio poeta laureato, potresti confortare tu i perdenti con una bella poesia.»

«*Touché*», ribatte con un sorriso. Poi tira fuori di nuovo il telefono e con il dito scorre le domande sul display. Do un'occhiata al mio, di cellulare. Lì per lì resto sorpresa dalle crepe sullo schermo, ma poi mi torna in mente la caduta di poco fa. Che giornata. Ripenso ai multiversi e mi interrogo su quelli in cui il mio cellulare e le cuffie sono ancora intatti.

C'è un universo in cui sono rimasta a casa a preparare i bagagli come voleva mia madre. Cuffie e cellulare sono a posto, però non ho incontrato Daniel.

Un universo in cui sono andata a scuola e, anziché rischiare di essere investita da una macchina, sono seduta al sicuro in classe durante l'ora d'inglese. Anche qui, niente Daniel.

E un altro universo senza Daniel, in cui sono stata all'USCIS, ma nel negozio di dischi non l'ho incontrato, perciò le nostre chiacchiere non hanno contribuito a farmi tardare. Sono arrivata alle strisce pedonali prima che spuntasse l'autista della BMW e non c'è stato alcun incidente mancato. Cuffie e cellulare restano intatti.

Naturalmente esiste un numero infinito di questi universi, incluso quello in cui ho incontrato Daniel, ma lui non è riuscito a salvarmi e mi si è rotto ben altro che le cuffie e il telefono.

Sospiro e controllo quanto dista lo studio dell'avvocato Fitzgerald. Mancano ancora dodici isolati. Mi domando quanto mi costerà riparare lo schermo. Però può anche darsi che sia inutile farlo riparare. Ci sta che debba prendermi un cellulare nuovo, in Giamaica.

Daniel interrompe il flusso dei miei pensieri e gliene sono grata. Non voglio pensare a niente che riguardi la mia partenza.

«Bene. Passiamo alla numero sette. Qual è il tuo vago presagio su come morirai?» mi chiede.

«Stando alle statistiche, una donna di colore che risiede negli Stati Uniti ha più probabilità di morire all'età di settantotto anni per una patologia cardiaca.»

Giunti all'incrocio successivo, Daniel mi tira indietro per evitare che mi fermi troppo sul bordo del marciapiede. C'è una tale familiarità nei suoi gesti e nelle mie reazioni, che diamo l'impressione di essere usciti insieme altre volte. Mi afferra per la giacca all'altezza del gomito e mi trattiene con garbo. Io arretro e assecondo la sua premurosità.

«Quindi sarà il cuore ad avere la meglio su di te?» domanda. Per un attimo mi scordo che stiamo parlando della morte.

«Molto probabilmente sì. E tu invece come morirai?»

«Assassinato. In una stazione di servizio, un negozio di superalcolici o qualche altro posto del genere. Per mano di un rapinatore. Nell'improvvisarmi eroe commetterò una stupidaggine tipo buttar giù una piramide di lattine e questo spaventerà a morte il malvivente, così una normale rapina a mano armata si trasformerà in un bagno di sangue. La notizia aprirà il telegiornale delle undici.»

«Morirai da eroe mancato, insomma», lo schernisco io ridendo.

«Per lo meno morirò provandoci», precisa lui, e ridiamo entrambi.

Attraversiamo la strada. «Di qua», gli dico vedendolo tirar dritto anziché svoltare a destra. «Dobbiamo arrivare all'Ottava Strada.»

Lui gira sui talloni e mi sorride, neanche stessimo vivendo una specie di epopea.

«Aspetta un attimo», mi fa, e si sfila la giacca. Trovo troppo intimo guardarlo mentre se la toglie, così mi volto e osservo due vecchi isterici litigarsi un taxi a un paio di metri da noi. Ce ne saranno almeno altri tre liberi, nelle immediate vicinanze.

Dati Osservabili: la gente è priva di logica.

«Questa entra nel tuo zaino?» mi domanda, porgendomi la giacca. So che non mi sta chiedendo di indossarla, come se fossi la sua ragazza o roba simile. Ma portargliela mi sembra una cosa ancora più intima che restare a guardare mentre se la leva.

«Sicuro? Ti si stropiccia tutta», gli dico.

«Non importa», replica. Poi mi guida da una parte, per evitare di intralciare gli altri pedoni, e ci ritroviamo vicinissimi. Credo sia la prima volta che gli guardo le spalle. Erano così ampie anche un attimo fa? Stacco gli occhi dal suo petto e glieli punto sul viso, ma questo non giova più di tanto al mio equilibrio. Al sole ha gli occhi di un marrone ancora più limpido e intenso. Occhi stupendi.

Sfilo lo zaino dalla spalla e lo sistemo tra di noi in modo che lui sia costretto ad allontanarsi un po'.

Piega per bene la giacca e la mette dentro.

Sulla camicia bianca immacolata la cravatta rossa spicca di più, adesso. Chissà come starà con dei vestiti normali, e quali vestiti giudicherà normali, poi. Di certo jeans e maglietta, la divisa di tutti i ragazzi americani in generale.

Sarà così anche per quelli giamaicani?

Al pensiero mi deprimo. Non mi va di dover ricominciare da capo. È stato già abbastanza difficile ambientarsi quando ci siamo trasferiti qui in America. Non mi va di dover imparare rituali e tradizioni di una nuova scuola. Nuovi amici. Nuovi giri. Nuove norme di abbigliamento. Nuovi luoghi di ritrovo.

Lo aggiro di scatto e riparto. «Gli americani di origine asiatica hanno più probabilità di morire di tumore, invece.»

Daniel aggrotta la fronte e accelerando il passo mi raggiunge. «Sul serio? Che brutto. E che tipo di tumore?»

«Non lo so.»

«Ci converrà scoprirlo, allora.»

Parla al plurale come in vista di un possibile futuro insieme in cui ciascuno di noi avrà a cuore il destino dell'altro.

«Sei davvero convinta che morirai per una malattia cardiaca e non per qualcosa di più epico?» mi domanda.

«Epico o non epico, che differenza fa? Quando sei morto sei morto.»

Lui mi fissa, in attesa di una vera risposta. «E va bene»,

confesso. «Non riesco a credere che stia per rivelarlo proprio a te. In cuor mio penso che morirò affogata.»

«Intendi in alto mare mentre cerchi di salvare la vita a qualcuno o cosa?»

«Sul fondo della piscina di un albergo», rispondo.

Lui si ferma e mi spinge di nuovo da parte. Non ho mai visto un pedone più assennato. La maggior parte si blocca in mezzo al marciapiede. «Aspetta un secondo», mi fa. «Non sai nuotare?»

«No», rispondo con un'alzata di spalle.

Mi scruta il viso ridendo di me anche senza farlo apertamente. «Ma sei giamaicana. Sei cresciuta circondata dall'acqua.»

«Nonostante questo, non so nuotare.»

È tentato di prendermi in giro, però si trattiene. «Ti insegnerò io», mi dice.

«E quando?»

«Un giorno. Presto. Sapevi nuotare quando vivevi in Giamaica?» mi chiede.

«Sì. Ma poi siamo venuti qui e invece dell'oceano ho trovato le piscine. Il cloro non mi piace.»

«Esistono anche le piscine di acqua salata, sai.»

«Ormai è tardi, la mia nave ha preso il largo», replico.

Adesso sì che mi prende in giro sul serio. «E come si chiama la tua nave? *Ragazza cresciuta su un'isola, ovvero quella cosa interamente circondata dall'acqua, non sa nuotare*? Perché sarebbe proprio un bel nome.»

Rido e gli rifilo un pugnetto sulla spalla. Lui mi afferra la mano e mi stringe le dita. Cerco di non desiderare che mantenga la promessa di insegnarmi a nuotare.

daniel

Sono lo studioso addetto a redigere il *Libro di Natasha*. Ecco quello che ho scoperto finora. È una patita della scienza. È probabile che sia più in gamba di me. Ha dita leggermente più lunghe delle mie e piacevoli al tatto. Ha una passione insana per la musica. È angosciata da qualcosa che ha a che fare con il suo misterioso appuntamento.

«Rispiegami un po' perché sei vestito elegante...» mi dice.

Emetto un lungo e sonoro borbottio particolarmente eloquente. «Parliamo di Dio, piuttosto.»

«Qualcosina lasciala chiedere anche a me», protesta lei.

Camminiamo in fila indiana sotto l'ennesima impalcatura. (A Manhattan, il novantanove per cento – o giù di lì – degli edifici è perennemente in costruzione.)

«Ho fatto domanda a Yale. Più tardi ho un colloquio preliminare.»

«Sei nervoso?» mi domanda appena torniamo fianco a fianco.

«Lo sarei se me ne fregasse qualcosa.»

«E invece non te ne frega niente, giusto?»

«Forse anche meno, ecco» rispondo ridendo.

«Quindi sono i tuoi a costringerti?»

Tutti e due ci voltiamo di scatto al grido che ci giunge dalla strada, ma è solo un tassista che se la prende con un altro.

«I miei sono immigrati coreani di prima generazione», dico a mo' di spiegazione.

Lei rallenta e mi guarda. «Non capisco il nesso.»

Alzo le spalle. «In poche parole, per loro ciò che voglio io non conta. Andrò comunque a Yale e diventerò medico.»

«Ma non è quello che vuoi, giusto?»

«Io non lo so che cosa voglio», rispondo.

A giudicare dalla sua espressione, è la cosa peggiore che potessi dire. Si gira dall'altra parte e accelera il passo. «Be', tanto vale che tu faccia il medico, allora.»

«Che dovrei fare?» domando mentre la raggiungo.

«La vita è tua», replica, liquidandomi con un gesto.

Mi sembra un test e ho l'impressione che finirò per cannarlo. «E tu, che cosa vuoi fare da grande?»

«La data scientist», dichiara senza esitazione.

Sto per chiederle che ca**o sia, ma lei mi anticipa con un discorsetto bell'e pronto. Evidentemente non sono il primo a essersi chiesto che ca**o sia la professione che ha scelto.

«I data scientist analizzano i dati, isolano il segnale dalle interferenze, individuano i pattern, traggono le conclusioni e, sulla base dei risultati, consigliano quali azioni intraprendere.»

«C'entrano anche i computer?»

«Sì, ovvio, ci sono un sacco di dati al mondo.»

«È un lavoro molto concreto. E l'hai sempre saputo, quello che volevi fare da grande?» Difficile non lasciar trapelare l'invidia nella mia voce.

Natasha si blocca di nuovo. Di questo passo non arriveremo mai dove deve andare. «Qui il destino non c'entra. Sono stata io a scegliermi la carriera. Non lei a scegliere me. Non sono 'destinata' a diventare una data scientist. Nella biblioteca della scuola c'è una sezione dedicata alle professioni. Ho fatto ricerche sui settori in crescita in ambito scientifico e... voilà. Non c'entrano né il fato né il destino, soltanto la ricerca.»

«Quindi non è una cosa che ti appassiona particolarmente.»

Lei alza le spalle e riprende a camminare. «Si adatta alla mia personalità», risponde.

«Non ci tieni a fare qualcosa che ti piaccia sul serio?»

«Perché?» mi domanda, come se davvero non comprendesse il fascino dell'amare qualcosa.

«La vita è lunga per dedicarla a una cosa che ti piaciucchia e basta», insisto. Aggiriamo un carretto che vende pretzel e hot dog e ha già una lunga fila di persone. Profuma di senape e crauti (un profumo divino).

Natasha arriccia il naso. «E diventa ancora più lunga se la passi a inseguire sogni che non si realizzeranno mai e poi mai.»

«Aspetta.» Le poso la mano sul braccio perché rallenti il passo. «E chi lo dice che non si realizzeranno mai?»

Con questo mi guadagno un'occhiataccia. «Ma per favore. Hai idea di quanti siano quelli che vogliono diventare attori, scrittori e rockstar? Moltissimi. E il novantanove per cento di loro non ce la farà. Lo zero virgola nove per cento dei restanti guadagnerà poco o niente. Solo lo zero virgola uno che rimane sfonderà davvero. Gli altri sprecheranno la loro esistenza a cercare di diventare ciò che sognano.»

«Non sarai mica mio padre sotto mentite spoglie?» le chiedo.

«Parlo come un cinquantenne coreano?»

«Ti manca solamente l'accento.»

«Be', lui vuole solo proteggerti. Quando sarai un medico affermato e guadagnerai soldi a palate, lo ringrazierai per averti impedito di diventare un artista morto di fame costretto a un lavoro che odia e ossessionato dall'inutile desiderio del successo.»

Chissà se si rende conto di quanta passione mette nel non essere passionale.

Si volta a guardarmi con gli occhi ridotti a due fessure. «Dimmi che non sei serio riguardo alla poesia, ti prego.»

«Per carità di Dio!» esclamo, fingendomi indignato.

Passiamo davanti a un uomo con un cartello che recita: VI PREGO, AIUTATEMI, SONO SFORTUNATO. Un tassista in missione indirizza una lunga strombazzata di clacson a un collega in missione come lui.

«Siamo sicuri che alla veneranda età di diciassette anni dobbiamo già sapere che cosa vogliamo fare per il resto della vita?»

«Tu non ci tieni a saperlo?» ribatte. Di sicuro non è una fan dell'incertezza.

«E se non ci tenessi? Io vorrei vivere dieci vite tutte in una volta.»

Mi liquida di nuovo con un gesto della mano. «Bah. È solo che non vuoi scegliere.»

«Non è questo che intendo. Non mi va di ritrovarmi a fare per sempre una cosa che non mi dice niente. Il binario su cui sto viaggiando adesso, per esempio, va avanti per sempre. Yale. Facoltà di medicina. Tirocinio. Matrimonio. Figli. Pensione. Casa di riposo. Camera mortuaria. Cimitero.»

Sarà perché quella di oggi è una giornata importante, sarà perché ho incontrato lei, ma ora come ora è fondamentale dire esattamente quello che ho in testa.

«Abbiamo un cervello che è un portento. Inventiamo oggetti che volano. Che *volano*, ci pensi? Scriviamo poesia. Tu la odierai anche, la poesia, però è difficile non parlare di 'Debbo io paragonarti a una giornata d'estate? Tu sei più amabile e più mite' in termini di autentica bellezza. Siamo capaci di vite grandiose. Capaci di fare la storia. Perché accontentarsi? Perché scegliere la cosa più concreta e più scontata? Noi siamo nati per sognare e realizzare ciò che sogniamo.»

Alla fine il tono è più infervorato di quanto avessi intenzione, ma è un discorso sentito dalla prima all'ultima parola.

I nostri sguardi si incontrano. Tra noi c'è qualcosa che un attimo fa non c'era.

Mi aspetto un commentino strafottente, invece non fiata.

L'universo si ferma in attesa della nostra prossima mossa.

Natasha apre il palmo come se volesse prendermi per mano. È questo che dovrebbe fare. Siamo destinati a calpestare insieme questa terra. Glielo leggo negli occhi. Tra noi è destino. Non sono mai stato tanto sicuro di una cosa in vita mia.

Invece non mi prende per mano e va avanti.

natasha

Viviamo un momento particolare che vorrei non vivere.

Quando si dice che al cuor non si comanda ci si riferisce al cuore poetico, il cuore delle canzoni d'amore e dei soliloqui, quello che può spezzarsi come se fosse vetro appena forgiato.

Non ci si riferisce al cuore vero, quello che ha bisogno soltanto di alimenti sani ed esercizio aerobico.

Del cuore poetico, però, è bene non fidarsi. È capriccioso e ti porta sulla cattiva strada. Ti dirà che non ti serve altro se non amore e sogni. Non ti parlerà di cibo, di acqua, di un tetto sulla testa e neppure di denaro. Ti dirà che questa persona, quella che hai davanti, quella che per qualche motivo ha attirato la tua attenzione, è la persona giusta. E lo è davvero. È proprio la persona giusta… almeno per il momento, finché il suo cuore non sceglierà qualcun altro o qualcos'altro.

Per le decisioni a lungo termine è meglio non fidarsi del cuore poetico.

Io tutte queste cose le so. Come so che la stella polare non è la più luminosa del firmamento, ma solo la cinquantesima.

Eppure sono qui con Daniel, in mezzo al marciapiede, in quello che con ogni probabilità sarà il mio ultimo giorno in America. Il mio cuore capriccioso e ben poco concreto, insensato e incapace di pensare al futuro desidera Daniel. Non gli importa che sia troppo franco, che non sappia cosa vuole o che coltivi il sogno di diventare poeta, una professione straziante che porta dritti all'ospizio per i poveri.

So che non è il destino a unire le persone, eppure sto qui a chiedermi se per caso non mi sia sbagliata.

Chiudo il palmo che vorrebbe toccare Daniel e vado avanti.

amore

Una storia di chimica

SECONDO gli scienziati, in amore ci sono tre fasi: desiderio sessuale, attrazione e attaccamento. E ciascuna di queste fasi, a quanto pare, è orchestrata da sostanze chimiche – i neurotrasmettitori – presenti nel cervello.

Che il desiderio sessuale sia governato dal testosterone e dagli estrogeni è abbastanza scontato.

Nella seconda fase, quella dell'attrazione, entrano in gioco la dopamina e la serotonina. Per esempio, quando gli innamorati raccontano di provare una felicità indescrivibile in presenza del partner, ad agire è la dopamina, l'ormone del piacere.

L'assunzione di cocaina produce lo stesso livello di euforia. E, in effetti, gli scienziati che studiano il cervello di innamorati e cocainomani fanno una gran fatica a trovare delle differenze.

L'altra sostanza chimica che agisce nella fase dell'attrazione è la serotonina. Quando gli innamorati confessano di non riuscire a smettere di pensare al proprio compagno, è perché il loro livello di serotonina ha subìto un brusco calo. Chi è innamorato ha bassi livelli di serotonina come chi è affetto da disturbi ossessivo-compulsivi. E se non può smettere di pensare al partner è perché ne è letteralmente ossessionato.

L'ossitocina e la vasopressina controllano la terza fase,

quella dell'attaccamento o della costruzione di un legame a lungo termine. L'ossitocina rilasciata durante l'orgasmo ci fa sentire più vicini alla persona con cui abbiamo appena avuto il rapporto. Tale sostanza è prodotta anche durante il parto, e aiuta a creare un legame profondo fra la madre e il bambino. La vasopressina è rilasciata in fase postcoitale, invece.

Queste sono tutte informazioni che Natasha conosce a memoria e che l'hanno aiutata a superare il tradimento di Rob. E lei sa bene che l'amore è il prodotto di una serie di sostanze chimiche e di coincidenze.

Allora perché con Daniel ha l'impressione che sotto sotto ci sia qualcos'altro?

daniel

Non c'è nessunissima cosa che mi ispiri meno del dover andare al colloquio. Ma c'è poco da fare. Sono quasi le undici e, se ho intenzione di presentarmi a quest'appuntamento, mi devo dare una mossa.

Natasha e io camminiamo in silenzio da quando abbiamo vissuto il nostro «Momento». Vorrei tanto poter dire che è un silenzio piacevole, però non è così. Vorrei anche parlarne con lei – di quel Momento – ma chissà se lo ha avvertito quanto me. A queste cose non crede neanche un po'.

Midtown Manhattan è diversa dal posto in cui ci siamo conosciuti. Più grattacieli e meno negozi di souvenir. Persino le persone si comportano diversamente. Non sono turisti a spasso per piacere o per acquisti. Nessuna euforia, niente sguardi imbambolati né sorrisi. Questa gente ci lavora, nei grattacieli. E sono convinto che il mio appuntamento sia proprio qui, in uno di questi palazzi.

Continuiamo a camminare senza dire una parola finché non arriviamo davanti a una mostruosità di edificio tutto vetro e cemento. Mi stupisce che questa gente trascorra la giornata in posti del genere, a fare cose che non ama per persone che non apprezza. Per lo meno, fare il medico sarà più sopportabile.

«È qui che devo andare», mi annuncia Natasha.

«Posso aspettarti qua fuori», le dico, come se non avessi un incontro decisivo per il mio avvenire fra poco più di un'ora.

«Daniel», replica lei in tono severo, lo stesso con cui si rivolgerà ai nostri futuri figli (a mantenere la disciplina ci penserà lei, si capisce). «Tu hai un colloquio e io ho questa... cosa. È arrivato il momento di salutarci.»

Ha ragione. Potrò anche non desiderare il domani che i miei genitori hanno in programma per me, ma di idee migliori non ne ho. Se resto ancora un po' qui, il mio treno finirà per deragliare.

E mi rendo conto che forse è proprio ciò che voglio. Forse tutte le cose che provo per Natasha sono soltanto scuse per farlo deragliare sul serio, quel treno. D'altronde, i miei genitori non approverebbero mai. Oltre a non essere coreana, Natasha è pure nera. Per noi non c'è futuro.

Senza considerare il fatto che la cotta che mi sono preso è decisamente non ricambiata. E l'amore non è amore se non è ricambiato, giusto?

Meglio se vado.

Okay, vado.

Sto andando.

«Hai ragione», taglio corto.

Non si aspettava una reazione del genere, e forse ci è persino rimasta un po' male, ma che differenza fa? È una cosa che dovrebbe volere anche lei, invece è chiaro che non la vuole.

natasha

Non mi aspettavo che Daniel mi rispondesse così e, men che meno, mi aspettavo di rimanerci male. Invece mi sbagliavo. Perché sto fantasticando su un ragazzo che non rivedrò mai più? Il mio futuro si decide fra cinque minuti.

Siamo abbastanza vicini alla porta scorrevole del palazzo perché l'aria fredda che esce dai condizionatori mi investa ogni volta che qualcuno entra o esce dall'edificio.

Daniel azzarda un'altra stretta di mano, poi però ci ripensa. «Scusa», mi dice arrossendo, e incrocia le braccia al petto.

«Be', io vado.»

«Vai pure», replica lui, ma nessuno dei due si muove.

Restiamo lì qualche altro secondo senza fiatare, finché non mi viene in mente che ho ancora la sua giacca nello zaino. La tiro fuori e lo guardo mentre se la infila con un rapido movimento delle spalle.

«Con quel completo sembra che tu debba proprio lavorare in questo palazzo», gli dico.

Voleva essere un complimento, ma non lo apprezza.

«Magari un giorno ci lavorerò», ribatte con una smorfia mentre si sistema il nodo alla cravatta.

«Bene», dico, dopo qualche altro muto istante occhi negli occhi. «Qui la faccenda diventa imbarazzante.»

«Credi che dovremmo abbracciarci?»

«Ero convinta che voi uomini in giacca e cravatta vi limitaste a stringere la mano.» Mi sforzo di mantenere un tono allegro, invece la voce mi esce roca e strana.

Daniel sorride senza sforzarsi di mascherare la tristezza che traspare dal suo viso. Come fa a fregarsene di sbandierare così i suoi sentimenti?

Devo distogliere lo sguardo. Qualsiasi cosa stia succedendo tra noi, non voglio che accada, ma è come tentare di condizionare il meteo.

La porta si apre e l'aria condizionata mi ghiaccia di nuovo la pelle. Ho caldo e freddo contemporaneamente. Mi decido ad abbracciarlo nel momento esatto in cui lo fa anche lui. Cerchiamo di abbracciarci dalla stessa parte e finiamo petto contro petto. Ridiamo imbarazzati e ci blocchiamo.

«Io vado a destra», dice. «E tu a sinistra.»

«Okay», replico, e mi sposto a sinistra. Appena Daniel mi stringe, visto che sono più o meno alta quanto lui, gli sfioro con il viso la guancia morbida, liscia e calda. Appoggio la testa sulla sua spalla e mi abbandono fra le sue braccia. Per un attimo mi arrendo alla stanchezza. È dura restare aggrappata a un luogo che non ti vuole. Ma Daniel mi vuole eccome. Lo capisco dal modo in cui mi tiene stretta.

Mi libero dall'abbraccio evitando il suo sguardo.

E lui decide di non dire ciò che stava per dire.

Controllo l'ora sul telefono.

«Devi andare», annuncia, prima che sia io a farlo.

Mi giro ed entro nel palazzo gelido.

E, intanto che il vigilante mi fa firmare il registro d'ingresso, penso a Daniel. Penso a lui mentre attraverso l'atrio. Penso a lui in ascensore e mentre percorro il lungo corridoio e pure in ogni singolo istante che segue, finché non entro nello studio e sono costretta a smettere di pensarci.

I rumori che avevo sentito al telefono erano dovuti proprio alla presenza di un cantiere, perché l'ufficio è ancora in ristrutturazione. I muri sono imbiancati solo parzialmente e dal soffitto pendono semplici lampadine. I teli cerati che coprono il pavimento sono cosparsi di segatura e chiazze di vernice. Seduta alla scrivania c'è una donna con le mani poggiate sul telefono come se sperasse di udirlo suonare da un momento all'altro. Nonostante il rossetto rosso fuoco e il fard sulle guance, è pallidissima. Ha i capelli neri e un'acconciatura impeccabile. Ma in lei c'è qualcosa di artefatto. Come se stesse recitando una parte, un ruolo da comparsa in un classico Disney o in un film ambientato negli anni Cinquanta in cui fosse richiesta una segretaria. Ha la scrivania ordinata, con pile di fascicoli classificati per colore e una tazza su cui spicca la scritta GLI ASSISTENTI LEGALI LO FANNO PER MENO.

Quando mi avvicino, mi sorride con le labbra tremanti.

«Sono nel posto giusto?» chiedo a voce alta.

Mi guarda senza dire una parola.

«È lo studio dell'avvocato Fitzgerald?» insisto.

«Natasha, vero?»

Dev'essere lei la persona con cui ho parlato al telefono. Mi accosto alla scrivania.

«Brutte notizie», mormora, e a me si serra lo stomaco. Non sono pronta ad ascoltare quello che sta per dirmi. È tutto finito ancor prima di cominciare? Il mio destino è già deciso? Verrò rimpatriata stasera, sul serio?

Un tizio con la tuta imbrattata di vernice entra e si mette a trapanare, nel frattempo un altro che non riesco a vedere comincia a martellare. Malgrado il rumore, lei non alza il tono di voce, perciò mi avvicino ancora di più.

«Jeremy – l'avvocato Fitzgerald – è rimasto coinvolto in

un incidente un'ora fa. È ancora in ospedale. Sua moglie dice che sta bene, soltanto qualche contusione. Ma non tornerà prima del tardo pomeriggio.»

La voce sembra normale, ma gli occhi no. Accosta il telefono a sé e fissa lo sguardo su quello, anziché su di me.

«Ma abbiamo appuntamento adesso.» La mia rimostranza è spietata, lo so, però non posso farci niente. «Ho davvero bisogno del suo aiuto.»

Ora sì che mi guarda, con gli occhi sgranati e increduli. «Non ha sentito che cosa ho detto? È stato investito da un'auto. In questo momento non può venire.» Mi schiaffa in mano un plico di fogli da compilare e distoglie di nuovo gli occhi.

Impiego almeno un quarto d'ora a riempire i moduli. Nel primo rispondo a diverse varianti delle stesse domande: se sono una comunista, una criminale o una terrorista e se sarei pronta a imbracciare le armi per difendere gli Stati Uniti. Non lo farei mai, però spunto comunque la casella con la risposta affermativa.

Un altro questionario mi chiede di descrivere dettagliatamente l'iter del mio processo di rimpatrio.

Nell'ultimo, riservato allo studio, mi si chiede un resoconto completo della mia permanenza negli Stati Uniti. Non so che cosa scrivere. Non so che cosa si aspetti da me l'avvocato Fitzgerald. Vuole sapere come siamo entrati? Come ci siamo nascosti? Come mi sento ogni volta che scrivo il mio numero di previdenza sociale falso su uno dei moduli da consegnare a scuola? E come, ogni volta che lo scrivo, ripenso a mia madre che sale su quell'autobus diretto in Florida?

Vuole sapere come mi sento a essere un'immigrata irregolare? O a vivere nell'angoscia che qualcuno scopra che questo non è il mio Paese?

Probabilmente no. Più che a filosofeggiare è interessato ai

fatti, perciò mi limito a scrivere quelli. Siamo entrati in America con un visto turistico. Quando è arrivato il momento di andarcene, siamo rimasti. Da allora non abbiamo mai lasciato il Paese. Non abbiamo commesso alcun crimine, a parte la guida in stato di ebbrezza di mio padre.

Restituisco i moduli all'assistente, che li sfoglia finché non trova il questionario riservato allo studio. «Qui serve qualcosina in più», mi dice.

«Tipo?»

«Che cosa significa per lei l'America? Perché vuole restare? In che modo contribuirà alla grandezza del Paese?»

«È proprio...»

«Qualunque cosa possa essere utile a Jeremy per mettere in risalto le sue qualità», mi spiega.

Se la gente che è nata qui dovesse dimostrare di essere degna di viverci, l'America si spopolerebbe.

La donna continua a scorrere i miei moduli mentre io dichiaro per iscritto che sarei una gran lavoratrice, ottimista e votata alla patria. Scrivo che in cuor mio reputo l'America la mia casa, e che la cittadinanza legittimerà i sentimenti che già albergano in me. Perché io appartengo a questo Paese. Insomma, sono più sincera di quanto mi riesca di solito. Daniel sarebbe fiero di me.

Daniel.

Come minimo sarà già su un treno, diretto al suo appuntamento. Alla fine farà la cosa giusta e diventerà un medico? Ripenserà mai a me e ricorderà la ragazza con cui un giorno ha trascorso due ore a New York? Si chiederà cosa ne è stato di me? Magari mi cercherà su Google digitando soltanto il mio nome e non andrà molto lontano. O più probabilmente si dimenticherà di me questa sera stessa, come io sono sicura di dimenticarmi di lui.

Mentre scrivo, il telefono squilla e la donna lo afferra all'istante.

«Oddio, Jeremy. Stai bene?» Chiude gli occhi, avvolge le mani intorno al ricevitore e se lo preme contro la guancia. «Volevo venire, ma tua moglie mi ha detto di prendere io il comando.» Spalanca gli occhi quando pronuncia la parola «moglie».

«Sei sicuro di star bene?» Via via che ascolta, si rincuora sempre di più. È rossa in viso e ha gli occhi lucidi per la felicità.

Il fatto che sia innamorata di lui è così ovvio che mi aspetto di vedere la stanza riempirsi di cuoricini fluttuanti. Avranno una relazione?

«Volevo venire», sussurra di nuovo. Dopo una serie di bisbigli di assenso, riaggancia. «Sta bene.» È radiosa. Il sollievo la fa risplendere tutta.

«Fantastico», le dico.

Si riprende i moduli e io attendo che finisca di leggerli.

«La vuole sentire una buona notizia?» mi domanda.

Certo che voglio. Annuisco lentamente.

«Ho visto parecchi casi come il suo, e credo che ce la farà.»

Non so che cosa mi aspettassi, ma di sicuro non una frase del genere.

«È davvero sicura che l'avvocato potrà aiutarmi?» Nella mia voce sento mescolarsi speranza e scetticismo.

«Jeremy non perde mai», mi risponde fiera, come se stesse parlando di se stessa.

Ma ovviamente, ciò che dice non può essere vero. Tutti perdono, prima o poi. Dovrei chiederle di essere più precisa, di indicarmi l'esatto rapporto fra vittorie e sconfitte perché possa decidere come sentirmi.

«Una speranza c'è», mi dice solo.

Anche se odio la poesia, mi viene in mente un componimento che ho letto per il corso di inglese. *La «Speranza» è quella cosa piumata*. Adesso capisco concretamente il senso di queste parole. Nel mio petto c'è qualcosa che vuole librarsi in volo, vuole cantare, ridere e danzare per il sollievo.

Ringrazio l'assistente e mi defilo prima di rivolgerle una domanda che mi riporti bruscamente a terra. Di solito preferisco conoscere la verità, anche se fa male. Non è certo il modo più facile di affrontare la vita, lo so. Qualche volta la verità può ferire più di quanto ci si aspetti.

Qualche settimana fa i miei genitori stavano litigando in camera loro, con la porta chiusa. È stata una delle rare occasioni in cui la mamma ha fatto una scenata a mio padre. Peter mi ha sorpresa a origliare. A litigio finito, gli ho chiesto se voleva sapere che cosa avevo sentito, lui però ha rifiutato. Siccome aveva intuito che doveva trattarsi di qualcosa di brutto, mi ha detto che in quel momento non aveva voglia di cose brutte nella sua vita. Lì per lì me la sono presa. Ma poi ho concluso che forse aveva ragione lui. Anche a me sarebbe piaciuto non aver sentito.

Una volta fuori nel corridoio, appoggio la fronte al muro, indecisa se tornare dentro e stressare l'assistente per avere informazioni più precise, ma alla fine desisto. A che cosa servirebbe? Tanto vale aspettare il parere ufficiale dell'avvocato. E poi sono stanca di angosciarmi. So che le parole di quella donna non sono una garanzia. Tuttavia ho bisogno di provare qualcosa di diverso dalla paura rassegnata che mi attanaglia. E la speranza sembra una buona alternativa.

Sono tentata di chiamare i miei genitori per raccontare loro gli ultimi sviluppi, ma alla fine desisto anche su quello. Di novità non ne ho. Che cosa racconterei? Che un uomo che non conosco mi ha mandato da un altro tizio che non conosco. E che la sua assistente, un'altra sconosciuta che non è nemmeno avvocato, mi ha detto che le cose potrebbero aggiustarsi. Che senso avrebbe se tutti quanti ci mettessimo a sperare?

L'unico con cui vorrei parlare, in realtà, è Daniel, però se n'è andato da un pezzo.

Vorrei essere stata più gentile con lui.

Vorrei avergli chiesto il numero di telefono.

E se quest'assurdità del rimpatrio si risolve? Se riesco a restare, come faccio a ritrovarlo? Perché, nonostante io abbia voluto far finta di niente, tra noi c'era qualcosa. Qualcosa di grande.

hannah winter

Una storia fiabesca, parte prima

Hannah è sempre stata convinta di vivere in una fiaba di cui non è lei la protagonista. Non è né la principessa né la fata madrina. E neppure la strega suprema e malvagia né il suo famiglio. Hannah è un personaggio secondario, descritto per la prima volta a pagina dodici o tredici. La cuoca, forse, che sovrintende alla preparazione di dolcetti e zuccherini. O magari la servetta, di buon cuore e sempre in disparte.

È stato solo quando ha conosciuto l'avvocato Jeremy Fitzgerald e ha cominciato a lavorare per lui che ha fantasticato di poter interpretare il ruolo principale. In lui ha riconosciuto il suo Unico Vero Amore. Il suo lieto fine. E questo, nonostante il fatto che sia un uomo sposato. E padre di due bambini.

Hannah non ha mai pensato che Jeremy Fitzgerald avrebbe ricambiato il suo amore fino al giorno in cui è successo.

Quel giorno è oggi.

avvocato jeremy fitzgerald

Una storia fiabesca, parte prima

JEREMY Fitzgerald stava attraversando la strada quando un tizio ubriaco e sconvolto – un attuario del settore assicurativo a bordo di una BMW bianca – lo ha investito a una velocità di oltre trenta chilometri orari. L'urto non è stato abbastanza violento da ucciderlo, ma sufficiente a farlo riflettere sull'eventualità di morire e sulla sua vita attuale. E sufficiente a fargli ammettere di essere innamorato della sua assistente, Hannah Winter, e già da qualche tempo, per giunta.

A un certo punto della giornata, una volta rientrato in ufficio, stringerà Hannah tra le braccia senza dire una parola. La abbraccerà e si chiederà, per un attimo, quale futuro si precluderà per amarla.

daniel

«RAGAZZO della zona sceglie malamente»

Quella pacifista di mia madre mi ammazzerebbe se sapesse ciò che ho appena fatto. Ho rimandato il colloquio. Per una ragazza. E nemmeno una ragazza coreana, una ragazza nera. Una nera che neanche conosco bene e a cui, per giunta, potrei pure non piacere.

La signora che mi ha risposto al telefono ha detto che la mia chiamata cascava proprio a fagiolo. Era sul punto di contattarmi per rimandare. L'unico appuntamento che sono riuscito a rimediare è per questo pomeriggio alle 18, quindi sono ancora qui nell'atrio del palazzo in cui ho lasciato Natasha, intento a leggere l'elenco dei nomi alla parete mentre aspetto di vederla spuntare. Gli inquilini sono quasi tutti avvocati (Egr. Avv.) ed esperti contabili (Rag., Dott. Comm., ecc.). Non ho mai visto tanti titoli abbreviati in vita mia. Daniel Jae Ho Bae, S.d.T (Stupido di Turno), D.to al Fall.to (Destinato al Fallimento).

Che genere di appuntamento potrà mai avere Natasha in questo palazzo? O è un'ereditiera con del denaro da investire o è nei guai e ha bisogno di un avvocato che la aiuti.

Sul lato opposto dell'atrio, le porte dell'ascensore si aprono ed eccola spuntare.

Mentre spostavo l'appuntamento, mi sono sentito un po' ridicolo. Non vale la pena mettere a rischio il mio futuro per una ragazza appena conosciuta, ho pensato. Ma un dubbio simile è stato più facile farselo venire quando non l'avevo davanti agli occhi, perché ora non riesco più a motivarla, la mia esitazione.

Certo che ne vale la pena. Solo che non me lo spiego.

È bella, sì. Quella combinazione di occhi neri lucenti, labbra rosa e carnose e cespuglio di capelli è innegabilmente adorabile. E poi ha le gambe più belle del mondo (dopo attenta riflessione le ho promosse dal terzo al primo posto nella classifica delle gambe più belle, è giusto essere obiettivi). Quindi sì, sono senza dubbio attratto da lei; però c'è dell'altro, e non lo dico soltanto perché, obiettivamente, ha le gambe più belle dell'universo.

La osservo mentre attraversa l'atrio. Si guarda intorno come se cercasse qualcosa o qualcuno. E, non trovandolo, si affloscia nel vero senso della parola. Cercherà di sicuro me, no? Sempre che non abbia incontrato un altro potenziale amore della sua vita nei trenta minuti in cui mi è stata lontana.

Una volta fuori, compie un lento giro di trecentosessanta gradi da una parte e poi un secondo giro ancora più lento dall'altra. Chiunque stia cercando, ancora non l'ha trovato.

natasha

DANIEL non è nell'atrio e nemmeno fuori nel cortile. Mi tocca accettare che non c'è e che avrei tanto voluto che ci fosse. Sento una specie di buco nello stomaco, come se avessi fame, ma non è il cibo quello che desidero.

L'aria è diventata più calda. Mi tolgo la giacca, la ripiego sul braccio e rimango lì a decidere cosa fare. Sono restia ad andarmene e restia ad ammettere di non volermene andare. Non credo certo che fossimo destinati a stare insieme né altre ridicolaggini del genere. Però sarebbe stato bello trascorrere le prossime ore con lui. Sarebbe stato bello uscire insieme. Mi sarebbe piaciuto scoprire se arrossisce anche mentre bacia.

Questo è l'ultimo posto in cui l'ho visto. Se me ne vado, perderò ogni possibilità di incontrarlo di nuovo. Chissà come sta andando il suo colloquio. Starà dicendo le cose giuste o lascerà trapelare i suoi dubbi e la sua angoscia esistenziale? Quel ragazzo ha bisogno di un life coach.

Sono sul punto di andarmene, quando qualcosa mi spinge a darmi un'ultima occhiata intorno. So che non è possibile avvertire la presenza di una persona in particolare. È più che probabile che il mio subconscio lo abbia visto mentre attraversavo l'atrio. Si ricorre sempre al linguaggio poetico per descrivere ciò che non si comprende. Ma di solito una spiegazione scientifica c'è, se ti degni di cercarla.

Comunque, eccolo lì.

Daniel è qui.

daniel

Viene verso di me. Un paio di ore fa avrei detto che il suo viso era inespressivo, ma ora che sto diventando un esperto conoscitore di Natasha, in realtà so che si sforza soltanto di mantenerlo tale. Se dovessi provare a indovinare, direi che è felice di vedermi.

«Non avevi un colloquio?» mi chiede appena è abbastanza vicina.

Niente abbraccio. Niente «come sono felice di vederti». Forse non sono poi questo grande esperto di Natasha, dopo tutto.

Meglio che mi attenga alla realtà o alla verità (stranamente le due non sempre coincidono)? La realtà è che ho posticipato l'appuntamento. La verità è che l'ho fatto per trascorrere più tempo con lei. Opto per la verità:

«L'ho rimandato per trascorrere più tempo con te».

«Sei pazzo? Qui stiamo parlando della tua vita.»

«Mica ho raso al suolo l'edificio, Tash. Ho solo spostato l'appuntamento.»

«Chi è Tash?» mi domanda, abbozzando un sorriso.

«E a te com'è andata?» chiedo, facendo un cenno verso

l'ascensore. Il suo sorriso svanisce. Nota bene: Non sollevare più l'argomento.

«Tutto a posto: devo tornare alle tre e mezzo.»

Guardo il cellulare: sono le 11.35. «A quanto pare abbiamo altro tempo per stare insieme», commento. Mi aspetto di vederla alzare gli occhi al cielo, invece non lo fa. E la considero una piccola vittoria.

Trema un po' e si sfrega gli avambracci. Noto che ha la pelle d'oca e capisco di aver imparato un'altra cosa su di lei: soffre il freddo. Le prendo la giacca e la aiuto a mettersela. Infila prima un braccio, poi l'altro e se la aggiusta con un'alzata di spalle. Le sistemo il colletto.

È una piccolezza. Le poso la mano sulla nuca e lei inclina leggermente la testa all'indietro fino a solleticarmi il naso con i capelli. È una piccolezza, ma è come se lo facessimo da una vita, ormai.

Poi si volta e io sono costretto a ritrarre la mano perché la mia carezza non diventi troppo intima. Ovunque stiamo andando a parare, siamo ancora lontani.

«Sicuro che non stai rischiando di...» attacca.

«Non me ne importa niente.»

«Dovrebbe importarti, invece», ribatte. Poi tace e mi guarda, inquieta. «L'hai fatto per me?»

«Sì.»

«E cosa ti garantisce che ne valga la pena?»

«L'istinto», rispondo. Non so che cos'abbia questa ragazza di tanto particolare da non farmi temere la verità.

Sgrana gli occhi e trema appena appena. «Sei impossibile», mi dice.

«È possibile», ribatto.

Scoppia a ridere e gli occhi neri scintillano. «E adesso che facciamo?» domanda.

Devo tagliarmi i capelli e portare a mio padre il borsellino con le distinte. Però non voglio fare né l'una né l'altra cosa. Vorrei soltanto trovare un posticino *intimo* in cui diventare *intimo* con lei. Solo che il borsellino va consegnato per forza. Così le propongo un giro fino a Harlem e lei acconsente. È l'ultimissima cosa che dovrei fare, in realtà. Non credo esistano idee peggiori di questa. Mio padre la spaventerà a morte. Appena Natasha lo vedrà, immaginerà me tra cinquant'anni e scapperà, perché al suo posto farei la stessa cosa.

Mio padre è un tipo strano. Anche se con «strano» intendo incredibilmente bizzarro. Primo, non parla con nessuno tranne che con i clienti. E quindi nemmeno con me e Charlie. Sempre che sgridare non valga come parlare. Perché, se vale, allora a Charlie ha detto più dall'inizio dell'estate a questa parte che in tutti e diciannove i suoi anni di vita. Magari esagererò anche, ma solo un tantino.

Non so come spiegherò la presenza di Natasha a lui o a Charlie. Be', di Charlie non mi preoccupo troppo, però mio padre la noterà eccome. Capirà subito che qualcosa bolle in pentola, proprio come individua sempre quale dei suoi clienti ruberà qualcosa in negozio e chi pagherà con una cambiale e chi no.

E stasera a cena dirà qualcosa a mia madre in coreano con il tono che usa per lamentarsi degli americani. Ancora non mi va di coinvolgere i miei in questa storia. Non siamo pronti per subire una pressione del genere.

Natasha sostiene che tutte le famiglie sono strambe, e questo è vero. Appena fatta questa cosa, dovrò chiederle informazioni sulla sua, di famiglia. Scendiamo verso la metropolitana.

«Preparati», le dico.

natasha

HARLEM è a soli venticinque minuti di metro da dove eravamo prima, eppure sembra un altro mondo. I grattacieli sono stati rimpiazzati da sfilze di negozietti con le tende sgargianti. L'aria è più pulita, più simile a quella che si respira in periferia piuttosto che in centro città. La gente per strada è quasi tutta di colore.

Daniel non fiata mentre percorriamo il Martin Luther King Boulevard alla volta del negozio dei suoi. Rallenta quando passiamo davanti a una vetrina vuota in cui campeggia la scritta AFFITTASI e a un banco dei pegni con la tenda verde. Finalmente ci fermiamo di fronte a un negozio di prodotti per la cura e la bellezza dei capelli afro.

Si chiama *Black Hair Care*. Entro spesso in posti come questo. «Vai un po' fino al negozio di prodotti di bellezza e prendimi la crema stirante», mi ordina mia madre ogni due mesi circa.

Tipico. È risaputo che gli esercizi commerciali specializzati nella cura dei capelli afro siano proprietà dei coreani, e questa è un'ingiustizia bell'e buona. Strano che non mi sia venuto in mente quando Daniel mi ha detto che avevano un negozio.

Non riesco a vedere l'interno perché le vetrine sono occupate da vecchi poster scoloriti che ritraggono sorridenti donne nere in tailleur, tutte con la contro-permanente. A quanto pare – stando almeno a questi poster – solo con determinate capigliature è consentito partecipare alle riunioni di lavoro. Persino mia madre è colpevole di un simile pregiudizio. Quando ho optato per l'acconciatura afro non è stata contenta e ha commentato che non è professionale. A me piace il mio cespuglio di capelli crespi, invece. Mi piacevo anche con i capelli più lunghi e lisci. Preferisco poter scegliere, insomma. Ci tengo a essere io a decidere.

Accanto a me, Daniel freme da quanto è nervoso. Chissà se è perché sto per conoscere suo padre o perché i suoi possiedono un negozio simile. Si volta a guardarmi e si allenta la cravatta spostandola da una parte all'altra, come se finora fosse stata troppo stretta.

«Sai, mio padre è molto...» Poi si interrompe e ricomincia. «Mio fratello è molto...»

Guarda ovunque fuorché nei miei occhi e ha la voce tesa, forse perché si sta sforzando di parlare senza respirare.

«Magari è meglio se aspetti qua fuori», dice, riuscendo finalmente a pronunciare una frase intera.

Lì per lì non do molto peso alla cosa. Chi è che non si vergogna della propria famiglia, in fondo? Io della mia mi vergogno. Di mio padre, almeno. Fossi in Daniel, farei altrettanto. Quel traditore del mio ex, Rob, non ha mai conosciuto mio padre. L'abbiamo evitato per semplificarci la vita. Per non doverci sorbire quel suo accento americano fasullo e troppo marcato. O per non vederlo cercare a tutti i costi l'occasione per parlare di se stesso, dei suoi progetti e del suo futuro di attore famoso.

Raggiungiamo il negozio proprio mentre due ragazzine di colore ne escono ridendo e un'altra signora, sempre di colore, sta entrando.

Di colpo mi viene in mente che forse non è della sua famiglia che si vergogna, ma di me. O del fatto che i suoi genitori possano trovarmi imbarazzante. Chissà come mai non ci ho pensato prima.

L'America non è esattamente un crogiolo. È più simile a uno di quei vassoi di metallo divisi in vaschette per separare gli amidi dalla carne e dalle verdure. Fisso Daniel, ma lui ancora non si decide a guardarmi. Stiamo vivendo un altro momento particolare che però non mi aspettavo.

capelli

Una storia afroamericana

NELLE civiltà africane del quindicesimo secolo le acconciature erano dei marcatori di identità. Potevano indicare qualunque cosa: la tribù o la famiglia di appartenenza, il credo religioso, lo status sociale. Quelle più elaborate erano sinonimo di potere e ricchezza. Quelle dimesse potevano essere segno di lutto. Ma, cosa ancora più importante, i capelli potevano assumere valenza spirituale. Crescendo sulla testa – la parte del corpo che si trova più in alto e quindi più vicino ai cieli –, erano considerati dagli africani il varco attraverso cui gli spiriti raggiungevano l'anima, il mezzo per interagire con Dio.

Una tradizione che l'avvento dello schiavismo cancellò in un lampo. A bordo delle navi negriere, gli africani appena catturati venivano rasati a forza, un grave atto di disumanizzazione che di fatto recideva il legame tra capigliatura e identità culturale.

Con l'abolizione della schiavitù, per gli afroamericani la chioma assunse connotazioni complesse. Più si avvicinava ai canoni di bellezza europei, più era apprezzata. Una bella chioma aveva capelli lisci e morbidi. Quelli ricci e crespi, che per natura caratterizzano gli afroamericani, erano considerati un'oscenità. Se, dunque, i capelli lisci incarnavano il bello, quelli ricci e crespi incarnavano il brutto. Agli inizi del Novecento, C.J. Walker, una signora afroamericana, diventò milionaria inventando prodotti per la cura dei capelli e vendendoli alle donne di colore. Più notoriamente, mise a punto il cosiddetto «ferro per capelli», un apparecchio pensato per stirare i capelli ricci. Negli anni Sessanta, George E. Johnson lanciò sul mercato la crema stirante, un prodotto chimico usato per lisciare i capelli afroamericani, altrimenti crespi. Secondo alcune stime, l'industria dei prodotti per la cura dei capelli afro frutta all'anno più di un miliardo di dollari.

Dall'abolizione della schiavitù a oggi, nella comunità afroamericana infuria il dibattito su cosa ci sia dietro la scelta di portare i capelli al naturale oppure di stirarli. Lisciarli è forse una forma di autodisprezzo? Significa pensare che i capelli al naturale non siano belli? Scegliere di portare i capelli come natura li ha fatti equivale a una dichiarazione politica, a rivendicare il potere nero? Il modo in cui le donne afroamericane portano i capelli ha spesso rappresentato ben più che una questione di mera vanità. Ha incarnato ben più che un personale ideale di bellezza.

Se Natasha ha scelto l'acconciatura afro, però, lo ha fatto senza tener conto di questi risvolti storici e nonostante le affermazioni di Patricia Kingsley, secondo cui l'acconciatura afro trasforma le donne in attiviste e dà loro un'aria poco professionale. Affermazioni che affondano le proprie radici nella paura... paura che la figlia sia vittima di una società che ancora troppo spesso teme la pelle nera. Senza contare l'altra obiezione, quella che Patricia evita di sollevare, e cioè che la pettinatura di Natasha ha per lei il valore di un rifiuto. Patricia si stira i capelli da sempre. E lo stesso ha fatto con Natasha dal giorno in cui ha compiuto dieci anni. Adesso, quando guarda la figlia, non si vede più riflessa in lei come un tempo, e la cosa la addolora. D'altronde, però, è questo che fanno tutti gli adolescenti. Prendono le distanze dai genitori. La crescita è distacco.

Natasha ha impiegato tre anni a tornare alla sua chioma naturale. Ma la sua non è stata una dichiarazione politica. I capelli lisci le piacevano, in realtà. E magari in futuro li stirerà di nuovo. Lo ha fatto solo perché aveva voglia di un cambiamento. Lo ha fatto semplicemente perché sono belli così.

daniel

«Ragazzo della zona si rivela stronzo quanto il fratello»

«Magari è meglio se aspetti qua fuori», le dico, come se mi vergognassi di lei, come se volessi tenerla nascosta. Me ne pento all'istante. Non passano nemmeno pochi minuti prima che realizzi appieno la portata delle mie parole. Macché. Il mio è un pentimento immediato e divorante.

E, una volta che ho aperto bocca, non mi capacito di aver pronunciato quella frase. È di questo che sono fatto? Di nulla?

Sono ancora più stronzo di Charlie.

Non ho il coraggio di guardarla. Mi sento i suoi occhi puntati addosso, eppure non riesco a guardarla. Voglio quella macchina del tempo. Rivoglio indietro l'ultimo minuto della mia vita.

Ho combinato un casino.

Se davvero ci aspetta un futuro insieme, dover fare i conti con il razzismo di mio padre è solo l'inizio. La storia tra me e Natasha è appena cominciata, però, e non mi va di affrontare mio padre già ora. Preferisco agire nella maniera più semplice anziché in quella giusta. Voglio innamorarmi, voglio lasciarmi travolgere.

E non voglio ostacoli sul mio cammino. Mica devi farti male per forza, quando ti lasci travolgere. Io voglio farmi travolgere come tutti gli altri.

natasha

VA bene, non c'è problema.

Aspetterò qua fuori. Lo capisco. Davvero. Solo che una parte di me, la parte che non crede in Dio e nel vero amore, vorrebbe che Daniel le dimostrasse che sbaglio a non crederci. Vorrei tanto che lui scegliesse me. Anche se siamo soltanto agli albori della nostra storia. Anche se personalmente non è ciò che farei. Vorrei che Daniel si rivelasse nobile come mi è parso all'inizio, ma è logico che non lo sia. Nessuno lo è. Perciò lascio perdere.

«Tranquillo, non preoccuparti. Ti aspetto qui.»

daniel

Al momento della nascita, chi ci invia su questa Terra (Dio, dei piccoli alieni o chissà chi altro) dovrebbe fornirci un mazzetto di talloncini omaggio. Un biglietto sostitutivo, una carta ESCI GRATIS DI PRIGIONE, una con la scritta RIAVVOLGI IL NASTRO e una con RITIRA QUELLO CHE HAI DETTO. Ora come ora userei RIAVVOLGI IL NASTRO.

Guardo Natasha e mi accorgo che sa perfettamente quello che sto passando. Mi capirà se entro, consegno il borsellino e torno subito fuori. Così potremo continuare per la nostra strada e più tardi non mi sentirò chiedere da mio padre: «Chi era quella ragazza?» E non dovrò sorbirmi le battutine a sfondo sessuale di Charlie. Questo piccolo incidente non sarà che un lieve inciampo nella nostra marcia verso la grandezza, verso una straordinaria vita di coppia.

Solo che non posso farlo. Non posso lasciarla qua fuori. Un po' perché è la cosa giusta. Ma soprattutto perché la nostra storia non è esattamente agli inizi.

«Posso riprovarci?» le chiedo, giocando la mia carta RIAVVOLGI IL NASTRO.

Il suo sorriso è così grande che, comunque andranno le cose, ne sarà valsa la pena.

natasha

Appena entrati sentiamo suonare un campanello. Il negozio è identico a tutte le rivendite di prodotti di bellezza che conosco, piccolo e zeppo di scaffalature metalliche stracolme di flaconi che ti promettono sempre la formula segreta perfetta per i tuoi capelli, la tua pelle e tutto il resto.

Il registratore di cassa è proprio di fronte all'ingresso, perciò mi trovo subito davanti il padre di Daniel. Ecco da chi l'ha ereditato, il suo bell'aspetto. Suo padre è più vecchio e sta perdendo i capelli, ma ha gli stessi lineamenti spigolosi e il viso perfettamente simmetrico che rendono Daniel tanto attraente. L'uomo è occupato a fare il conto a un cliente e non si accorge del figlio, anche se sono convinta che ci abbia visti entrambi. Il cliente è un ragazzo che avrà più o meno la mia età, nero e con i capelli corti e viola, tre anelli alle labbra, uno al naso, uno al sopracciglio e un numero incalcolabile di orecchini. Mi piacerebbe sapere che cosa ha comprato, però i suoi acquisti sono già imbustati.

Daniel estrae il borsellino dalla tasca della giacca e si avvia verso il padre, che gli rivolge un rapido sguardo. Non so bene quale messaggio si siano scambiati, ma Daniel si ferma di colpo e sospira.

«Devi andare in bagno?» mi domanda. «Ce n'è uno sul retro.»

Rispondo di no con la testa mentre lui stritola il borsellino.

«Be', ecco qui. Questo è il negozio.»

«Mi fai fare un giro?» gli chiedo per distrarlo.

«Non c'è molto da vedere. I primi due corridoi sono per i capelli. Shampoo, balsamo, extension, tinte, un sacco di roba chimica di cui non m'intendo. Il terzo invece è dedicato ai cosmetici. Il quarto alle attrezzature.»

Lancia un'occhiata al padre, ma lui è ancora indaffarato.

«Ti serve qualcosa?» mi chiede.

Mi tocco i capelli. «No, io...»

«Non mi riferivo a un prodotto per capelli. Nel retro abbiamo un frigo pieno di bibite e altra roba.»

«Volentieri.» Mi piace l'idea di sbirciare dietro le quinte.

Percorriamo il corridoio dedicato alle tinte. Su tutte le confezioni compaiono donne dal sorriso smagliante con colorazioni e tagli di capelli perfetti. Qui non si vendono tinte, si vende la felicità.

Mi fermo davanti a una serie di scatole di tinte dai colori sgargianti e ne prendo una rosa. Una piccolissima parte di me, scriteriata e nascosta, ha sempre desiderato i capelli rosa.

Daniel impiega qualche secondo ad accorgersi che mi sono fermata.

«Rosa?» mi domanda vedendo la confezione.

Gliela scuoto davanti agli occhi. «Perché no?»

«Non sembra nel tuo stile.»

Ha ragione, è ovvio, ma il fatto che lo pensi mi fa imbestialire. Sono troppo prevedibile e noiosa? Mi torna in mente il ragazzo che ho visto all'entrata. Scommetto che lascia sempre tutti di stucco.

«Il che dimostra quanto poco sai di me», gli dico, e mi

tasto la chioma. Daniel segue la mia mano con lo sguardo e allora sì che mi sento in imbarazzo e spero che non mi chieda il permesso di toccarmi i capelli o che non mi rivolga qualche domanda cretina in proposito. Non che non voglia che mi tocchi i capelli, perché vorrei eccome... però non per curiosità.

«Io dico che saresti bellissima con un cespuglio afro tutto rosa», commenta.

La schiettezza è sexy, e il mio cuore cinico ne prende nota.

«Tutti rosa non li vorrei. Solo le punte, magari.»

Daniel allunga la mano e adesso reggiamo entrambi la confezione, l'uno di fronte all'altra in un corridoio che ha spazio sufficiente per una sola persona.

«Sembreresti ricoperta di glassa alla fragola», dice. Mi passa l'altra mano fra i capelli e io mi accorgo che la cosa non mi dispiace neanche un po'.

«Toh, guarda chi si vede! Il mio fratellino», esclama una voce in fondo al corridoio. Daniel ritira svelto la mano e insieme molliamo di colpo la scatola lasciandola cadere a terra. Lui si china a raccoglierla, mentre io mi volto verso il ficcanaso.

È più alto e massiccio di Daniel. Sul suo viso, i tratti di famiglia paiono ancora più spigolosi. Appoggia la scopa contro uno scaffale e viene verso di noi con un'andatura rilassata. Gli occhi grandi e scuri sono pieni di curiosità e di perfida soddisfazione.

Non mi piace granché.

Daniel si rialza e mi restituisce la tinta.

«Che vuoi, Charlie?» domanda.

«Da te proprio niente, fratellino», risponde l'altro. Ho la sensazione che sia la classica risposta che gli ripete da una vita.

Parla con lo sguardo rivolto a me e un ghigno – più che un sorriso – stampato in faccia.

«E questa chi è?» chiede senza staccarmi gli occhi di dosso.

Sento Daniel inspirare e prepararsi a ribattere qualcosa, ma a quel punto mi intrometto.

«Sono Natasha.» Charlie mi fissa come se si aspettasse ulteriori spiegazioni. «Un'amica di tuo fratello», aggiungo.

«Ah, pensavo che avesse beccato una taccheggiatrice.» La sua faccia è la parodia dell'innocenza. «Ne capitano spesso, in un negozio come il nostro», afferma con uno sguardo ironico e cattivo. «Sono sicuro che capisci.»

No, questo ragazzo non mi piace per niente.

«Cristo, Charlie!» sbotta Daniel. Fa per avvicinarglisi, ma io gli afferro la mano. Si ferma, intreccia le dita alle mie e stringe forte.

Charlie ci fissa con ostentazione le mani e poi alza di nuovo lo sguardo.

«È quello che penso? È amooooore, fratellino?» Batte rumorosamente le mani e improvvisa un two-step ridendo di gusto.

«Ma è fantastico. Sì. Sai cosa vuol dire, vero? Che non sarò più la pietra dello scandalo. Quando i vecchi lo scopriranno, sarò ancora il ragazzo perfetto. Fanculo la sospensione.»

Ormai ride sguaiato e si sfrega le mani come il cattivo che affina i suoi piani per la conquista del mondo.

«Cavolo. Sei proprio uno stronzo», commento, incapace di trattenermi.

Charlie sorride come se gli avessi rivolto un complimento. Però il suo sorriso non dura a lungo.

Ci osserva di nuovo le mani e poi scruta Daniel negli occhi. «Sei proprio un imbecille», gli dice. «Dove credi che ti porterà, questa cosa?»

Stringo la mano di Daniel più forte e la tiro a me. Voglio

dimostrare a Charlie che si sbaglia. «Fai quel che devi e usciamo di qui», gli dico.

Daniel annuisce, ci voltiamo entrambi e... incappiamo in suo padre. Stacco la mano dalla sua nello stesso istante in cui anche lui mi lascia andare, ma è troppo tardi. Ci ha già visti.

daniel

«Sacco di merda gigante si traveste da ragazzo, ma nessuno se la beve»

Charlie è un grandissimo sacco di merda a cui mi piacerebbe tanto dare fuoco. Vorrei tirargli un bel pugno su quella sua faccia compiaciuta. Non è un'emozione nuova per me, visto che ho voglia di farlo da quando avevo dieci anni, ma questa volta ha superato ogni limite. Sto pensando a quanto ci godrei a spaccarmi la mano sulla sua faccia, però sono anche concentrato a sentire le dita di Natasha intrecciate alle mie.

Devo portarla fuori di qui prima che la mia famiglia mi rovini la vita proprio adesso che ha preso il via.

«Che cosa stai combinando?» mi chiede mio padre in coreano. Decido di ignorare il vero significato della sua domanda e gli porgo il borsellino.

«La mamma mi ha detto di portarti questo», gli rispondo in inglese perché Natasha non pensi che stiamo parlando di lei.

Charlie mi si avvicina di soppiatto. «Vuoi che ti aiuti a tradurre per la tua 'amica'?» mi domanda.

Accentuando la parola «amica». Evidentemente fare la fine del sacco di merda carbonizzato è la sua ragione di vita.

Mio padre gli lancia un'occhiataccia. «Credevo che tu non capisci il coreano», gli dice.

Charlie alza le spalle. «Me la cavicchio.» Nemmeno la disapprovazione di mio padre riesce a impedirgli di divertirsi a mie spese.

«È per questo che ti sei fatto espellere da Harvard? Perché te la cavicchi?» gli chiede in coreano, perché l'ultima cosa che vuole è lavare i nostri panni sporchi in presenza di una *miguk saram*. Un'americana.

Ma Charlie se ne frega e traduce lo stesso, nonostante il suo sorriso cominci a smorzarsi. «Sta' tranquilla», dice a Natasha. «Non ce l'ha con te. Non ancora. Mi sta solo dando dello stupido.»

Papà assume un'espressione impassibile e da ciò intuisco che è furioso. Charlie lo ha messo all'angolo. Tradurrà qualsiasi cosa lui dirà ma, per il senso del decoro che lo contraddistingue, mio padre non lo permetterà mai. Così si trasforma nel Negoziante Ossequioso, come gli ho visto fare milioni di volte con milioni di clienti.

«Vuoi qualcosa prima di andare via?» domanda a Natasha. Serra le mani, fa un mezzo inchino e sfodera il suo miglior sorriso da servizio clienti.

«No, grazie, signor...» Natasha si blocca perché non conosce il mio cognome.

Mio padre non replica.

«Sì. Sì. Tu amica di Daniel. Prendi quello che vuoi.» La situazione è ormai degenerata, però non so come venirne fuori. Mio padre si tasta le tasche finché non trova gli occhiali ed esamina i flaconi sugli scaffali.

«Non questo corridoio», borbotta. «Venite con me.»

Forse, se facciamo come dice, ce la caviamo in fretta. Io e Natasha lo seguiamo impotenti mentre Charlie se la ride.

Un corridoio più in là, mio padre trova quello che cercava.

«Ecco. Crema stirante per tuoi capelli.» Tira fuori un grosso contenitore bianco e nero e lo porge a Natasha.

«Stirante», ripete. «Fa meno grosso tuo cespuglio di capelli.»

Perché sono nato in questa famiglia e come posso liberarmene?

Charlie si sganascia dalle risate.

Sto per dire a mio padre che Natasha non ha bisogno di niente, ma lei mi interrompe. «Grazie, signor…»

«Bae», aggiungo io, perché il mio cognome dovrebbe conoscerlo, ovviamente.

«Signor Bae. Non mi serve nessun…»

«Cespuglio troppo grosso», ripete mio padre.

«A me piace grosso», ribatte lei.

«Allora farai meglio a trovarti un altro ragazzo», interviene Charlie ammiccando per assicurarsi che tutti colgano l'allusione. Mi stupisco che non aggiunga un gesto per fugare ogni dubbio. Ma il mio stupore non dura molto, perché subito dopo avvicina la punta di pollice e indice lasciando un paio di centimetri di distacco.

«Bella battuta, Charlie», gli dico. «Sì, il mio pene è lungo soltanto due centimetri.» E non mi volto a guardare mio padre.

Natasha si gira verso di me a bocca aperta. Sta riconsiderando le sue ultime scelte di vita, ci scommetto. Lancio il borsellino praticamente addosso a mio padre. Peggio di così non potrebbe andare, perciò afferro la mano di Natasha anche se papà è a due passi di distanza. E per fortuna lei non la ritrae.

«Grazie, torna a trovarci», sbraita Charlie quando siamo quasi fuori dal negozio. Sembra un maiale che si rotola nella merda. Anzi, sembra merda e basta.

Gli mostro il dito medio e ignoro l'aperta disapprovazione di mio padre, perché per quella ci sarà tutto il tempo.

natasha

Scoppio a ridere anche se so che non dovrei. È stato un disastro su tutti i fronti. Povero Daniel.

Dati Osservabili: le famiglie sono una vera piaga.

Ormai siamo quasi tornati alla stazione della metro quando Daniel smette finalmente di tirarmi. Si appoggia una mano sulla nuca e piega la testa in avanti.

«Mi dispiace», dice, a voce così bassa che anziché sentirlo gli leggo il labiale.

Mi sforzo di soffocare le risate perché dalla sua espressione sembra che sia morto qualcuno, però ci riesco a stento. L'immagine di suo padre che cerca di rifilarmi il barattolone di crema stirante mi strappa un'altra risata. E una volta partita, non mi fermo più. Mi tengo la pancia in preda alla ridarella. Daniel mi fissa con un broncio così evidente che rischia di restargli impresso sulla faccia per sempre.

«È stato terribile», commento dopo aver ritrovato la calma. «Peggio di così non poteva proprio andare. Padre razzista. Fratello maggiore razzista *e* sessista.»

Daniel si massaggia la nuca, ancora più immusonito.

«E il negozio! Con quei vecchi poster di donne, tuo padre

che critica i miei capelli e tuo fratello che fa la battuta sul pene piccolo.»

E, terminata la lista delle atrocità, scoppio in un'altra risata. Daniel impiega qualche secondo in più, ma poi sorride, e io sono contenta.

«Sono felice che lo trovi divertente», afferma.

«E dài, la tragedia fa ridere.»

«Perché, siamo dentro una tragedia?» mi domanda con un sorriso ormai convinto.

«Certo che sì. La vita non è forse una tragedia? Alla fine moriamo tutti.»

«Sarà», replica lui. Dopodiché mi si avvicina, mi prende la mano e se la appoggia sul petto.

Mi osservo attentamente le unghie. E le pellicine. Qualsiasi cosa, pur di evitare quegli occhi nocciola che si ritrova. Sento il ritmo del suo cuore sotto le dita.

Infine lo guardo e lui mette la mano sulla mia.

«Mi dispiace», dice. «Mi dispiace per la mia famiglia.»

Annuisco e basta, perché sentire il suo cuore che batte mi provoca una strana reazione alle corde vocali.

«Mi dispiace per tutto, per l'intera storia del mondo, per il razzismo e per la sua ingiustizia.»

«Ma cosa stai dicendo? Mica è colpa tua. Non puoi scusarti per il razzismo.»

«Sì che posso, e lo faccio.»

Oh, Gesù. Salvami dai ragazzi schietti e gentili che provano sentimenti troppo profondi. Sono ancora convinta che quello che è successo sia stato divertente, perfetto in tutta la sua sgradevolezza, ma capisco anche il senso di vergogna di Daniel. È difficile provenire da un luogo o da una famiglia di cui non si va fieri.

«Tu non sei tuo padre», gli dico, ma lui non mi crede. Comprendo il suo timore. Chi siamo noi se non il prodotto dei nostri genitori e delle loro storie personali?

capelli

Una storia coreano-americana

La famiglia di Daniel non è entrata per caso nel business dei prodotti per la cura dei capelli afro. Quando Dae Hyun e Min Soo si trasferirono a New York, c'era un'intera comunità di immigrati sudcoreani pronta ad aiutarli. Il cugino di Dae Hyun prestò loro del denaro e li spinse ad aprire un negozio di prodotti per la cura dei capelli afro. Anche lui ne aveva uno simile, e come lui molti altri immigrati della sua nuova comunità. Quei negozi andavano a gonfie vele.

Nemmeno il predominio dei sudcoreani nell'industria degli articoli per la cura dei capelli afro si affermò per caso. Cominciò negli anni Sessanta con la crescente popolarità, tra gli afroamericani, delle parrucche fabbricate con capelli sudcoreani. Le parrucche diventarono tanto di moda che il governo sudcoreano bandì l'esportazione di capelli dai suoi territori, garantendo così che le parrucche fabbricate con capelli sudcoreani potessero essere realizzate *unicamente* in Corea del Sud. Allo stesso tempo, il governo americano vietò l'importazione di parrucche fatte con capelli provenienti dalla Cina. Queste due azioni rafforzarono parecchio l'egemonia della Corea del Sud nel mercato delle parrucche. Il business delle parrucche finì per sfociare nel più ampio settore della cura dei capelli afro.

Si stima che le imprese sudcoreane controllino fra il sessanta e l'ottanta per cento di questo mercato, inclusa la distribuzione, la vendita al dettaglio e in misura crescente anche la produzione. Qualunque siano le ragioni culturali o razziali che lo hanno determinato, un tale monopolio della distribuzione rende quasi impossibile che qualsiasi altro gruppo si affermi in questo settore. I distributori sudcoreani lavorano principalmente con venditori al dettaglio sudcoreani, e così tagliano fuori tutti gli altri.

Dae Hyun è ignaro di questa storia. Quello che sa è che l'America è il Paese delle opportunità. E i suoi figli avranno più opportunità di quelle che ha avuto lui.

daniel

VOGLIO ringraziarla perché non mi odia. Dopo l'esperienza nel negozio dei miei genitori, chi potrebbe biasimarla? E poi non era obbligata a reagire alla mia famiglia in maniera così pacifica. Se avesse risposto male sia a mio padre sia a mio fratello, l'avrei capita. È un miracolo (stile acqua trasformata in vino) che sia ancora disposta a frequentarmi, e io le sono più che grato.

Invece di dirle tutto questo, le chiedo se vuole pranzare. Siamo tornati all'ingresso della metro e l'unica cosa che voglio è allontanarmi il più possibile dal negozio. Se la linea D portasse sulla luna, comprerei un biglietto.

«Sto morendo di fame», le dico.

Lei alza gli occhi al cielo. «Addirittura? Hai un debole per l'esagerazione.»

«Lo faccio per compensare la tua precisione.»

«Hai in mente un posto in particolare?» mi domanda.

Le propongo il mio ristorante preferito a Koreatown e lei accetta. Troviamo due posti vicini sul treno e ci accomodiamo. Impiegheremo quaranta minuti per tornare in centro.

Tiro fuori il telefono per cercare altre domande. «Pronta per continuare?» le chiedo.

Mi si accosta fino a premere la spalla contro la mia e sbircia il cellulare. È talmente vicina che i suoi capelli mi solleticano il naso. Non riesco a trattenermi e glieli annuso, convinto di farlo in modo discreto, ma mi sbaglio.

Lei si scansa, lo sguardo stupito e deluso. «Mi hai annusato?» mi domanda, e si tocca la ciocca che è appena stata a contatto con il mio naso.

Non so cosa rispondere. Se lo ammetto, passo per uno squilibrato. Se nego, oltre che squilibrato sono anche bugiardo. Natasha si passa la ciocca sotto il naso e la annusa a sua volta. Non voglio darle l'impressione di pensare che i suoi capelli abbiano un cattivo odore.

«No. Cioè, sì. Sì, li ho annusati.»

Smetto di parlare perché ha sgranato gli occhi più di quanto sia umanamente possibile.

«E quindi?» mi incalza.

Impiego un attimo a capire che cosa mi sta chiedendo. «Hanno un buon odore. Sai quando a volte, in primavera, piove per tipo cinque minuti e poi esce subito il sole e l'acqua comincia a evaporare e l'aria è ancora umida? Be', hanno quell'odore lì. Buonissimo.»

Mi tappo la bocca a forza perché altrimenti non la finirebbe più di parlare. Dopodiché guardo di nuovo il telefono e aspetto, nella speranza che Natasha mi si avvicini ancora.

natasha

Dice che i miei capelli profumano di pioggia primaverile. Ce la sto mettendo davvero tutta a restare impassibile e indifferente. Mi sforzo di ricordare che il linguaggio poetico non mi piace. Non mi piace la poesia. Non mi piacciono nemmeno le persone che amano la poesia.

Però non sono neanche un pezzo di ghiaccio.

daniel

NATASHA mi si avvicina di nuovo e io parto in quarta, perché a quanto pare stare con lei mi fa quest'effetto. Forse innamorarsi di qualcuno significa anche innamorarsi di se stessi. Mi piace come sono quando sto con lei. Mi piace il fatto di dire sempre quello che penso. E il fatto di partire in quarta malgrado gli ostacoli che lei frappone. Normalmente ci rinuncerei, ma non oggi.

Alzo la voce per sovrastare lo stridio del treno sulle rotaie. «Bene. Passiamo alla sezione due.» Distolgo gli occhi dal cellulare. «Sei pronta? Il grado di intimità delle domande aumenta.»

Mi osserva contrariata, però annuisce comunque. Leggo le domande ad alta voce e lei sceglie la numero ventiquattro: Come giudichi il rapporto con tua madre (e con tuo padre)?

«Devi rispondere prima tu», mi dice.

«Be', mio padre l'hai conosciuto.» Non so neanche da che parte cominciare con questa domanda. Ovviamente gli voglio bene, ma può capitare di voler bene a qualcuno pur non avendo un gran bel rapporto con questa persona. Mi chiedo quanto della nostra relazione mancata sia dovuto al tipico conflitto fra padre e figlio adolescente (coprifuoco alle dieci, scherziamo?) e quanto a fattori culturali (coreano-coreano contro coreano-americano). Non capisco nemmeno se le due cose si possono separare. Qualche volta ho la sensazione che fra noi ci sia una parete di vetro insonorizzata. Riusciamo a vederci, ma non a sentirci.

«Quindi lo vivi male, eh?» mi provoca.

Mi scappa da ridere perché ha descritto in maniera tanto semplice e concisa una cosa complicatissima. Il treno frena di colpo e ci schiaccia ancora di più l'uno contro l'altra. Natasha non si sposta.

«E con tua madre?» mi domanda.

«Benone», rispondo, e mi accorgo di pensarlo davvero. «È un po' come me. Dipinge. È creativa.» Che strano, non avevo mai immaginato che a renderci simili fosse proprio questo. «Adesso tocca a te.»

Mi guarda. «Ricordami perché ho accettato?»

«Vuoi smettere?» le domando, anche se so che rifiuterà. È quel genere di persona che va fino in fondo alle cose. «Voglio facilitarti. Puoi limitarti a fare pollici insù o pollici ingiù, okay?»

Annuisce.

«Mamma?» le chiedo.

Pollici insù.

«Tanto insù?»

«Adesso non ci allarghiamo. Ho diciassette anni e lei è pur sempre mia madre», puntualizza.

«Papà?»

Pollici ingiù.

«Tanto ingiù?» le domando.

«Tantissimissimo.»

natasha

«È DIFFICILE voler bene a qualcuno che non ricambia il tuo affetto», affermo. Lui fa per ribattere, però poi ci ripensa. Vorrebbe dirmi che mio padre mi vuole sicuramente bene. E che tutti i genitori amano i propri figli. Ma non è vero. Niente è mai universale. *Quasi* tutti i genitori amano i propri figli. Mia madre mi vuole bene, questo è vero. Eppure c'è anche un'altra verità: io sono il più grande rimpianto di mio padre.

Come lo so?

È stato lui a dirlo.

samuel kingsley

Una storia di rimpianti, parte seconda

Samuel Kingsley era sicuro che il suo destino fosse diventare famoso. Dio non gli avrebbe mai donato tutto quel talento senza dargli modo di esibirlo.

E poi arrivò Patricia. Dio non gli avrebbe mai concesso una moglie stupenda e dei figli se non avesse avuto intenzione di provvedere a loro.

Samuel ricorda il giorno in cui la conobbe. Erano ancora in Giamaica, a Montego Bay. Fuori aveva piovuto, uno di quegli acquazzoni tropicali che iniziano e smettono di colpo. Samuel si era infilato in un negozio di abbigliamento per ripararsi, perché non voleva arrivare fradicio all'audizione.

Patricia era la direttrice del negozio, perciò la prima volta in cui la incontrò indossava un cartellino con il nome e aveva un'aria molto professionale. Portava i capelli corti e ricci e aveva gli occhi più grandi, più belli e più schivi che Samuel avesse mai visto. Le ragazze schive, con tutto il loro riserbo e il loro mistero, gli erano sempre apparse irresistibili.

Citò Bob Marley e Robert Frost. Cantò. E Patricia nulla poté di fronte alla forza del suo fascino. L'ora dell'audizione arrivò e passò senza che lui ci badasse. Non riusciva a saziarsi di quegli occhi che si spalancavano al minimo tentativo di corteggiamento.

Eppure, una parte di lui gli aveva detto di stare alla larga. Il suo io premonitore aveva visto le due strade divergere nel bosco ingiallito. Forse, se avesse scelto l'altra strada, se fosse uscito dal negozio invece di restarvi, sarebbe andato tutto diversamente.

daniel

«Cibo coreano? Cibo migliore. Sano. Buono per te», dico a Natasha imitando mia madre. È la solita cosa che ripete ogni volta che andiamo a cena fuori. Charlie propone sempre ristoranti americani, ma mamma e papà ci portano immancabilmente in locali coreani, anche se a casa mangiamo tutti i giorni piatti del nostro Paese. Io non me la prendo, perché ho scoperto che mia madre ha ragione. Cibo coreano? Cibo migliore.

Io e Natasha non abbiamo molto tempo a disposizione prima del suo appuntamento, e io comincio a dubitare di riuscire a farla innamorare di me entro le prossime due ore. Ma almeno posso farle venir voglia di rivedermi domani.

Entriamo nel mio ristorante *soon dubu* preferito e il personale ci accoglie salutandoci con un «*Annyeonghaseyo*». Adoro questo locale, servono una zuppa ai frutti di mare quasi all'altezza di quella che cucina mia madre. È un posto alla buona, con tavolini di legno al centro e séparé lungo le pareti. In questo momento non c'è tanta gente, perciò riusciamo ad accaparrarcene uno laterale.

Natasha mi chiede di ordinare per lei. «Mangerò tutto quello che mi dirai», promette.

Suono il campanello attaccato al tavolo ed ecco comparire una cameriera. Ordino due *soon dubu* ai frutti di mare, *kalbi* e *pa jun*.

«C'è un campanello?» mi domanda Natasha quando siamo di nuovo soli.

«Una figata, vero? Siamo gente pratica», le rispondo in tono semiserio. «Così il servizio al tavolo perde ogni mistero. Quando arriverà il mio cameriere? Quando mi porteranno il conto?»

«Ma i ristoranti americani lo sanno? Perché dovremmo informarli. I campanelli dovrebbero diventare obbligatori.»

Rido e mi mostro d'accordo, ma a quel punto lei ritratta.

«No, ho cambiato idea. Te lo immagini qualche imbecille che tiene il dito premuto sul campanello perché vuole il ketchup?»

I *panchan*, contorni offerti dalla casa, arrivano quasi immediatamente. Una parte di me si prepara a doverle spiegare che cosa sta mangiando. Una volta l'amico di un mio amico ha fatto una battuta della serie: «Che c'è qui dentro? Carne di cane?» Io mi sono sentito di merda, però ho riso lo stesso. È stato uno di quei momenti in cui avrei tanto voluto avere la carta RIAVVOLGI IL NASTRO.

Invece Natasha non mi domanda niente sul cibo.

La cameriera si avvicina e ci porge le bacchette.

«Ah, posso avere una forchetta, per favore?» le chiede Natasha.

La donna le rivolge un'occhiata sprezzante e si gira verso di me.

«Insegna tua ragazza a usare bacchette», mi dice, e se ne va.

Natasha mi guarda con gli occhi sgranati. «Significa che non mi porterà la forchetta?»

Io rido e scuoto la testa. «Che cavolo!»

«Mi sa proprio che dovrai insegnarmi a usare le bacchette, allora», mormora.

«Lasciala perdere. Certa gente non è contenta finché non si fa a modo suo.»

Natasha alza le spalle. «È tipico di ogni cultura. Americani, francesi, giamaicani, coreani, pensano tutti quanti che il loro modo sia il migliore.»

«Noi coreani potremmo anche avere ragione, però», replico io sfoderando un sorriso.

La cameriera torna e ci posa davanti la zuppa e due uova crude. Poi sbatte in mezzo al tavolo un paio di cucchiai avvolti in un tovagliolo di carta.

«Come si chiama questo piatto?» mi domanda Natasha appena la donna non può più sentirla.

«*Soon dubu*», le rispondo.

Mi guarda mentre rompo l'uovo direttamente nella zuppa e lo affondo sotto cubetti di tofu fumante, gamberetti e molluschi per farlo cuocere. Poi mi imita senza accennare minimamente ai possibili rischi connessi.

«È deliziosa», mi dice sorseggiandone un cucchiaio. In pratica gongola di piacere.

«Come mai ti dichiari coreano?» mi chiede dopo qualche altra cucchiaiata di zuppa. «Non sei nato qui?»

«Non importa a nessuno. Tutti mi chiedono sempre da dove vengo. Prima dicevo che sono americano, ma tanto vogliono sapere qual è il mio vero Paese d'origine, così rispondo che è la Corea. Qualche volta dico Corea del Nord e racconto che io e i miei genitori siamo scappati da una vasca infestata di piranha dove Kim Jong-un ci teneva prigionieri.»

Non sorride come mi aspettavo. Mi chiede soltanto perché lo faccio.

«Perché quel che dico non importa a nessuno. La gente mi rivolge un'occhiata e crede a ciò che vuole.»

«Che palle», commenta mentre si infila in bocca una cucchiaiata di *kimchi*. Starei tutto il giorno a guardarla mangiare.

«Ci sono abituato. Per i miei genitori non sono abbastanza coreano. Mentre gli altri pensano che io non sia abbastanza americano.»

«Che palle davvero, allora.» E passa dal *kimchi* ai germogli di fagioli. «Comunque secondo me non dovresti dire che sei coreano.»

«Perché no?»

«Perché non è vero. Tu sei americano.»

Adoro il suo modo semplice di vedere la situazione. E adoro che la sua soluzione a tutto sia dire la verità. Io lotto con la mia identità e lei mi consiglia di ammettere semplicemente ciò che è vero.

«Non sta a te aiutare le altre persone a catalogarti.»

«Con te lo fanno?»

«Sì, anche se io non sono proprio americana, ricordi? Ci siamo trasferiti qui quando avevo otto anni. Avevo l'accento giamaicano. La prima volta che ho visto la neve ero seduta nell'aula magna della scuola e ci sono rimasta così di stucco che mi sono alzata per guardarla.»

«Oh, no.»

«Oh, sì.»

«E gli altri bambini...»

«Non è stato divertente.» E finge di rabbrividire al ricordo. «Vuoi sentire un'altra storia ancora peggiore? Nel mio primo test di ortografia in inglese la maestra mi ha corretto la parola *favorite* perché l'ho scritta aggiungendo la *u*.»

«E hai sbagliato, infatti.»

«Eh, no.» Mi sventola in faccia il cucchiaio. «La grafia dell'inglese britannico prevede la *u*. Così sostiene la regina d'Inghilterra. Controlla sul dizionario, ragazzo americano.

Comunque ero una tale secchiona che le ho portato il vocabolario da casa e ho riavuto i miei punti.»

«Non ci credo.»

«Credici, invece», insiste lei sorridendo.

«Ci tenevi proprio, a quei punti.»

«Mi spettavano.» Vederla ridacchiare mi sorprende. Conoscendola da appena qualche ora è logico che non sappia ancora tutto di lei. Mi piace la fase in cui si conosce una persona. Mi piace che ogni nuova informazione, ogni nuova espressione abbiano un che di magico. Non riesco a immaginare come ci si possa abituare, fino a trovarla con il tempo una cosa noiosa. Non riesco a immaginare di non voler più sentire quello che Natasha ha da dirmi.

«Smettila», mi rimprovera.

«Di far che?»

«Di fissarmi.»

«Okay.» Raccolgo il mio uovo in camicia e scopro che è perfettamente cotto. «Mangiamoli insieme», le propongo. «È la parte più buona.»

Lei raccoglie il suo, e ora siamo entrambi lì con l'uovo nel cucchiaio e il cucchiaio in mano.

«Al tre. Uno. Due. Tre.»

Ci infiliamo l'uovo in bocca e io la osservo mentre sgrana gli occhi. Riconosco il momento in cui il tuorlo le si rompe in bocca. Abbassa le palpebre come se fosse la cosa più deliziosa che abbia mai assaggiato. Mi aveva detto di non fissarla, ma io la fisso lo stesso. Adoro il suo modo di avvertire ogni sensazione con tutto il corpo. E mi chiedo perché un concentrato di passione come lei si opponga tanto categoricamente alla passione.

la cameriera

Una storia di amore

IMPARA a usare bacchette.

Insegna tua ragazza a usare bacchette.

Mio figlio, lui fatto stessa cosa. Uscito con ragazza bianca. Mio marito? Non accettato. Inizio, io d'accordo con lui. Noi non parlato con nostro figlio per un anno dopo che lui ci ha detto. Io pensato: noi non parliamo con lui. Facciamogli vedere ragione, mettere testa a posto.

Noi non parlato più e io sentito sua mancanza. Mancato mio figlio e sue battute americane e come pizzica mie guance e mi dice sono più bella di tutte altre *ommas*. Mio figlio, che mai vergognato di me quando tutti altri ragazzi diventati troppo americani.

Noi non parlato con lui per più di un anno. In fine, quando lui chiamato, io pensato ecco. Lui finalmente capito. Ragazza bianca non capirà mai noi, non sarà mai coreana. Ma lui chiamato solo per dire si sposa. Vuole noi andiamo a matrimonio. Sento in sua voce quanto ci ama. Sento quanto ama più lei che me. Sento che se non vado a suo matrimonio, perderò mio unico figlio. Mio unico figlio, che mi ama.

Ma papà dice no. Mio figlio pregato noi di andare e io detto che no finché lui non smesso di pregare.

Lui sposato. Io visto foto su Facebook.

Loro avuto primo figlio. Io visto foto su Facebook.

Loro avuto altro figlio. Femmina, questa volta.

I miei *sohn-jah*, e io conosco loro solo da computer.

Ora quando questi ragazzi vengono qui con queste ragazze tutte diverse da loro *ommas*, io mi arrabbio. Questo Paese cerca prenderti tutto. Tua lingua, tuo cibo, tuoi figli.

Impara a usare bacchette.

Questo Paese non può avere tutto.

natasha

Mancano meno di due ore al mio appuntamento e Daniel vuole per forza portarmi in un *norebang*, il termine coreano per karaoke. E karaoke è una parola giapponese che sta per «mettersi in ridicolo cantando in una sala gremita di sconosciuti che sono lì solo per ridere di te».

«Non è come la versione americana», insiste di fronte alla mia riluttanza. «È una cosa molto più civile.»

Con «civile» intende che la figuraccia la si fa in una saletta privata, unicamente davanti agli amici. Il suo *norebang* preferito, guarda caso, è proprio accanto al locale in cui abbiamo appena pranzato. I proprietari, nonché gestori, sono gli stessi, perciò non dobbiamo nemmeno uscire perché vi si accede direttamente dal ristorante.

Daniel sceglie una delle salette più piccole, una stanza comunque spaziosa e chiaramente pensata per accogliere non solo due ma sei, otto persone. La luce è soffusa e le pareti sono quasi completamente occupate da lussuosi divani di pelle rossa, di fronte ai quali c'è un ampio tavolino quadrato su cui sono poggiati un microfono, un telecomando dall'aspetto complicato e un librone con la scritta MENU DELLE CANZONI in tre lingue. Accanto alla porta c'è un grosso schermo su cui compariranno i testi delle canzoni, mentre dal soffitto pende un globo da discoteca.

Bev adorerebbe questo posto. Primo, perché ha una specie di mania per le sfere stroboscopiche. Ne ha quattro appese al soffitto di camera sua, più un aggeggio simile che fa sia da lampada sia da orologio da tavolo. Secondo, perché ha una voce stupenda e coglie ogni occasione per sfoggiarla di fronte alla gente. Controllo sul cellulare se mi ha mandato altri messaggi, ma non ce ne sono. E mi ripeto che è soltanto molto impegnata. Non mi ha dimenticato. Sono ancora qui.

Daniel chiude la porta. «Non posso credere che tu non sia mai stata in un *norebang*», esclama.

«È scioccante, lo so», replico io.

Con la porta chiusa la stanza ha un'atmosfera intima e raccolta. Daniel mi lancia un'occhiata come se pensasse anche lui la stessa cosa.

«Mangiamo un dolce», propone, e preme un pulsante sulla parete per chiamare il personale. A prendere l'ordinazione si presenta la solita cameriera del ristorante, che non mi degna nemmeno di uno sguardo. Daniel ordina del *patbingsoo*, che scopro essere ghiaccio tritato con frutta, dolcetti morbidi di riso e fagioli rossi dolci.

«Ti piace?» mi domanda. Ci tiene molto.

Finisco tutto in sei cucchiaiate. Come potrebbe non piacermi? È dolce, freddo e delizioso.

Daniel mi sorride raggiante e io ricambio.

Dati Osservabili: mi piace farlo contento.

Dati Osservabili: non so quando farlo contento abbia iniziato a piacermi.

Daniel sfoglia l'elenco delle canzoni fino alla sezione inglese. Mentre si scervella su quale titolo scegliere, io guardo video di gruppi pop sudcoreani sullo schermo. Sono tutti colorati e hanno un ritmo contagioso.

«Scegli una canzone a caso», gli dico appena parte il terzo video.

«Questo è un *norebang*», obietta lui. «Non sei tu a scegliere la canzone. È la canzone a scegliere te.»

«Dimmi che è uno scherzo», commento.

Lui mi strizza l'occhio e inizia ad allentarsi la cravatta. «Sì, è uno scherzo ma tu stai zitta. Sto cercando di trovare qualcosa di adatto per impressionarti con i miei virtuosismi vocali.»

Si apre il primo bottone della camicia e io gli osservo le mani mentre si sfila la cravatta dalla testa. No, non si sta togliendo i vestiti. Non si sta spogliando davanti a me. Eppure l'effetto è lo stesso. Non riesco a vedere niente di scandaloso, solo una piccola porzione di collo, per un attimo. Si toglie l'elastico dai capelli e lo lancia sul tavolo. Sono abbastanza lunghi da coprirgli il viso, e lui li sistema meccanicamente dietro le orecchie. Non posso fare a meno di fissarlo. È come se avessi atteso questo istante per tutto il giorno.

Dati Osservabili: è supersexy con i capelli sciolti.

Dati Osservabili: lo è anche con i capelli raccolti.

Distolgo lo sguardo e lo rivolgo al condizionatore appeso alla parete, valutando l'ipotesi di abbassare la temperatura.

Poi vedo che Daniel si leva la giacca e si arrotola le maniche e scoppio a ridere. Si comporta come se stessimo per affrontare chissà quali fatiche. Cerco di ignorare i suoi avambracci lunghi e lisci, però il mio sguardo continua a soffermarsi proprio lì.

«Te la cavi bene come cantante?» gli domando.

Mi guarda fingendo di prendersi molto sul serio, ma è tradito dall'aria allegra.

«Sarò sincero», mi dice. «Sono bravo. Come un cantante lirico italiano.» E afferra il telecomando per selezionare la canzone. «E tu?» mi domanda.

Non rispondo. Tanto fra poco lo scoprirà da sé. Anzi, la mia voce gli farà di sicuro passare la cotta che ha per me.

Dati Osservabili: sono la cantante peggiore del mondo.

Daniel si alza e si avvicina al punto più libero della sala, davanti al televisore. A quanto pare avrà bisogno di spazio per muoversi. Si piazza lì a gambe larghe e ben piantate, china la testa in avanti in modo che i capelli gli ricadano sul viso e impugna il microfono con una mano, stile rockstar. La canzone è *Take a Chance on Me* degli ABBA. Si appoggia una mano sul cuore e attacca il primo verso a voce bassa e profonda. Come dice il titolo, il brano gioca sul concetto di scommessa e, nello specifico, dovrebbe convincere me a scommettere su di lui.

Al secondo verso Daniel si è già riscaldato e mi lancia occhiate provocanti da popstar, con le labbra a cuore. Secondo la canzone possiamo fare un sacco di cose divertenti, finché siamo insieme. Le cose divertenti includono ballare, passeggiare, parlare e ascoltare la musica. Che strano, di baciarsi non se parla. Daniel illustra tutto a gesti come un mimo un po' pazzo e io non riesco a smettere di ridere.

Al terzo verso si inginocchia davanti a me. Dalle parole intuisco che qualcuno si sente solo ora che gli uccellini sono volati via, ma non ci capisco granché. Sono io l'uccellino? O è lui? Che c'entrano gli uccelli?

Canta il resto del brano di nuovo in piedi e con trasporto, reggendo il microfono con entrambe le mani. Di fronte alle mie risate isteriche non si scompone neanche un po'. E non scherzava quando ha detto che era un bravo cantante. È bravissimo. Si fa persino il coro da solo, ripetendo all'infinito «*take a chance*».

Non vuole essere sexy, no. L'intento è solo comico. Talmente comico che alla fine diventa sexy. Non sapevo che il comico potesse risultare anche sexy. Noto che la camicia gli tira sul petto mentre fa le sue mosse da disco dance. Noto quanto siano lunghe le sue dita quando si passa teatralmente le mani fra i capelli. E che i pantaloni eleganti gli mettono in risalto quelle belle chiappe sode che si ritrova.

Dati Osservabili: ho un debole per le chiappe.

Vista la mia giornata schifosa, niente di tutto questo dovrebbe avere effetto su di me. E invece ce l'ha eccome. Ed è grazie alla totale assenza di imbarazzo da parte di Daniel. Al fatto che non gli importa di rendersi ridicolo. Il suo unico scopo è farmi ridere.

La canzone è lunga e alla fine Daniel si ritrova accaldato e sudaticcio. Dopo che ha terminato, resta a fissare il monitor finché un microfono color rosa confetto, stile personaggio di un cartone animato, non comincia a ballare per tutto lo schermo mostrando un cartello con la scritta 99%. Il monitor si riempie di coriandoli.

Io emetto un gemito. «Non mi avevi detto che ci sarebbero stati i voti.»

Lui sfodera un sorriso trionfante e crolla a sedere accanto a me. Le nostre braccia si sfiorano, si allontanano e si sfiorano di nuovo. Mi sento ridicola a essermene accorta, ma non posso farci niente.

Daniel si scosta per prendere il microfono e me lo porge. «Fammi vedere chi sei», mi dice.

daniel

Peccato che il *norebang* non mi sia venuto in mente prima. Stare da solo con Natasha in una stanza con la luce soffusa è un po' come essere in Paradiso (in una *discoparadise*). Lei sfoglia il libro delle canzoni lasciandomi intendere che è una pessima cantante. Io la fisso e mi sparo la mia dose di Natasha approfittando del fatto che è troppo distratta per dirmi di piantarla.

Non saprei proprio quale parte del suo viso preferisco. Ora come ora credo le labbra, mentre la osservo mordersi quello inferiore per l'imbarazzo della scelta tra i troppi brani.

Alla fine si decide, ma invece di prendere il telecomando lo lascia dov'è, si china sul tavolo e inserisce il codice. Il vestito le si solleva leggermente scoprendole la parte posteriore delle cosce, su cui si sono impresse le grinze del divano. Mi piacerebbe avvolgerle con la mano e lisciare quei segni con il pollice.

Si volta a guardarmi e io non posso certo fingere di non avere gli occhi fissi su di lei. E poi non voglio fingere, perché la desidero e voglio che lo sappia. Lei schiude le labbra (sono proprio le labbra più belle di tutto l'universo conosciuto) e con la lingua si tocca quello inferiore.

Adesso mi alzo e la bacio. Niente al mondo potrà impedirmelo, sennonché la sua canzone inizia e rovina questo momento con la sua malinconia.

Riconosco gli accordi d'apertura. È *Fell on Black Days* dei Soundgarden. All'inizio il cantante, Chris Cornell, ci dice che tutto quello che temeva si è avverato. E l'atmosfera diventa sempre più cupa fino al ritornello, dal quale apprendiamo un miliardo di volte (o giù di lì) che il cantante è precipitato nel buio più totale. Si tratta (obiettivamente) di una delle canzoni più deprimenti che siano mai state scritte.

Eppure Natasha la adora. Stritola il microfono con entrambe le mani e strizza forte gli occhi. La sua voce è sincera, intensa e davvero orrenda.

Canta male.

Malissimo.

È stonata come una campana. Se azzecca una nota è per puro caso. Dondola impacciata da una parte all'altra, con gli occhi chiusi. Non ha bisogno di leggere le parole perché le conosce a memoria.

Quando arriva al ritornello finale si è dimenticata completamente della mia presenza. È meno impacciata di prima. Continua a essere stonata, però si è messa una mano sul cuore e canta a squarciagola qualcosa sul destino che le è ignoto, con la voce carica di emozione.

Grazie al cielo è finita. È un antidoto contro la felicità, quella canzone. Natasha mi lancia un'occhiata di sottecchi. Non le ho mai visto quello sguardo schivo. Si morde di nuovo il labbro e corruga la fronte. È adorabile.

«Amo questa canzone», mi dice.

«È un po' cupa, no?»

«Un pizzico di angoscia non ha mai fatto male a nessuno.»

«Tu sei la persona meno incline all'angoscia che abbia mai conosciuto.»

«Non è vero», obietta. «Sono soltanto brava a fingere.»

Non credo avesse intenzione di fare questa confessione proprio a me, restia com'è a mostrare i propri punti deboli. Distoglie lo sguardo e appoggia il microfono sul tavolo.

Ma io non me la lascio scappare, stavolta. Le afferro la mano e la attiro a me. E visto che non oppone resistenza, non smetto di tirarla finché i nostri corpi non sono schiacciati l'uno contro l'altro. Finché il mio respiro non la sfiora.

«Non ho mai sentito nessuno cantare così male in vita mia», le dico.

Le brillano gli occhi. «Ti avevo avvisato che facevo schifo.»

«No, non mi hai avvisato.»

«L'ho fatto mentalmente.»

«Perché, ho un posticino nella tua mente?»

È così vicina che quando arrossisce avverto un leggero calore.

Le appoggio una mano sul fianco e affondo le dita fra i suoi capelli. Nel poco spazio che ci divide può succedere di tutto. Aspetto un suo segnale, aspetto che i suoi occhi dicano di sì e poi la bacio. Ha le labbra simili a morbidi cuscini in cui sprofondo. Cominciamo con un bacio casto, solo le labbra che si toccano, si assaggiano, ma quel bacio non ci sazia. Natasha schiude la bocca e le nostre lingue si intrecciano, si ritraggono e si intrecciano ancora. Io mi eccito visibilmente ma è troppo bello, troppo *giusto* perché debba sentirmi in imbarazzo. I piccoli gemiti che si lascia sfuggire mi fanno venir voglia di baciarla di più.

Non m'importa quello che dice sull'amore e sulle sostanze chimiche. Tutto questo non svanirà. Tra noi non è solo questione di chimica. Natasha si ritrae e i suoi occhi sono nere stelle scintillanti fisse nei miei.

«Torna qui», le dico, e la bacio come se non dovessi rivederla mai più.

natasha

Non riesco a fermarmi, non voglio fermarmi. Il mio corpo se ne frega di quel che pensa il cervello. Sento il bacio di Daniel ovunque. Sulla punta dei capelli. Al centro della pancia. Dietro le ginocchia. Voglio sentirlo dentro di me, voglio dissolvermi in lui.

Indietreggiamo e le mie ginocchia urtano il divano. Daniel mi spinge giù finché non si ritrova sopra di me per metà, ma con una gamba ancora a terra.

Avverto il bisogno di baciarlo ancora e ancora. Il mio corpo smania e non sono mai sazia. Mai abbastanza vicina. Provo qualcosa di caotico e insistente che mi monta dentro e inarco la schiena per accostarmi di più a lui. Con la mano mi stringe il fianco e risale fino a sfiorarmi delicatamente il seno. Mi avvinghio al suo collo e gli affondo le dita nei capelli. Finalmente. È tutto il giorno che desidero farlo.

Dati Osservabili: non credo nella magia.

Dati Osservabili: noi siamo pura magia.

daniel

Он…

natasha

...MERDA.

daniel

NON possiamo fare sesso nel *norebang*.

Non.

Possiamo.

Proprio.

Ma intendo continuare imperterrito fino ad ammettere che lo desidero. Se non smetto di baciarla finirò per chiederle di farlo, e non voglio che mi giudichi quel genere di ragazzo che domanderebbe a una ragazza appena conosciuta di fare sesso con lui nel *norebang* al primo appuntamento (o quasi), anche se lo sono eccome perché… Dio santo, certo che voglio fare sesso con lei in questo preciso istante qui nel *norebang*.

natasha

Le mie mani non sanno rinunciare a toccarlo.

Dai capelli scivolano giù lungo i muscoli tesi e guizzanti del dorso.

Finché, di loro iniziativa, non raggiungono il fondoschiena.

Come sospettavo, è spettacolare. Sodo, rotondo e di proporzioni perfette. Il classico sedere che richiede di essere palpato. Daniel non dovrebbe mai portare i pantaloni.

Lo palpeggio, lo stringo e mi sembra addirittura meglio di quanto mi aspettassi.

Lui si puntella sulle braccia ai lati della mia testa, solleva il busto e sorride. «Non è un melone, sai?»

«Mi piace», gli rispondo, dandogli un'altra strizzatina.

«È tutto tuo», mi dice.

«Hai mai pensato di portare i calzoni da cowboy?» domando.

«Assolutamente no», replica lui, poi ride e arrossisce.

Adoro farlo arrossire.

Si china di nuovo sopra di me e mi bacia. Ed è come se i suoi baci arrivassero in ogni centimetro del mio corpo. Sposto le mani dal suo fondoschiena e risalgo fino alle spalle, per mettere un freno a entrambi. Se continuo a baciarlo così, dopo per me sarà tutto più difficile.

Quindi.

Basta baci.

daniel

Nelle sue labbra avverto dell'esitazione e, a essere sincero, spaventa un po' anche me l'intensità di tutto questo. Mi rialzo e la attiro a me finché non è di nuovo seduta. Le cingo la nuca con il palmo e appoggio la fronte contro la sua. Abbiamo entrambi il respiro troppo corto e irregolare. Sapevo che tra noi c'era della chimica, ma questo non me lo aspettavo.

Siamo ramoscelli sotto una scarica di fulmini. Fiammiferi accesi accanto a legna secca. Cartelli che segnalano il rischio d'incendio e una foresta in attesa di essere data alle fiamme.

Di tutte le pieghe che avrebbe potuto prendere la giornata, questa non sarei mai riuscito a prevederla. Ora però ho la certezza che gli eventi di oggi, dal primo all'ultimo, mi hanno condotto fino a lei, e hanno condotto entrambi a questo momento, facendo sì che quest'istante aprisse la strada alla nostra vita futura.

Anche la sospensione di Charlie da Harvard sembra parte del piano che ci ha guidato fino a questo punto. Se non fosse stato per lui e per il casino che ha combinato, stamani mia madre non avrebbe mai detto ciò che ha detto.

E io non sarei uscito tanto presto per andare dal barbiere (cosa che ancora non ho fatto).

Non sarei salito sul treno della linea 7 con il capotreno teologo in cerca di Dio.

E, se non fosse stato per lui, non avrei rinunciato alla metropolitana scegliendo di andare a piedi e non avrei visto Natasha vivere la sua musicale esperienza mistica. Se non fosse stato per il discorso del capotreno su Dio, non avrei notato la scritta DEUS EX MACHINA sulla sua giacca.

Se non fosse stato per la giacca, non l'avrei seguita fin dentro il negozio di dischi.

E se non fosse stato per quel ladruncolo del suo ex ragazzo, non le avrei parlato.

Un po' di merito ce l'ha anche l'imbecille della BMW. Se non fosse passato con il rosso, non avrei avuto una seconda possibilità con lei.

Tutto ha contribuito a condurci fin qua.

Quando i nostri respiri si normalizzano, la bacio sulla punta del naso.

«Te l'ho detto», le sussurro, e la bacio di nuovo.

«Cos'è che hai detto, feticista del naso?» domanda lei.

Rispondo intervallando le parole ai baci sul naso.

«Siamo.»

Bacio.

«Destinati.»

Bacio.

«A.»

Bacio.

«Stare.»

Bacio.

«Insieme.»

Bacio.

Natasha si ritrae con due occhi neri come nuvoloni e si libera dal mio abbraccio. È dura separarmene, un po' come staccare due calamite. L'avrò spaventata con i miei discorsi sul destino? Si scosta sedendosi a distanza e lasciando troppo spazio tra di noi. Non voglio rinunciare a questo momento. Qualche istante fa pensavo che sarebbe durato in eterno.

«Vuoi cantare un'altra canzone?» le chiedo. Sono rauco e mi schiarisco la voce. Fisso il monitor. Abbiamo iniziato a baciarci senza prima guardare il suo punteggio. È ottantanove per cento, un disastro. In un *norebang* è quasi impossibile totalizzare meno del novanta.

Dà anche lei un'occhiata allo schermo, ma non commenta. Non riesco a capire cosa stia succedendo nella sua testa. Perché oppone resistenza a quello che c'è tra noi? Si tocca i capelli, allunga un ricciolo e lo lascia andare, ne tira un altro e poi molla pure quello.

«Scusami», dice.

Mi avvicino di nuovo e azzero la distanza tra di noi. Ha le mani serrate sulle cosce.

«Scusa per cosa?» le chiedo.

«Se sono così fredda.»

«Non eri tanto fredda, poco fa», commento, la battuta più stupida (insieme ai doppi sensi, le allusioni sono le più volgari forme di umorismo) che potessi pronunciare in questo momento. Ammicco persino, in attesa di una sua reazione. O la va o la spacca.

Il sorriso ha la meglio, finalmente. Non c'è più spazio per i nuvoloni di poco fa. «Wow», commenta, con la voce addolcita. «Ci sai proprio fare con le parole.»

«E con le donne», aggiungo io, gigioneggiando ancora di più. Sarei disposto a mettermi in ridicolo pur di farla divertire.

Natasha continua a ridere e appoggia la schiena al divano. «Sicuro di avere le carte in regola per fare il poeta? Era il verso peggiore che abbia mai sentito.»

«Ti aspettavi qualcosa di più...»

«Di più poetico, sì», continua lei.

«Vuoi scherzare? Le poesie sono quasi tutte sul sesso.»

Mi guarda scettica. «Sei in grado di fornire dati oggettivi che lo confermino? Voglio vedere le cifre.»

«Scienziata!» la accuso.

«Poeta!» ribatte.

E sorridiamo contenti senza nemmeno provare a tenerci nascosta a vicenda la gioia che sentiamo.

«Quasi tutte le poesie che ho letto parlano di amore, di sesso o delle stelle. Voi poeti siete fissati con le stelle. Stelle cadenti. Stelle comete. Stelle morenti.»

«Le stelle sono importanti», replico io ridendo.

«Certo, ma allora perché non scrivere più poesie sul Sole? Anche il Sole è una stella, e per noi è la più importante. Già questo un paio di poesie le varrebbe.»

«Affare fatto. D'ora in poi scriverò soltanto poesie sul Sole», dichiaro.

«Bene.»

«Sul serio, però. Secondo me è vero che quasi tutte le poesie parlano di sesso. Robert Herrick ne ha scritta una intitolata *Alle vergini, perché facciano buon uso del loro tempo*.»

Incrocia le gambe nella posizione del loto e si piega in due dalle risate. «Non ci credo.»

«Te lo assicuro. In pratica invita le vergini a perdere al più presto la verginità nel caso muoiano prima. Dio ci scampi dal morire vergini.»

La sua risata svanisce. «Forse intendeva solo dire che conviene vivere alla giornata. Come se l'oggi fosse tutto ciò che abbiamo.»

È di nuovo pensierosa e triste, e non capisco perché. Appoggia la nuca al divano e fissa il globo da discoteca.

«Parlami di tuo padre», le dico.

«Non mi va proprio di parlarne.»

«Lo so, ma tu parlamene lo stesso. Perché dici che non ti vuole bene?»

Solleva la testa per guardarmi. «Sei sfinente», commenta, e la riabbassa.

«Insistente», replico.

«Non so come spiegarlo. Il sentimento che prevale in lui è il rimpianto. È come se in passato avesse commesso chissà quale errore madornale, come se avesse imboccato la strada sbagliata e, invece di finire nel posto giusto, si fosse ritrovato qui con me, la mamma e mio fratello.»

Pronuncia queste parole con voce tremante, ma senza piangere. Le prendo la mano e insieme guardiamo lo schermo. Il suo punteggio danzante è stato sostituito da uno spot senza volume sui casinò di Atlantic City.

«Mia madre fa certi quadri stupendi», le dico. «Davvero incredibili.»

Ricordo ancora le sue lacrime quando ricevette il regalo da papà. «*Yeobo*, non dovevi», disse.

«È un regalo solo per te. Un tempo dipingevi sempre», affermò lui.

Mi ero stupito un sacco. Pensavo di sapere tutto di mia madre – di entrambi, veramente – e, invece, di quel segreto non sapevo niente. Le chiesi perché avesse smesso, e lei agitò la mano nell'aria come per scacciare via gli anni.

«È stato tanto tempo fa», mi rispose.

Bacio la mano di Natasha e poi confesso: «A volte mi viene il dubbio che anche lei abbia imboccato la strada sbagliata mettendo al mondo noi».

«Sì, ma lei lo pensa?»

«Non lo so. Però se dovessi dare comunque una risposta, direi che è contenta della piega che ha preso la sua vita.»

«Questo è un bene. T'immagini vivere tutta la vita con

l'idea di aver commesso uno sbaglio?» E nel dirlo rabbrividisce sul serio.

Mi porto la sua mano alla bocca e la bacio. Il suo respiro cambia. La attiro a me per baciarla, ma lei mi ferma.

«Dimmi perché vuoi fare il poeta», mi chiede.

Mi ritraggo e le accarezzo le nocche con il pollice. «Non lo so. Cioè, non so nemmeno se di lavoro vorrei fare quello o altro. Non capisco perché dovrei saperlo già adesso. So soltanto che mi piace scrivere. Mi piace tanto. Ho dei pensieri e sento il bisogno di metterli nero su bianco e, quando lo faccio, mi escono in versi. È la cosa che mi fa stare meglio in assoluto a parte...»

Mi interrompo, temendo di spaventarla di nuovo.

Natasha solleva ancora la testa. «A parte cosa?» Le brillano gli occhi. Vuole conoscere la risposta.

«A parte te. Anche tu mi fai stare bene.»

Vedendola ritrarre la mano penso che stia per allontanarsi, invece no. Mi si accosta e mi bacia.

natasha

Lo bacio per zittirlo. Se continua a parlare lo amerò, e io non voglio amarlo. Non voglio. Come strategia non è delle migliori. Baciarsi è un altro modo per parlarsi, solo senza le parole.

daniel

Un giorno scriverò un'ode sul baciarsi. La intitolerò *Ode a un bacio*.

E sarà fantastica.

natasha

FORSE ci staremmo ancora baciando se quella scontrosa della nostra cameriera non fosse tornata a chiederci se volevamo altro da mangiare. Ma no, non vogliamo altro, ormai è ora di andare. Ci terrei ancora a portarlo al Museo di Storia Naturale, il mio posto preferito a New York. Glielo dico e usciamo dal locale.

Fuori dalla saletta buia del *norebang*, abbiamo l'impressione che la luce del sole sia troppo forte. E non soltanto quella, anche tutto il resto. La città è troppo rumorosa e affollata.

Per qualche istante sono disorientata dai negozi con insegne coreane che si susseguono fitti uno dopo l'altro, ma poi mi ricordo che siamo a Koreatown. Quest'area della città dovrebbe assomigliare a Seul. Chissà se è davvero così. Con gli occhi strizzati per l'eccessivo sole, medito di tornare dentro. Non sono pronta a vedere la realtà chiassosa e brulicante di New York riaffermarsi in tutta la sua prepotenza.

Ecco qual è il pensiero che mi riporta con i piedi per terra: la realtà. *Questa* realtà. L'odore della gomma e dei gas di scarico, il frastuono di queste auto dirette chissà dove, il sapore dell'ozono nell'aria. È questa la realtà. Nel *norebang* potevamo anche fingere, ma qui no. Questa è una delle cose che preferisco di New York. La sua capacità di vanificare ogni nostro tentativo di mentire a noi stessi.

Ci giriamo a guardarci nello stesso istante. Ci teniamo per mano, però è anche questa una finzione, ormai. Sfilo la mano dalla sua per aggiustarmi lo zaino. Daniel si aspetta che la rimetta dov'era, ma ancora non sono pronta.

daniel

«Ragazzo della zona è incapace di lasciar correre»

Siamo seduti accanto sul treno e, anche se a causa degli scossoni non facciamo che urtarci, la sento allontanarsi. Dall'altro lato del vagone i sedili sono liberi e ci osserviamo riflessi nel finestrino. Natasha ha lo zaino sulle ginocchia e lo stringe al petto come se potesse sfuggirle e filarsela via per conto proprio da un momento all'altro.

Potrei prenderle la mano e forzare la situazione, ma stavolta voglio che sia lei a farlo. Voglio che riconosca apertamente quello che c'è tra noi. Non posso lasciar correre. Voglio sentirglielo dire. Siamo destinati a stare insieme. Questo o qualunque altra cosa. Ho bisogno di sentirmelo dire. Di sapere che non sono l'unico a pensarlo.

Altrimenti mi conviene lasciar perdere.

E lascerò perdere, infatti.

«Si può sapere di cos'hai paura?» le chiedo, perché non ce la faccio proprio, a lasciar perdere.

natasha

Proprio io che odio la finzione mi ritrovo a fingere. «Di che stai parlando?» domando al suo riflesso nel finestrino della metro anziché direttamente a lui.

daniel

Quasi quasi ci credo che non sappia di cosa sto parlando. I nostri sguardi si incontrano sul finestrino come se fosse l'unico posto in cui sia lecito guardarsi.

«Tra noi era destino», ribadisco. Ma lo faccio nel tono sbagliato, un tono autoritario che suona come un rimprovero e una supplica al contempo. «Provi anche tu la stessa cosa, lo so.»

Lei non fiata, si alza e si mette in piedi accanto alle porte. Se la rabbia fosse come il calore, la vedrei irradiarsi a ondate dal suo corpo.

Sono tentato in parte di andare lì a scusarmi, in parte di obbligarla a dirmi quale sia il problema. Mi impongo di restare seduto per le ultime due fermate finché il treno entra sferragliando nella stazione dell'Ottantunesima Strada.

Si aprono le porte. Natasha sguscia tra la folla e corre su per le scale. Arrivata in cima, mi spinge di lato e si volta di scatto a guardarmi.

«Non azzardarti a dirmi cosa devo provare», strilla con la voce strozzata. Sta per dire qualcos'altro però ci ripensa e si allontana.

È irritata, ma adesso lo sono anch'io.

«Qual è il problema?» le chiedo con le mani alzate quando la raggiungo.

Non mi va di litigare con lei. Sul lato opposto della strada c'è Central Park. Gli alberi rigogliosi sono un incanto nei loro colori autunnali. Vorrei passeggiare con lei nel parco e scrivere versi sul mio taccuino. E vorrei che lei mi prendesse in giro per questo e mi istruisse su come e perché le foglie cambiano colore. Sono sicuro che conosca l'esatta ragione scientifica di questo fenomeno.

Natasha si infila lo zaino in spalla e incrocia le braccia.

«Non esistono persone destinate a stare insieme», afferma.

Mi rifiuto di intavolare discussioni filosofiche e mi arrendo. «Okay, ma se esistessero, allora...»

«No, basta», taglia corto lei. «Non esistono. E se anche esistessero, noi non lo siamo di certo.»

«E come fai a dirlo?» So di essere irragionevole, irrazionale e forse un sacco di altre cose che non dovrei essere. È assurdo litigare per una cosa del genere.

Mica puoi convincere una persona ad amarti.

Una leggera brezza fa frusciare le foglie intorno a noi. È più freddo adesso di quanto non sia stato durante tutta la giornata.

«Lo dico perché è vero. Noi non siamo destinati a stare insieme, Daniel. Io sono un'immigrata irregolare. E sarò rimpatriata. Questo è il mio ultimo giorno in America. Domani non sarò più qui.»

Forse c'è un altro modo per interpretare le sue parole. Il mio cervello seleziona quelle più importanti e le riordina, sperando di ottenere un nuovo significato. Provo persino a utilizzarle per comporre una poesiola, ma loro non collaborano. Se ne stanno lì come macigni impossibili da spostare.

Ultimo.

Irregolare.

America.

Più.

natasha

Normalmente una cosa del genere – litigare in pubblico – mi imbarazzerebbe, ma in questo istante non noto altri che lui, o quasi. E, se devo essere sincera con me stessa, è così da tutto il giorno.

Daniel nasconde la fronte tra le mani, e i capelli gli incorniciano il viso a mo' di tenda. Non ho idea di quello che dovrei dire o fare in questo momento. Vorrei potermi rimangiare le parole e continuare a fingere. È colpa mia se ci siamo spinti a tanto. Avrei dovuto dirglielo fin da subito, ma non immaginavo che saremmo arrivati a questo punto. Non immaginavo che avrei provato tutto questo.

daniel

«Per te ho rimandato il mio appuntamento.» Parlo a voce così bassa che mi viene il dubbio sia per non farmi sentire da lei, ma Natasha mi sente eccome.

Spalanca gli occhi e inizia ben tre discorsi diversi prima di decidersi a dire: «Aspetta. Sarebbe colpa mia, quindi?»

Di qualcosa la sto accusando, questo è certo. Però non so bene di cosa. Un corriere in bicicletta salta sul marciapiede un po' troppo vicino a noi. Qualcuno gli grida di usare la strada. Vorrei anch'io prendermela con lui. Segui le regole, gli direi.

«Potevi avvisarmi», protesto. «Potevi dirmelo che stai per partire.»

«Ti ho avvisato, infatti», risponde lei sulla difensiva.

«Non chiaramente. Non mi hai detto che ti saresti trasferita in un altro Paese nel giro di ventiquattr'ore.»

«Non avevo idea che avremmo...»

La interrompo. «Quando ci siamo conosciuti sapevi già in che condizioni ti trovavi, però.»

«Sì, ma non erano affari tuoi.»

«E ora lo sono?» Anche se la situazione è disperata, solo sentirmi dire che adesso sono affari miei mi rincuora.

«Ho cercato di avvisarti», ripete.

«Non sei stata abbastanza esplicita. Ecco come dovevi fare. Aprivi la bocca e dicevi la verità. Senza tutti quei discorsi sul fatto che non credi nell'amore e nella poesia. Mi dicevi: 'Daniel, sto per partire'. Mi dicevi: 'Daniel, non innamorarti di me'.»

«Ma io te l'ho detto», insiste. Non grida, ma non parla neanche sottovoce.

Un bambino tutto elegante con una giacca da marinaretto ci guarda sbalordito e strattona la mano del padre. Un'orda di turisti (muniti di guida) ci lancia un'occhiata come se fossimo in mostra.

Abbasso la voce. «Sì, ma io non pensavo che intendessi questo.»

«E allora di chi è la colpa?» mi domanda.

A questo non so cosa ribattere e restiamo a fissarci a vicenda.

«Come puoi aver perso la testa per me in questo modo?» mormora, a metà tra l'angosciato e l'incredulo.

Di nuovo non so cosa rispondere. Persino io sono sorpreso dalla portata dei miei sentimenti. Il bello di perdere la testa è che non hai più il controllo delle tue azioni.

Tento di riportare la calma tra noi. «E perché non avrei dovuto farlo?» le chiedo.

Tira con forza le bretelle dello zaino. «Perché è stupido. Te l'avevo detto che non dovevi...»

Adesso ne ho abbastanza, però. È tutto il giorno che mi metto a nudo, ormai sono ferito.

«Fantastico. Mi stai dicendo che tu non provi niente? E quei baci? Ho fatto tutto da solo, là dentro?»

«Credi che pochi baci valgano amore eterno?»

«Quelli in particolare sì!»

Natasha chiude gli occhi. Quando li riapre, ho l'impressione di leggere della compassione nel suo sguardo. «Daniel...»

La interrompo subito. Io non la voglio, la sua compassione.

«No. Pazienza. Non intendo ascoltare niente. Ho capito. Non provi la stessa cosa. E sei in partenza. Perciò stammi bene.»

Devo muovere ben due passi prima di sentirmi dire: «Sei proprio come mio padre».

«Ma se neanche lo conosco!» replico intanto che mi infilo la giacca. Chissà perché me la sento più stretta di prima.

«Non importa. Sei come lui lo stesso. Un egoista.» Mi fissa a braccia conserte.

«Io non sono egoista.» Stavolta tocca a me stare sulla difensiva.

«Sì, invece. Credi che il mondo intero ruoti intorno a te. Ai tuoi sentimenti. Ai tuoi sogni.»

Alzo le mani al cielo. «Non c'è niente di male ad avere dei sogni. Sarò anche uno stupido sognatore, però almeno io dei sogni ce li ho.»

«E questa sarebbe una virtù? Voi sognatori siete tutti convinti che l'universo esista soltanto per voi e per la vostra passione.»

«Sempre meglio averne, di passioni, che non averne.»

Mi guarda a occhi stretti, pronta a discuterne. «Davvero? E perché?»

Non riesco a credere di doverglielo pure spiegare. «È questo il nostro scopo sulla Terra.»

«No», ribatte lei scuotendo la testa. «Il nostro scopo è evolverci e sopravvivere. Tutto qua.»

Sapevo che avrebbe chiamato in causa la scienza. Però non può pensarlo sul serio. «Tu non lo pensi sul serio.»

«Non mi conosci abbastanza per dirlo. E poi sognare è un lusso che non è concesso a chiunque.»

«Sì, ma tu ti conosci eccome. Hai paura di diventare come tuo padre. E per la paura di compiere la scelta sbagliata, non scegli proprio.» So che c'è un modo migliore per dirlo, ma ora come ora non sono al massimo della forma.

«Io so già che cosa voglio diventare», ribatte lei.

Non riesco a risparmiarmi una risatina sprezzante. «Una data scientist o quel che è? Quella non è una passione. È soltanto un lavoro. Avere dei sogni non ha mai ucciso nessuno.»

«Non è vero. Come fai a essere così ingenuo?»

«Be', preferisco essere ingenuo che essere come te. Tu vedi solo le cose che hai di fronte.»

«Sempre meglio che vedere cose inesistenti.»

Siamo in un vicolo cieco, ormai.

Il sole si nasconde dietro a una nuvola e da Central Park ci investe un vento gelido. Ci fissiamo per qualche istante. Natasha ha un altro aspetto quando il sole non la illumina. Come devo averlo io, del resto. Mi crede un ingenuo. Anzi, peggio, mi reputa ridicolo.

Ci converrà finirla qua. Meglio un finale brusco e tragico piuttosto che tirarla per le lunghe e poi scoprire di essere troppo diversi e che l'amore da solo non basta a unirci.

Tutti ragionamenti in cui non credo minimamente.

Il vento ci sferza ancora. Le scuote un po' i capelli. Non ho difficoltà a immaginarli con le punte rosa. Mi sarebbe piaciuto vederli.

natasha

«Ti conviene andare», gli dico.

«Tutto qui?» domanda.

È un sollievo che si stia comportando da stronzo. Semplifica le cose. «Un pensierino a me l'hai rivolto? *Povera Natasha, chissà che cosa prova. Come si è ritrovata a essere un'immigrata irregolare? Se la sentirà di trasferirsi in un Paese che non conosce per niente? Sarà sconvolta da quello che le sta succedendo?*»

Gli leggo sul viso il rimorso. Mi si avvicina di un passo, ma io arretro.

E lui si blocca.

«Tu aspetti soltanto che qualcuno venga in tuo soccorso. Non vuoi fare il medico? Allora non farlo.»

«Non è così semplice», replica lui con un filo di voce.

Lo fisso con gli occhi stretti. «Giusto per citare le tue parole di cinque minuti fa. Ecco come devi fare: apri la bocca e dici la verità. 'Mamma, papà? Non voglio fare il medico. Voglio fare il poeta perché sono stupido e non ho idea di cosa sia meglio per me', ecco cosa dici.»

«Sai benissimo che non è facile», ribatte quasi sussurrando.

Mi appendo con le mani alle bretelle dello zaino. È ora di

andare. Stiamo solo ritardando l'inevitabile. «Sai cosa non sopporto?» gli domando. «Non sopporto la poesia.»

«Sì, lo so.»

«Fammi finire. Non la sopporto, ma una volta ho letto dei versi scritti da una poetessa di nome Warsan Shire. Il loro messaggio era che non si possono fare di esseri umane case, e che qualcuno deve pur avertelo detto.»

Mi aspetto che mi dica «no, non è vero». Desidero che lo faccia, invece non fiata.

«Tuo fratello aveva ragione. Questa cosa non ci porterà da nessuna parte. E poi tu non mi ami, Daniel. Stai solo cercando qualcuno che ti salvi. Be', salvati da solo.»

daniel

«ADOLESCENTE della zona si convince che la sua vita è uno schifo totale»

Quanto vorrei che avesse ragione. Quanto vorrei non innamorarmi di lei.

La guardo allontanarsi e non la fermo né la seguo. Che razza di idiota sono stato. Ho fatto la parte dello stupido, del mistico che crede nel potere dei cristalli. Per forza è successo quello che è successo. Dopo tutto questo parlare a vanvera di fato, destino e predestinazione.

Natasha ha ragione. La vita non è altro che una serie di stupide decisioni, indecisioni e coincidenze a cui scegliamo di attribuire un senso. Oggi la mensa della scuola ha terminato il tuo dolce preferito? Dev'essere perché l'universo si sforza di tenerti a dieta.

Grazie, universo!

Hai perso il treno? Forse quel treno esploderà in galleria oppure trasporta il paziente zero di un pericoloso ceppo di aviaria (trasmessa da uccelli acquatici, oche, pterodattili), e c'è da ringraziare il cielo che tu non sia a bordo.

Grazie, universo!

Nessuno si prende la briga di verificarlo, il destino, però. A mensa si sono semplicemente dimenticati di avere un altro scatolone sul retro e tu ottieni comunque una fetta di torta dal tuo amico. Hai aspettato fumando di rabbia l'arrivo di un altro treno e alla fine è arrivato. Sul treno che hai perso non è morto nessuno. E a nessuno è scappato un solo starnuto.

Ci ripetiamo che se le cose accadono c'è una ragione, ma sono tutte storie che ci raccontiamo. Che ci inventiamo. Non hanno alcun senso.

fato

Una storia

Il fato è sempre stato il regno degli dèi, anche se persino gli dèi ne sono soggetti.

Nella mitologia dell'antica Grecia, le tre sorelle del fato tessono il destino di ogni persona nelle prime tre notti che seguono la sua nascita. Immagina tuo figlio appena nato nella nursery. In un'ora compresa tra le due e le quattro del mattino, una di quelle che appartengono solo ai neonati e ai moribondi, nella stanza buia, silenziosa e calda.

Accanto a te compare la prima sorella, Cloto, vergine giovane e melliflua. Ha in mano un fuso su cui tesse i fili della vita di tuo figlio.

Di fianco a lei c'è Lachesi, più adulta e matronale della sorella. Ha in mano l'asta usata per misurare il filo della vita. Lunghezza e destino della vita di tuo figlio dipendono da lei.

Infine c'è Atropo, vecchia e stanca. Inesorabile. Che mena la terribile falce con cui reciderà il filo della vita di tuo figlio. Sarà lei a determinare l'ora e le circostanze della sua morte.

Immagina lo spettacolo incredibile e al tempo stesso orrendo di queste tre sorelle che, l'una accanto all'altra, presidiano la culla e decidono il futuro di tuo figlio.

In epoca moderna, le Moire sono per lo più scomparse

dalla coscienza collettiva, ma l'idea del fato no. Come mai in quello crediamo ancora? Credere che una tragedia non sia provocata da noi e che non avremmo mai potuto evitarla la rende forse più sopportabile? Eppure è sempre stato così.

Le cose succedono per una ragione, dice la madre di Natasha. Quello che intende è che il fato una ragione ce l'ha e che, nonostante tu possa anche non conoscerla, un certo conforto c'è, nel sapere che esiste un disegno divino.

Natasha è diversa. Crede nel determinismo: causa ed effetto. Ogni azione conduce necessariamente a un'altra e così via. Sono le azioni di ognuno a determinare il suo destino. In questo senso non è molto diversa dal padre di Daniel.

Daniel abita il nebuloso spazio che li divide. Forse non era destinato a conoscere Natasha proprio oggi. Forse è capitato solo per caso, dopo tutto.

Ma.

Una volta che si sono conosciuti, il resto, l'amore che c'è tra loro, è stato inevitabile.

natasha

Non lascerò che quanto è successo con Daniel mi impedisca di andare al museo. Questa è una delle zone della città che preferisco, senza tutti quei palazzoni di Midtown. È bello riuscire a vedere squarci ininterrotti di cielo.

Dieci minuti dopo sono nella mia sezione preferita, la Sala dei Meteoriti. Quasi tutti i visitatori tirano dritti verso la stanza successiva dedicata alle gemme, con le sue sgargianti pietre preziose e semipreziose. Ma io preferisco questa. Mi piace l'ambiente buio, fresco e spoglio. E il fatto che non ci sia quasi mai nessuno.

Lungo le pareti, all'interno di teche verticali illuminate da potenti faretti, sono esposti frammenti di meteoriti. Le teche hanno nomi come «Gioielli dallo spazio», «Pianeti in costruzione», «Le origini del sistema solare».

Vado dritta verso il mio meteorite preferito: Ahnighito, che in realtà è solo una porzione del ben più grande meteorite di Cape York. Ahnighito è un ammasso ferroso di trentaquattro tonnellate ed è il più grosso meteorite mai esposto nelle sale di un museo. Mi avvicino al basamento su cui è appoggiato e lo accarezzo lentamente: la superficie è fredda come il metallo e bucherellata da migliaia di minuscoli crateri. Chiudo gli occhi e percorro con le dita le sue cavità. È difficile credere che questo pezzo di ferro sia giunto a noi dallo spazio. E ancora di più che racchiuda in sé l'origine del sistema solare. Questa sala è la mia chiesa e su questo basamento c'è il mio pilastro portante. È toccando questa roccia che mi sento più vicina a credere nell'esistenza di Dio.

Ecco dove avrei portato Daniel. Gli avrei chiesto di scrivere poesie sulle rocce provenienti dallo spazio e sui crateri meteorici. Il numero di azioni e reazioni che sono state necessarie a creare il nostro sistema solare, la nostra galassia e il nostro universo è strabiliante. Come incalcolabile è il numero di cose che hanno dovuto collimare alla perfezione perché questo accadesse.

Rispetto a tutto ciò, che cos'è innamorarsi? Una serie di piccole coincidenze a cui diamo il massimo valore, perché vogliamo convincerci che le nostre minuscole esistenze abbiano una qualche rilevanza su scala galattica. Ma innamorarsi non può essere paragonabile alla formazione dell'universo.

Neanche lontanamente.

daniel

Simmetrie
Una poesia di Daniel Jae Ho Bae

Io starò
dalla mia
parte. E tu starai
da tutt'
altra.

natasha

Un tempo eravamo molto uniti, io e mio padre. In Giamaica, e anche dopo il nostro trasferimento qui, eravamo inseparabili. Avevo quasi sempre l'impressione che da una parte ci fossimo io e lui, i Sognatori, e dall'altra mia madre e mio fratello, i Non Sognatori.

Guardavamo il cricket insieme. Gli facevo da pubblico mentre si esercitava per le audizioni. E lui mi prometteva che non appena fosse diventato un famoso attore di Broadway, mi avrebbe procurato tutti i ruoli migliori destinati a una ragazzina. Lo ascoltavo raccontare come la sua notorietà ci avrebbe cambiato la vita e continuai ad ascoltarlo anche dopo che mia madre e mio fratello avevano smesso da un pezzo.

Le cose cominciarono a cambiare quattro anni fa, quando io ne avevo tredici. Mia madre si era stufata di vivere in un bilocale, perché le sue amiche in Giamaica possedevano una casa. Si era stufata che mio padre avesse il solito impiego da anni e guadagnasse più o meno sempre gli stessi soldi. Si era stufata di sentirgli raccontare che cosa sarebbe successo quando la sua occasione fosse finalmente arrivata. A lui non diceva niente, però; si lamentava solo con me.

«Voi bambini siete troppo grandi per dormire nel soggiorno ormai. Vi ci vuole la vostra privacy.

«Non ce l'avrò mai, una vera cucina con un vero frigo. È ora che lui ci rinuncia, a tutte quelle fesserie.»

Poi mio padre perse il lavoro, non so se per via di un licenziamento vero e proprio o di tagli al personale. Una volta mia madre disse che secondo lei era stato lui ad andarsene, ma non riuscì a dimostrarlo.

Il giorno in cui accadde, mio padre affermò: «Magari è una benedizione camuffata. Almeno ho più tempo per dedicarmi al mestiere di attore, che dici?»

Non so con chi ce l'avesse, però nessuno gli rispose. Aggiunse che ora che non lavorava più avrebbe fatto delle audizioni. Ma non capitò quasi mai, perché aveva sempre una scusa:

«Non mi ci vedo, in quella parte lì.

«Non gli piacerà il mio accento, a quelli là.

«Sono troppo vecchio, ormai. Recitare è roba da giovani.»

Quando mia madre rientrava dal lavoro, la sera, le diceva che ci stava provando. Ma io e mio fratello sapevamo che non era vero.

Ricordo ancora la prima volta in cui lo vedemmo estraniarsi completamente mentre recitava. Tornati a piedi da scuola, capimmo subito che c'era qualcosa di strano perché la porta d'ingresso era spalancata. Nostro padre era in soggiorno, cioè in camera nostra. Non so se ci avesse sentiti arrivare, però non ebbe alcuna reazione. Aveva un libro in mano e più tardi scoprii che si trattava di un copione dal titolo *Un grappolo di sole*.

Indossava camicia e pantaloni sportivi e stava ripetendo le battute. Non so nemmeno perché tenesse il copione in mano, visto che l'aveva già imparato a memoria. Ricordo ancora stralci del monologo: il personaggio raccontava di vedere il futuro profilarsi davanti a sé e che esso – il futuro, appunto – non era altro che uno spazio vuoto e indistinto.

Quando finalmente si accorse che lo stavamo osservando, ci sgridò per averlo spiato. All'inizio pensai che fosse soltanto imbarazzato, perché a nessuno piace essere colto di sorpresa. Ma poi capii che c'era dell'altro. Si vergognava di se stesso, come se lo avessimo beccato mentre commetteva un furto o un tradimento.

Da quella volta io e mio padre non abbiamo più fatto niente di niente insieme. Lui ha smesso di guardare il cricket e ha cominciato a rifiutare il mio aiuto per memorizzare i copioni. E nella sua metà della camera da letto si sono accumulate pile e pile di opere teatrali famose, in edizioni tascabili usate e ingiallite. Conosceva tutte le parti, non solo quelle principali, ma anche quelle secondarie.

Alla fine ha rinunciato a fingere di presentarsi alle audizioni o di cercare lavoro. E mia madre ha rinunciato a fingere che un giorno avremmo avuto una casa tutta nostra o anche solo un appartamento che non fosse un bilocale. Per far quadrare i conti ha iniziato con i doppi turni. E la scorsa estate io ho lavorato da McDonald's invece di fare volontariato all'ospedale metodista di New York, come sempre prima di allora.

Ormai sono tre anni che la situazione va avanti così. Ogni volta che torniamo da scuola lo troviamo chiuso in camera sua, intento a recitare le battute da solo. Le parti che preferisce sono i lunghi monologhi drammatici. È Macbeth e Walter Lee Younger. Ha sempre da ridire su questo o quell'attore che non sa recitare. E dispensa lodi a quelli che secondo lui invece ci sanno fare.

Due mesi fa, e la cosa non è dipesa da lui, ha ottenuto una parte. Un tizio che aveva incontrato anni addietro durante un'audizione stava mettendo in scena *Un grappolo di sole.*

Quando l'ha detto a mia madre, la prima cosa che lei gli ha chiesto è stata: «Quant'è che ti pagano?»

Non gli ha detto «Congratulazioni» e nemmeno «Sono così orgogliosa di te», né gli ha domandato «Quale parte?» o «Quando vai in scena?» o «Non stai più nella pelle?» Macché. Solo «Quant'è che ti pagano?»

E, per di più, con gli occhi inespressivi e per nulla partecipi. Gli occhi stanchi di chi aveva appena terminato un doppio turno.

Siamo rimasti un po' basiti tutti. Persino lei. Sì, erano anni che l'atteggiamento di mio padre la demoralizzava, ma è stato proprio in quel momento che tutti noi abbiamo capito quale distanza si fosse ormai creata fra loro. Persino Peter, che parteggia sempre per mia madre, c'è rimasto male.

Però nessuno poteva biasimarla. Non completamente. Per anni mio padre aveva sprecato la propria esistenza inseguendo un sogno. Non viveva più nel mondo reale, ma dentro quei copioni. E continua a farlo. Mia madre invece non aveva più tempo per sognare.

E io neppure.

samuel kingsley

Una storia di rimpianti, parte terza

SAMUEL è un po' spaventato da Natasha, deve ammetterlo. Che interessi coltiva ultimamente? Chimica, fisica, matematica. Da dove saltano fuori? Ci sono volte in cui, quando la guarda fare i compiti seduta al tavolo della cucina, si convince che sia figlia di qualcun altro. Il mondo di Natasha è più grande di lui e degli interessi che ha cercato di trasmetterle. E Samuel non sa quando il proprio mondo abbia cominciato a diventarle stretto.

Una sera che i suoi figli erano già a letto, è andato in cucina a bere dell'acqua. Natasha aveva lasciato sul tavolo il libro e i compiti di matematica. Samuel non ha idea di cosa gli sia preso in quel momento, sa solo che ha acceso la luce, si è seduto e si è messo a sfogliare quel libro. Gli sembrava di essere davanti a dei geroglifici, a un antico linguaggio giunto a noi da un'epoca e da un popolo che non avrebbe mai potuto sperare di comprendere. E si è sentito assalire da una sorta di paura. È rimasto lì seduto a lungo, a far scorrere le dita su quei simboli, a sperare che la sua pelle fosse abbastanza porosa da assorbire tutta la conoscenza e la storia del mondo.

Da quella sera, ogni volta che guardava Natasha, aveva

la vaga sensazione che qualcuno fosse entrato in casa a sua insaputa e gli avesse portato via la sua dolce bambina.

In certi momenti, però, ritrova qualche traccia della Natasha di un tempo in uno degli sguardi che lei gli rivolge fin da quando era piccola, e che esigono sempre qualcosa da lui. Che gli impongono di essere più di ciò che è, di fare di più, di amare di più. Quegli sguardi lo indispettiscono. E qualche volta lo indispettisce anche Natasha. Non ha fatto già abbastanza per lei? È la sua primogenita. Per lei ha già rinunciato a tutti i sogni che aveva.

daniel

Non ho idea di cosa fare. Dovrei andare dove mi porta il vento, ma non ce n'è più, di vento. Quanto vorrei vestirmi da barbone, infilarmi al collo un cartello e scriverci sopra E ADESSO, UNIVERSO? Potrebbe anche essere il momento giusto per ammettere che l'universo se ne frega altamente di me.

Diciamo la verità: odio tutto e tutti.

L'universo è uno stronzo, proprio come Charlie.

Charlie.

Quel sacco di merda.

Charlie, che ha detto alla mia aspirante ragazza che tra noi non c'era futuro. Charlie, che l'ha accusata di taccheggio. Charlie, che le ha detto che ho un pene piccolo. Charlie, che prenderei volentieri a pugni in faccia da undici anni, ormai.

Forse il vento è questo. Il mio odio per Charlie.

Quale occasione migliore può esserci?

Tanto più che oggi non ho nient'altro da perdere.

natasha

Questa volta l'assistente ha un aspetto più disordinato, con quella ciocca spettinata che le nasconde gli occhi, il luccichio nello sguardo sotto le luci al neon e il rossetto rosso ormai sbiadito, come se qualcuno l'avesse baciata.

Controllo il cellulare per assicurarmi di non essere arrivata né troppo presto né troppo tardi, ma sono in perfetto orario.

«Bentornata, signorina Kingsley. Mi segua, prego.»

La donna si alza e comincia a camminare. «Jeremy... cioè, il signor Fitz... voglio dire, l'avvocato Fitzgerald è da questa parte.»

Bussa piano all'unica porta esistente e aspetta, con lo sguardo ancora più ardente di prima.

La porta si apre.

La mia presenza è del tutto irrilevante, perché l'avvocato Fitzgerald neanche mi vede. L'occhiata che rivolge alla sua assistente, la quale ricambia con una identica, mi fa venir voglia di scusarmi per l'intrusione.

Mi schiarisco sonoramente la voce.

L'avvocato distoglie a fatica lo sguardo dalla donna. «Grazie, signora Winter», le dice. A quel punto avrebbe anche potuto dichiararle il suo amore.

Lo seguo fino alla sua scrivania, dove si siede premendosi le dita sulle tempie. Ha un piccolo bendaggio vicino al sopracciglio e un altro intorno al polso. Sembra più vecchio e più spossato rispetto a come appare nella fotografia sul suo sito Internet. Gli unici tratti che riconosco sono la pelle bianca e gli occhi di un verde acceso.

«Si sieda si sieda si sieda si sieda», mi dice d'un fiato. «Mi scuso per il ritardo. Stamani ho avuto un piccolo incidente, ma ora non ci resta molto tempo, perciò la prego, mi racconti come sono andate le cose.»

Non so da dove cominciare. Dovrei raccontare a quest'avvocato l'intera storia? Quali fatti dovrei includere? Per spiegargli tutto sento che dovrei tornare indietro nel tempo.

Dovrei raccontargli dei sogni infranti di mio padre? E dirgli che per me i sogni non muoiono mai, neanche quando sono morti e sepolti? Dovrei dirgli che ho il sospetto che mio padre viva un'esistenza interiore migliore di quella reale? Una vita immaginaria in cui è famoso e rispettato. In cui i suoi figli lo ammirano, e sua moglie sfoggia diamanti ed è invidiata da uomini e donne?

Anch'io vorrei vivere in quel mondo.

Non so da dove iniziare, così parto dalla sera in cui mio padre ci ha rovinato la vita.

natasha kingsley

La storia di una figlia

Il teatro era ancora più piccolo di come io e Peter ce l'aspettassimo. Sul cartello c'era scritto: CAPIENZA MASSIMA: 40 POSTI. I biglietti costavano quindici dollari l'uno e i proventi sarebbero serviti a coprire l'affitto della sala per due ore la sera del mercoledì. Per gli attori non erano previsti biglietti omaggio da offrire agli amici o ai famigliari, perciò nostro padre è stato costretto a comprare tre biglietti per noi.

Mio padre ama i rituali e le cerimonie, ma di occasioni per farne ne ha ben poche. E adesso che aveva questo spettacolo e i biglietti, non è stato capace di trattenersi. Per prima cosa è uscito a comprare del cibo cinese per tutta la famiglia: riso saltato con gamberi e pollo del generale Tso.

Ci ha fatti sedere intorno al piccolo tavolo di cucina. A casa non mangiamo mai a tavola perché in più di due persone si sta stretti. Quella sera, però, ha insistito che cenassimo insieme, come una famiglia. Ed è stato lui a servirci, cosa che non aveva mai fatto prima. A mia madre ha detto, con un perfetto accento americano: «Vedi? Ho preso i piatti di carta, almeno non ne hai un mucchio da lavare dopo».

Lei non ha risposto. Avremmo dovuto interpretare quel silenzio come un segno.

A cena finita, si è alzato e ha sfoderato un'anonima busta bianca come se fosse un trofeo.

«Vediamo che cosa abbiamo per dolce», ha detto, fissandoci a lungo, a turno. Ho notato mia madre staccare gli occhi dai suoi prima che lui spostasse lo sguardo su Peter e poi su di me.

«Cari. Vi prego di farmi il grandissimo onore di venire a vedermi recitare la parte di Walter Lee Younger nella produzione della Village Troupe di *Un grappolo di sole*.»

Poi ha aperto piano la busta come se dovesse annunciare il premio per il miglior attore alla notte degli Oscar. Ha tirato fuori i biglietti e ce ne ha dato uno ciascuno. Era così fiero di sé. Non solo, era così *presente*. Per qualche minuto abbiamo avuto la certezza che non fosse perso nel suo mondo interiore, in uno dei suoi copioni o nelle sue fantasticherie. Era lì con noi e non avrebbe voluto essere da nessun'altra parte. Avevo dimenticato la sensazione che mi procurava quel suo sguardo capace di vedermi realmente.

C'era stato un periodo in cui mio padre stravedeva per me, e io avevo una gran nostalgia di quell'epoca. Ma ancor di più – figuriamoci un po' – avevo nostalgia dei giorni in cui *io* stravedevo per lui, in cui pensavo che non potesse sbagliare. Ero convinta che a renderlo felice bastassimo noi, la sua famiglia. Ho delle fotografie di me a tre anni in cui indosso una maglietta con la scritta IL MIO PAPÀ È IL PIÙ FICO DI TUTTI e l'immagine di papà e figlioletta pinguino che si tengono per mano circondati da cuoricini azzurro ghiaccio.

Quanto vorrei provare ancora quei sentimenti. Crescere e scoprire i difetti dei propri genitori è come perdere la fede. Io non credo più in Dio come non credo più in mio padre.

Mia madre ha fatto una smorfia appena lui le ha consegnato il biglietto. Tanto valeva che gli desse uno schiaffo. «Tu e le tue cretinate», gli ha detto, e si è alzata. «Puoi tenertelo, il tuo biglietto. Io non vado proprio da nessuna parte.»

È uscita dalla cucina e noi siamo rimasti in silenzio mentre percorreva i venti passi che la separavano dal bagno e sbatteva la porta con tutta la forza di cui era capace.

Nessuno di noi sapeva più cosa dire. Peter si è accasciato sulla sedia e ha chinato la testa in modo da nascondere la faccia sotto i rasta. Io mi sono limitata a fissare lo spazio che mia madre aveva occupato fino a poco prima. Lo sguardo di mio padre è scomparso dietro la sua cortina di sogni. Negando come sempre la realtà, ha minimizzato: «Non badate a vostra madre. Mica diceva sul serio, ragazzi».

Invece diceva sul serio eccome. Nemmeno Peter è riuscito a convincerla a venire con noi. Ha detto che quel biglietto era uno spreco di soldi, i soldi che lei aveva guadagnato con tanta fatica.

La sera dello spettacolo, io e Peter abbiamo preso la metro da soli fino al teatro. Mio padre ci aveva preceduto per prepararsi. Ci siamo seduti in prima fila senza curarci del posto vuoto accanto a noi.

Vorrei poter dire che mio padre non è stato bravo. Che ha dimostrato un talento mediocre. Questo spiegherebbe tutti quegli anni di fallimenti. Spiegherebbe perché alla fine si sia dato per vinto, preferendo il suo mondo interiore alla vita reale. E non so se lo vedo per quello che è davvero. Forse lo giudico con lo sguardo adorante di un tempo, tuttavia quello che ho visto è questo:

È stato bravissimo.

Di una bravura eccezionale.

Parte integrante di quel palcoscenico più di quanto non lo sia mai stato della nostra famiglia.

daniel

«ADOLESCENTE della zona, convinto che la giornata non possa andare peggio di così, si sbaglia di grosso»

Quando entro nel negozio mio padre sta parlando con una cliente, ma il suo sguardo mi lascia intendere che dopo avrà parecchie cose da dirmi.

Perché non dargli qualche altro motivo di discussione, allora?

È appena finito il grande afflusso di clienti dell'ora di pranzo, perciò il negozio è quasi vuoto, a parte un'altra tizia che sta guardando gli asciugacapelli.

Non vedo Charlie intento a pulire o a riassortire gli scaffali, perciò immagino che stia battendo la fiacca nel magazzino sul retro.

Non sono nemmeno nervoso. Non me ne frega un cavolo se mi prende a pugni in faccia, mi basta riuscire prima a dirgli quello che devo. Mollo la giacca fuori del magazzino e ruoto la maniglia, ma la porta è chiusa a chiave. Non vedo perché dovrebbe essersi chiuso dentro. Come minimo si sta sparando una sega.

Non faccio in tempo a bussare che Charlie apre. Invece

di sfoggiare il solito ghigno, appare stanco e sulla difensiva. Deve aver pensato che al posto mio ci fosse mio padre.

Appena si accorge che sono solo io, sfodera quel suo sorrisetto da stronzo di prima categoria. E perlustra con lo sguardo lo spazio dietro e intorno a me.

«Dov'è la tua ragazza?» Pronuncia la parola «ragazza» come fosse una battuta, come un altro pronuncerebbe una parola tipo «caccola».

Io resto lì a fissarlo cercando di capire non *in che cosa* consista la nostra parentela, ma *perché* siamo parenti. Charlie mi rifila apposta una spallata ed esce.

«Ti ha già scaricato?» mi domanda. Il suo ghigno merdoso è sempre lì, al solito posto.

Mi sta stuzzicando, lo so. Lo so, eppure... abbocco lo stesso, come farebbe qualsiasi pesce idiota che è stato catturato già un miliardo di volte e non ha ancora capito che gli ami sono il nemico.

«Fanculo, Charlie», gli dico.

La mia reazione lo coglie di sorpresa. Smette di sorridere e mi squadra da capo a piedi. Senza giacca e cravatta, e con la camicia fuori dai pantaloni, non ho certo l'aspetto di uno che ha il Colloquio Più Importante Della Sua Vita fra un paio d'ore. Do piuttosto l'idea di uno che vuole attaccar briga.

Charlie si gonfia come un pesce palla. È sempre stato così fiero dei due anni e dei cinque centimetri di vantaggio che ha su di me. Siamo soltanto io e lui, e la cosa gli infonde coraggio.

«Perché sei tornato, fratellino?» Mi si piazza davanti, faccia contro faccia, finché i nostri piedi non si sfiorano.

Si aspetta che indietreggi.

Ma io non mi schiodo.

«Sono venuto a chiederti una cosa.»

Lui scosta leggermente il viso dal mio. «Certo che me la

scoperei», mi dice. «Allora è andata così, eh? Preferisce me a te?»

Il problema di quando abbocchi è che più cerchi di divincolarti, più ti ritrovi in trappola. L'amo si conficca sempre di più e tu cominci a sanguinare. Non puoi liberartene. Puoi solo andare fino in fondo. O meglio, è l'amo che deve andare fino in fondo, e ti farà un male cane.

«Perché sei così?» gli domando.

Se l'ho colto alla sprovvista, non lo dimostra. Continua a fare la merda, come al solito. «Così come? Più grosso, più forte, più intelligente e migliore di te?»

«No. Perché ti comporti da stronzo con me? Che ti ho fatto?»

Questa volta non riesce a nascondere la sorpresa. Si scansa, indietreggia persino di un passo.

«Che ne so. È questo che sei venuto a fare? A piagnucolare perché sono cattivo con te?» Mi squadra ancora da capo a piedi. «Sei ridotto uno schifo. Non dovevi cercare di entrare nella *Seconda scuola migliore*, oggi?»

«Non me ne frega niente. Neanche ci voglio andare, in quell'università.» Lo dico a bassa voce, ma mi tolgo comunque un bel peso.

«Parla più forte, fratellino. Non ti ho sentito.»

«Non ci voglio andare», ripeto a voce più alta prima di accorgermi che mio padre si è avvicinato abbastanza da udirmi. Sta per dire qualcosa ma, quando il campanello suona, gira i tacchi e se ne va.

Mi volto verso Charlie. «Sono anni che tento di capirlo. Magari ti ho fatto qualcosa quando eravamo piccoli e non me lo ricordo.»

Charlie sbuffa. «Che cosa potresti mai farmi? Sei troppo patetico.»

«Allora sei solo stronzo di natura?» gli chiedo. «Sei così e basta?»

«Sono più forte. Più intelligente. E migliore di te.»

«Se sei tanto intelligente, che ci fai qui, Charlie? Hai la sindrome del pesce che si credeva grande e grosso finché stava nel laghetto, mentre a Harvard ti sei ridotto a essere un pesciolino del cazzo?»

Charlie serra i pugni. «Attento a quello che dici.»

Ci sono andato molto vicino. Anzi, mi pare di averci azzeccato in pieno.

«Ho ragione, vero? A Harvard non sei il più bravo di tutti. E a quanto mi risulta non lo sei neanche qui. Che cosa si prova a essere Secondo figlio migliore?»

Adesso sono io che l'ho fatto abboccare. E lui mi si avventa contro, paonazzo e gonfio di rabbia. Se continua a serrare la mascella in quel modo, finirà per rompersela.

«Vuoi sapere perché non mi piaci? Perché sei identico a loro.» E punta il mento in direzione di nostro padre. «Tu, il tuo cibo coreano, i tuoi amici coreani, il tuo coreano studiato a scuola. È patetico. Non lo capisci, fratellino? Sei identico a tutti gli altri.»

Un momento. Come?

«Mi odi perché ho amici coreani?»

«Tu sei coreano fin nel midollo», sbotta. «E in Corea non ci siamo neanche nati, cavolo!»

A quel punto capisco. Capisco tutto. Ci sono giorni in cui è difficile *essere* in America. Giorni in cui mi sento bloccato a metà strada fra la Terra e la Luna.

Non ho più voglia di picchiarlo. Mi dispiace soltanto per lui, solo che non potrei fargli torto peggiore. Appena si accorge che lo compatisco, infatti, va su tutte le furie. E mi afferra per il colletto.

«Fanculo. Credi che la gente ti tratterà diversamente perché ti sei lasciato crescere i capelli e ti piace la poesia? Credi che soltanto perché hai portato qui una ragazza nera... o dovrei dire afroamericana, o magari solo...»

Non gli do il tempo di terminare la frase. Ero convinto che avrei dovuto prima trovare il coraggio, invece non ne ho bisogno.

Gli sferro un bel pugno su quella sua faccia di merda.

Il destro lo raggiunge all'altezza dell'orbita, perciò le mie nocche colpiscono l'osso. La mano mi fa più male di quanto sia logico che accada, visto che chi mena fino a prova contraria sono io. Charlie incespica all'indietro, ma non finisce al tappeto come succede nei film.

Francamente sono un po' deluso. L'espressione che ha sul viso, però, vale tutte le ossa della mano che di sicuro mi sono rotto. Gli ho fatto decisamente male. Il che significa che gli ho provocato un dolore fisico, proprio come desideravo. Volevo fargli sapere che io, il suo fratellino, sono anche capace di darle, non solo di prenderle. Adesso sa che posso fargli male e che ho finito di sopportare le sue angherie del cazzo.

Il danno che gli ho causato non è sufficiente, purtroppo. Vedo la sua espressione passare dal dolore allo sbigottimento e poi alla rabbia. Mi si avventa contro con i suoi cinque centimetri e nove chili di muscoli in più.

Prima mi sferra un cazzotto nella pancia ed è come se mi trapassasse lo stomaco e la colonna vertebrale, lo giuro. Mi piego in due e medito di restare in questa posizione, ma Charlie non me lo consente. Mi afferra per il colletto e mi rimette in piedi. Cerco di ripararmi il viso con le mani perché so bene dove vuole colpirmi, ma il pugno nello stomaco mi ha rallentato i riflessi.

Il pugno successivo mi raggiunge all'angolo della bocca. Il labbro mi si spacca sia all'interno, per via dell'urto contro i denti, sia all'esterno, perché il bastardo ha al dito un enorme anello di qualche società segreta del cavolo. Mi resterà una cicatrice (per sempre, forse).

Mi tiene ancora per il colletto, pronto a colpirmi di nuovo, però io sono pronto a difendermi. Mi copro il viso con le mani e gli tiro una ginocchiata nelle palle; forte, sì, ma non abbastanza da impedirgli di mettere al mondo, in futuro, una progenie di diavoletti.

Sono una brava persona, io.

Charlie è a terra con le mani strette sui gioielli di famiglia – che preferirebbe non fossero coreani – e io mi reggo la mascella cercando di capire se ho ancora tutti i denti, quand'ecco arrivare nostro padre.

«*Museun iriya*?» ci domanda, che più o meno si traduce con un «Che sta succedendo qui?»

natasha

L'AVVOCATO Fitzgerald tiene le mani a guglia davanti a sé e mi guarda dritto negli occhi con il busto leggermente proteso in avanti. Non capisco se mi stia davvero ascoltando o voglia solo dare l'impressione di farlo.

Quante storie come la mia avrà sentito nella sua vita? Mi stupisce che non mi abbia ancora chiesto di arrivare al punto. Finisco di raccontargli tutto sulla sera in questione:

Gli attori hanno fatto tre inchini. Ne avrebbero fatto anche un quarto, se il pubblico non avesse cominciato a sgomberare la sala.

Dopo, io e Peter siamo rimasti seduti in attesa che nostro padre venisse a prenderci. Trascorsi trenta minuti, è comparso. Non penso l'abbia fatto perché sapeva che noi lo stavamo aspettando. È spuntato da dietro il pesante sipario rosso e si è messo al centro del palco. È rimasto lì un minuto buono a fissare il teatro ormai deserto.

Io non credo nell'esistenza dell'anima, ma lui la sua l'aveva in faccia. Non l'ho mai visto tanto felice. E sono sicura che non sarà mai più così felice in vita sua.

È stato Peter a rompere l'incantesimo, perché io non me la sono sentita.

«Sei pronto, papà?» ha gridato.

Lui ci ha fissato con quel suo sguardo distante. Quando ci guarda così non saprei dire se sia lui a essere assente o noi.

Peter ha cominciato ad agitarsi come fa ogni volta che lui ha quell'espressione. «Papà? Oh, sei pronto?»

Appena mio padre si è deciso a parlare, nella sua voce non c'era più traccia dell'accento giamaicano, non c'era alcuna inflessione. Sembrava la voce di un estraneo.

«Voi intanto avviatevi, ci vediamo più tardi.»

Riassumo velocemente il resto della storia. Mio padre trascorre il resto della serata a bere con i suoi nuovi amici attori. Beve troppo. Nel tragitto verso casa sbatte con l'auto contro una volante della polizia parcheggiata e, sbronzo com'è, racconta all'agente la storia del nostro arrivo in America. Immagino che abbia tenuto un monologo per quell'unico spettatore. Monologo in cui gli dice che siamo immigrati irregolari e che l'America è sempre stata ingiusta con lui. L'agente lo arresta e chiama l'ufficio immigrazione.

L'avvocato Fitzgerald ha la fronte corrugata. «Perché mai suo padre avrebbe fatto una cosa del genere?» chiede.

Conosco la risposta a questa domanda.

samuel kingsley

La storia di un padre

PERSONAGGI
Patricia Kingsley, 43
Samuel Kingsley, 45

ATTO SECONDO
SCENA TERZA

Interno di una camera. Un unico letto a una piazza e mezzo con testiera domina il palco. Alle pareti un paio di cornici, forse. Il pavimento dalla parte del letto su cui dorme Samuel è ricoperto di libri. Sulla destra è visibile un'apertura che affaccia su un corridoio. La figlia adolescente di Samuel e Patricia è lì in ascolto, ma né lui né lei lo sanno. Non è chiaro se, anche sapendolo, gliene importerebbe.

PATRICIA: Che Dio ha pietà di noi, Kingsley.

È seduta sul bordo del letto, con il viso affondato nelle mani. La voce è attutita.

SAMUEL: Non vuol dire niente, bella. Ci prenderemo un bravo avvocato.

Samuel Kingsley è in piedi nella sua parte di stanza. È ingobbito e ha il volto in ombra. Un riflettore illumina a giorno il foglio di carta che regge nella mano sinistra.

PATRICIA: E come lo paghiamo l'avvocato, Kingsley?

SAMUEL: Oddio, Patsy. Un modo lo troviamo, bella.

Patricia scosta le mani dal viso e guarda il marito come se lo vedesse per la prima volta.

PATRICIA: Te lo ricordi il giorno che ci siamo conosciuti?

Samuel accartoccia lentamente il foglio. E continua a farlo per tutta la durata della scena.

PATRICIA: Non te lo ricordi, Kingsley? Quando sei venuto in negozio e poi ci sei tornato il giorno dopo, e quello dopo ancora? Eri proprio buffo. Un giorno compravi qualcosa e l'indomani lo riportavi indietro. Mi hai fatto venire l'esaurimento.

SAMUEL: Ma che esaurimento, Patsy. Ti facevo la corte.

PATRICIA: Te le ricordi tutte le promesse che mi hai fatto, Kingsley?

SAMUEL: Patsy...

PATRICIA: Dicevi che tutti i miei sogni si avveravano. Che

avevamo dei figli, dei soldi e una casa bella grande. Dicevi che la mia felicità contava più della tua. Te lo ricordi, Kingsley?

Si alza dal letto e il riflettore la segue mentre si sposta.

SAMUEL: Patsy...

PATRICIA: Adesso ti dico una cosa. Quando abbiamo cominciato, io non ti credevo mica. Ma dopo un po' ho cambiato idea. Sei un bravo attore, Kingsley, perché mi fai credere a tutte le belle cose che mi racconti.

Il foglio nelle mani di Samuel è ormai completamente accartocciato. Il riflettore si sposta su di lui: non è più ingobbito, è furioso.

SAMUEL: Sai cosa sono stufo di sentire? Son stufo di sentire dei tuoi sogni. E i miei, allora?

Se non era per te e i bambini, adesso le cose che voglio ce le avrei tutte. Tu ti lamenti della casa, della cucina e della camera in più che non abbiamo. Ma io? Io delle cose che voglio non ne ho neanche una. Con il talento che Dio mi ha donato non ci faccio un bel niente.

Rimpiango che sono entrato nel negozio, quel giorno. Se non era per te e i bambini, ora avrei una vita migliore, io. Farei la cosa che Dio mi ha creato apposta per fare. Non voglio più saperne un cavolo dei tuoi sogni. In confronto ai miei non valgono un tubo.

natasha

All'avvocato Fitzgerald non la racconto, però, la storia che moglie e figli sono il più grande rimpianto di mio padre perché gli hanno impedito di vivere la vita che sognava.

Mi limito a dirgli questo: «Un paio di settimane dopo il suo arresto, abbiamo ricevuto un ordine di comparizione dal Dipartimento della sicurezza interna».

L'avvocato scorre con lo sguardo uno dei moduli che avevo già compilato per l'assistente ed estrae un blocco per appunti dal cassetto della scrivania.

«E così siete andati all'udienza preliminare. Vi siete portati un avvocato?»

«Ci sono andati solo i miei genitori», gli spiego. «E senza avvocato.» Io e la mamma ne avevamo parlato a lungo, prima dell'appuntamento. Che cosa ci conveniva, assumere un avvocato che non potevamo permetterci o vedere che cosa sarebbe successo all'udienza? Avevamo letto su Internet che al primo appuntamento non era necessario presentarsi accompagnati da un legale. All'epoca mio padre insisteva ancora che tutto si sarebbe miracolosamente risolto. Non lo so. Forse desideravamo credere che fosse vero.

L'avvocato Fitzgerald scuote la testa e si appunta qualcosa

sul blocco. «E all'udienza il giudice li informa che possono accettare l'allontanamento volontario o chiedere la revoca dell'ordine di allontanamento, giusto?» Osserva i miei fogli compilati. «Suo fratello è cittadino americano?»

«Sì», rispondo, e resto a guardare mentre si appunta anche quell'informazione. Peter è nato quasi nove mesi esatti dopo il nostro arrivo in America. All'epoca i miei genitori erano felici.

All'udienza mio padre non ha accettato l'allontanamento volontario. Quella sera, io e mia madre abbiamo fatto ricerche su come richiedere la revoca del provvedimento. Per presentare domanda, era necessario che mio padre risiedesse negli Stati Uniti da almeno dieci anni, che avesse tenuto una buona condotta e che fosse in grado di dimostrare che il rimpatrio avrebbe arrecato gravi disagi a coniuge, genitore o figlio minorenne in possesso della cittadinanza americana. Così abbiamo capito che Peter sarebbe stato la nostra àncora di salvezza. E, assunto l'avvocato meno dispendioso che siamo riusciti a trovare, ci siamo recati all'udienza di merito impugnando questa nuova strategia. Soltanto che abbiamo poi scoperto che è molto difficile dimostrare quali siano questi «gravi disagi». Tornare in Giamaica non metterà a repentaglio la vita di Peter, e gli ipotetici rischi psicologici che comporterebbe sradicare un bambino dalla sua casa natale non interessano a nessuno, nemmeno allo stesso Peter.

«All'udienza di merito, quindi, il giudice respinge la vostra richiesta e suo padre accetta l'allontanamento volontario», conclude l'avvocato Fitzgerald in tono inespressivo, come se l'esito fosse stato inevitabile.

Annuisco, invece di rispondere a voce. Ho il dubbio che non ce la farò a parlare senza piangere. Le poche speranze che avevo mi stanno abbandonando.

Avevo fatto notare che forse ci conveniva presentare ricorso contro la decisione del giudice, ma l'avvocato ce l'ha sconsigliato. Ci ha spiegato che le nostre pretese erano infondate e che non avevamo alternative. Ci ha suggerito di lasciare volontariamente il Paese per evitare di macchiarci la fedina penale con un provvedimento di espulsione. Almeno ci sarebbe rimasta la speranza di tornare in futuro.

Fitzgerald posa la penna e si appoggia allo schienale della poltrona. «Perché oggi è andata all'USCIS, signorina Kingsley? La questione non è neanche di loro competenza.»

Devo inghiottire il groppo di lacrime che mi serra la gola prima di rispondere. «Non sapevo che altro fare.» La verità è che, malgrado io non creda nei miracoli, speravo che se ne compisse uno.

L'avvocato resta a lungo in silenzio.

Alla fine non resisto più e sbotto: «Pazienza. So di non avere alternative. Non so neanche perché sono venuta qui».

Sto per alzarmi, ma con un cenno lui mi invita a rimanere seduta. E, con le mani di nuovo a guglia, lancia un'occhiata intorno. Lo osservo perlustrare con gli occhi gli scatoloni ancora chiusi allineati lungo la parete alla sua destra. Alle sue spalle c'è una scala pieghevole appoggiata a una libreria vuota.

«Siamo in fase di trasloco», mi spiega. «L'impresa edilizia doveva terminare i lavori settimane fa, ma sa come vanno queste cose.» Sorride e si tocca la benda sulla fronte.

«Si sente bene, avvocato Fitz...»

«Sì, tutto a posto», replica lui, sfregando le dita sulla fasciatura.

Poi solleva dalla scrivania una foto incorniciata, la fissa e me la mostra. «Questa è l'unica cosa che finora ho tolto dagli scatoloni.» Ritrae lui, la moglie e due bambini. Sembrano felici.

Sorrido educatamente.

Lui rimette a posto la cornice e mi guarda. «Non si resta mai senza alternative, signorina Kingsley.»

Impiego un po' a capire che si sta di nuovo riferendo al

mio caso. Mi sporgo in avanti. «Mi sta dicendo che può sistemare la faccenda?»

«In questa città sono uno dei migliori avvocati esperti in materia d'immigrazione.»

«E come pensa di riuscirci?» domando. Poggio le mani sulla scrivania e premo le dita sul legno.

«Mi dia il tempo di parlare con un mio amico giudice. Si occuperà di far revocare l'ordine di allontanamento volontario perché almeno non dobbiate partire stasera. A quel punto potremo presentare ricorso alla Commissione per l'immigrazione.»

Guarda l'orologio. «Mi lasci giusto un paio d'ore.»

Sto per chiedergli altri particolari perché li trovo rassicuranti, quando ripenso alla poesia. *La «Speranza» è quella cosa piumata.* E richiudo la bocca. Oggi è la seconda volta che rinuncio ai dettagli. Forse posso farne a meno. Sarebbe così bello se per un po' fosse qualcun altro a portare questo fardello.

La «Speranza» è quella cosa piumata. E io me la sento svolazzare nel petto.

daniel

Mio padre mi squadra dalla testa ai piedi facendomi sentire quel lavativo da due soldi che mi ritiene da sempre. Indipendentemente dal comportamento di Charlie, non sarò mai nient'altro che Secondo figlio, per lui. Devo avere un aspetto ancora peggiore di quando sono entrato. Alla camicia manca un bottone nel punto in cui Charlie mi ha afferrato per il colletto. E c'è anche una macchia di sangue, visto che ho il labbro spaccato. Sono in un bagno di sudore e ho i capelli incollati alla guancia. L'ideale per Yale, merce di prima qualità, proprio.

Mio padre mi impartisce un ordine. «Prendi un po' di ghiaccio per quel labbro e torna qui.»

Poi è il turno di Charlie. «Hai picchiato tuo fratello? Tu imparato questo dall'America? A picchiare i famigliari?»

Sono tentato di restare a sentire come va a finire, ma il labbro si sta gonfiando sempre di più. Vado nel retro, agguanto una lattina di Coca e ce la premo sopra.

Non mi è mai piaciuta questa stanza. È troppo piccola e sempre ingombra di scatoloni di merce semiaperti. Non ci sono sedie, così mi sistemo per terra con la schiena contro la porta in modo che nessuno possa entrare. Ho bisogno di cinque minuti di pausa prima di riaffrontare la mia vita.

Il labbro mi pulsa a tempo con il battito del cuore. Chissà se mi servono dei punti. Schiaccio con più forza la lattina e aspetto di sentirlo (o non sentirlo) intorpidire.

Ecco cos'ho ottenuto a farmi guidare dal fato: mi ritrovo a pezzi, senza ragazza e senza futuro. Perché ho rimandato il colloquio? Peggio, perché ho lasciato che Natasha se ne andasse?

Forse aveva ragione lei. Sto soltanto cercando qualcuno che mi salvi. Qualcuno che mi levi dal binario su cui sta viaggiando la mia vita, perché da solo non riesco a farlo. Non desidero altro che essere sopraffatto dall'amore, dalla sorte e dalla predestinazione affinché le decisioni sul mio futuro non dipendano più da me. Non sarò io a sfidare i miei genitori. Sarà il fato.

La lattina di Coca funziona. Non mi sento più il labbro. È un bene che Natasha non sia qui, perché almeno per oggi dovrò dire addio ai baci. E con lei non c'è un domani.

Tanto non si sarebbe più fatta baciare comunque.

Al di là della porta, mio padre mi ordina di uscire. Rimetto la lattina nel frigo e infilo la camicia nei pantaloni.

Apro e lo trovo lì in piedi da solo. Mi si avvicina. «Ho una domanda da farti. Perché dai tanta importanza a quello che vuoi?»

Dal modo in cui lo dice, sembra che sia sinceramente confuso dal mio stato emotivo. Cos'è questa brama, questo desiderio di cui parlo? Non ne comprende l'importanza.

«Perché è così importante ciò che vuoi? Conta di più quello che è meglio per te. Io e tua madre ci preoccupiamo solo di ciò che è meglio per te. Che vai all'università, diventi medico e ti realizzi. Così non dovrai mai lavorare in un negozio come questo. Avrai i soldi, il rispetto e tutte le cose che desideri. Troverai una brava ragazza, avrai dei figli e avvererai il tuo sogno americano. Perché buttare al vento il tuo futuro per qualcosa di temporaneo che ti interessa soltanto adesso?»

È il discorso più lungo che mi abbia mai rivolto tutto d'un fiato. E non è nemmeno arrabbiato mentre mi parla. Sembra più volermi insegnare qualcosa di elementare; del tipo uno più uno uguale due, figliolo.

È da quando ha regalato i colori a *omma* che desidero affrontare un discorso simile con lui. Che voglio sapere perché tiene tanto alle cose che desidera per noi. Perché sono così importanti per lui. Vorrei chiedergli se pensa che *omma* avrebbe avuto una vita migliore, se avesse continuato a dipingere. Vorrei sapere se lo rattrista l'idea che abbia smesso per lui e per noi.

Forse è proprio il momento che stiamo vivendo adesso io e mio padre a dare un senso a questa giornata. Forse d'ora in poi io comincerò a capire lui e lui comincerà a capire me.

«*Appa*...» esordisco, però lui alza la mano per zittirmi e la lascia sospesa nell'aria immobile e metallica. Mi guarda, ma poi il suo sguardo va oltre e si perde in un tempo lontano.

«No», mi dice. «Lasciami finire. Forse vi sto rendendo la vita troppo facile, a voi due. Forse è solo colpa mia. Voi non conoscete la vostra storia. Non sapete che cosa può fare la povertà. E io non ve lo racconto perché penso che è meglio così. Meglio non sapere. Anche se magari mi sbaglio.»

Sono a un passo dal farlo. Sono sul punto di comprenderlo. Siamo entrambi sul punto di comprenderci a vicenda. Sto per dirgli che non desidero le cose che lui desidera per me. Sto per dirgli che me la caverò lo stesso.

«*Appa*...» riattacco, ma lui alza di nuovo la mano per zittirmi. Sa benissimo ciò che intendo dirgli e non vuole ascoltarlo.

Mio padre è plasmato dal ricordo di cose che non conoscerò mai.

«Basta. Se non vai a Yale e non diventi dottore, allora trovati un lavoro e pagati il college da solo.»

E torna dietro al bancone.

Devo ammettere che c'è qualcosa di piacevole nell'avere tutto già predisposto in questa maniera. Futuro o zero futuro che sia.

La mia giacca è ancora stropicciata e appesa accanto alla porta. La afferro e me la infilo. Il bavero copre quasi completamente la macchia di sangue.

Mi guardo intorno in cerca di Charlie, però non c'è traccia di lui.

Mio padre è alla cassa, con lo sguardo fisso nel vuoto. Sto per andarmene quando dice l'ultima cosa, quella che moriva dalla voglia di dire fin dall'inizio.

«Ho visto come guardi quella ragazza. Ma ti avviso che per voi non c'è futuro.»

«Secondo me ti sbagli, sai», ribatto.

«Quello che pensi tu non conta. Fa' la cosa giusta e basta.»

Ci fissiamo negli occhi. E dal modo in cui sostiene il mio sguardo capisco che non ha idea di quello che farò.

E nemmeno io.

dae hyun bae

La storia di un papà

Dae Hyun Bae apre e chiude il registratore di cassa. Lo apre e lo richiude di nuovo. Forse è davvero colpa sua se i suoi figli sono come sono. A loro non ha mai raccontato niente del suo passato. Non lo ha fatto perché è un padre che ama i propri figli intensamente, è stato il suo modo di proteggerli. Vede la povertà come una malattia contagiosa e non vuole che loro ne sentano parlare per paura che possano contrarla.

Apre la cassa e stipa le banconote di grosso taglio nell'apposito borsellino. Charlie e Daniel pensano che soldi e felicità non siano correlati. Non sanno cosa significhi essere poveri. Non sanno che la povertà è un coltello affilato che ti spolpa fino all'osso. Non ne conoscono gli effetti sull'organismo e sulla mente.

Quando Dae Hyun aveva tredici anni e viveva ancora in Corea del Sud, il padre aveva cominciato a istruirlo per tramandargli la magra attività di famiglia: la pesca del granchio. Un'attività che fruttava ben poco. Ogni stagione era una lotta per la sopravvivenza. E ogni volta sopravvivevano per il rotto della cuffia. Per quasi tutta l'infanzia, Dae Hyun non aveva mai messo in dubbio che prima o poi avrebbe rilevato l'attività paterna. Era il maggiore dei tre figli. E quello era il suo posto. La famiglia segna il nostro destino.

Ricorda ancora il giorno che scatenò una piccola ribellione nella sua mente. Per la prima volta, il padre lo aveva portato con sé in mare a bordo del peschereccio. Dae Hyun ne era rimasto disgustato. Intrappolati nelle gelide nasse di rete metallica, i granchi si agitavano come forsennati in una convulsa colonna di disperazione. Raspando e artigliandosi l'un l'altro, si scavalcavano a vicenda nel tentativo di raggiungere la cima e scappare.

Anche adesso, il ricordo di quel primo giorno continua a riaffiorare nelle occasioni più inaspettate. Dae Hyun vorrebbe tanto dimenticarlo. Si era immaginato che il suo trasferimento in America lo avrebbe spazzato via. Invece, l'episodio si ripresenta. Quei granchi non si arrendevano mai. Lottavano fino alla morte. Avrebbero fatto qualunque cosa pur di fuggire.

natasha

DIFFICILE sapere come dovrei sentirmi. Non riesco ancora a credere a quello che è successo, ma forse non ho avuto abbastanza tempo per elaborare la cosa.

Controllo il cellulare. Bev mi ha finalmente scritto. Berkeley le piace tanto, tanto, tanto. Crede di essere destinata a frequentarla. E poi i ragazzi californiani hanno un fascino diverso rispetto a quelli newyorkesi. Nell'ultimo messaggio mi chiede come sto con una sfilza di cuoricini spezzati. Decido di chiamarla per raccontarle quello che ha detto l'avvocato Fitzgerald, però non mi risponde.

«chiamami», le scrivo.

Spingo le porte girevoli, esco nel cortile e lì mi blocco. C'è un gruppetto di persone che pranza sulle panchine accanto alla fontana e un viavai di altra gente ben vestita che entra ed esce a passo svelto dall'edificio. Le limousine nere lungo il marciapiede attendono pazienti mentre gli autisti fumano e chiacchierano tra loro.

Com'è possibile che viviamo tutti la stessa giornata? Com'è possibile che queste persone vadano avanti con la loro esistenza ignorando quello che sta capitando alla mia? A volte avvertiamo certi scossoni che ci sembra strano non li sentano anche gli altri. È questo che ho provato quando abbiamo ricevuto l'ordine di rimpatrio. O quando ho capito che Rob mi stava facendo le corna.

Tiro di nuovo fuori il cellulare e cerco il suo numero prima di ricordarmi che l'ho cancellato. Ma, siccome i numeri mi restano impressi, lo compongo a memoria. E capisco il perché di questa telefonata solo mentre lui mi sta già parlando.

«Ciaaaaaao, Nat», mi dice. Non ha nemmeno la delicatezza di fare la voce sorpresa.

«Io non mi chiamo Nat», ribatto. Ora che ha risposto, vorrei quasi che non l'avesse fatto.

«Oggi non vi siete mica comportati tanto bene, tu e il tuo nuovo amichetto.» Parla con la voce profonda, lenta e pigra di sempre. È curioso come una cosa che prima ci affascinava finisca poi per annoiarci e infastidirci. Vorremmo avere a disposizione un sacco di tempo da trascorrere con la persona che amiamo e, invece, quello di cui forse avremmo bisogno è proprio il contrario. Una quantità limitata di tempo perché la persona ci sembri e resti interessante. Forse possiamo fare a meno del secondo e terzo atto. Forse è nell'atto primo che l'amore dà il suo massimo.

Ignoro il suo rimprovero e l'impulso di fargli notare che è stato lui a rubare e, quindi, lui a essersi comportato male. «Ho una domanda per te», gli dico.

«Spara», replica lui.

«Perché mi hai tradita?»

Sento cadere qualcosa dall'altro capo del telefono e lo ascolto abbozzare tre risposte diverse.

«Calmati. Non ti ho chiamato per litigare, e men che meno per convincerti a tornare con me. Voglio solo la verità. Perché non mi hai lasciata e basta? Perché mi hai fatto le corna?»

«Non lo so», ribatte, riuscendo a stento a mettere in fila tre paroline.

«E dài», insisto. «Una ragione ci sarà pure.»

Rob tace, sta riflettendo. «Non lo so proprio.»

Aspetto in silenzio.

«Tu sei fantastica», mi risponde. «E anche Kelly lo è. Semplicemente, non volevo ferire i tuoi sentimenti e nemmeno i suoi.» Sembra sincero, però non mi basta.

«Kelly ti sarà piaciuta di più, se mi hai tradita con lei, giusto?»

«No. Volevo stare con entrambe.»

«Tutto qui?» domando. «Non volevi scegliere?»

«Già, tutto qui», ammette, come se fosse una spiegazione sufficiente.

È una risposta così insulsa, così insoddisfacente che sono quasi tentata di riagganciare. Daniel non si comporterebbe mai così. Il suo cuore è capace di scegliere.

«Un'ultima domanda. Tu credi nel vero amore e quelle robe lì?»

«No. Sai bene come sono fatto. E poi non ci credi neanche tu», mi rammenta.

Ah, no? «Okay. Grazie.» Sto per riattaccare, quando lui mi ferma.

«Posso almeno dirti che mi dispiace?» chiede.

«Prego, fa' pure.»

«Mi dispiace.»

«Okay. Vedi di non tradire anche Kelly.»

«Va bene», dice. E il tono mi sembra sincero.

Dovrei chiamare i miei per raccontare dell'avvocato Fitzgerald, però non è a loro che voglio dirlo, ora come ora. Ma a Daniel. Devo assolutamente trovarlo e raccontargli tutto.

Secondo Rob, io non credo nel vero amore. E ha ragione lui. Non ci credo.

Ma ci sta che voglia crederci, d'ora in avanti.

daniel

Esco dal negozio. Di fronte al banco dei pegni qui accanto, c'è una violinista in piedi su una di quelle casse per il latte. È pallida, smunta e scarmigliata quasi in maniera poetica, pare uscita da un romanzo stile *David Copperfield*. Al contrario di lei, il violino sembra nuovo. La ascolto per qualche istante, ma non ho idea se sia brava oppure no. So che esistono dei criteri oggettivi per giudicare un'esecuzione. Sta suonando tutte le note nell'ordine giusto e con la giusta intonazione?

Però esiste un altro criterio di giudizio: la musica eseguita qui, in questo momento, ha valore per qualcuno?

Decido che ne ha per me. Torno indietro e lascio cadere un dollaro nel suo cappello. Accanto vedo una scritta, però non la leggo. Non voglio conoscere la sua storia. Mi interessano solo la musica e l'istante che sto vivendo.

Mio padre ha detto che tra me e Natasha non potrà mai funzionare. Se pure fosse così, non sarà certo per le ragioni che pensa lui. Che idiota sono stato. Adesso dovrei essere con lei, anche se la giornata di oggi è tutto quello che abbiamo. Anzi, soprattutto per questo.

Viviamo nell'era del cellulare e non ho il suo numero. Non so nemmeno il suo cognome. Come uno scemo cerco su

Google «Natasha Facebook New York» e ottengo 5.780.000 risultati. Clicco su un centinaio di Natashe ma, per quanto siano tutte piuttosto carine, nessuna di loro è la *mia* Natasha. Chi l'avrebbe detto che il suo nome fosse così maledettamente diffuso?

Sono le 4.15 del pomeriggio e le strade stanno ricominciando a popolarsi di pendolari diretti alle stazioni della metropolitana. Come me, sono provati dalla giornata. Avanzo correndo sul ciglio del marciapiede per evitare che i pedoni mi rallentino.

Il mio unico piano è ritrovarla. E la sola cosa da fare è tornare nel luogo del suo ultimo avvistamento – lo studio legale sulla Cinquantaduesima – e sperare che il fato sia dalla mia parte e che lei sia ancora lì.

natasha

Un ragazzo e una ragazza, entrambi con la cresta azzurra da moicano in testa, stanno litigando davanti all'ingresso della metropolitana sulla Cinquantaduesima Strada. Sussurrano a denti stretti come tutte le coppie che bisticciano in pubblico. Non sento quello che si dicono, ma dai gesti capisco ogni cosa. Lei è furibonda con lui. E lui è esasperato da lei. Di sicuro non stanno insieme da poco, a giudicare da quanto sono snervati. Si nota che hanno alle spalle una lunga storia perché si parlano a distanza ravvicinata. Sarà il loro ultimo litigio? Quello che metterà fine alla loro relazione?

Li supero e mi volto a guardarli. Un tempo si amavano, ne sono convinta. E forse si amano ancora, ma da ciò che vedo è difficile capirlo.

daniel

SCENDO le scale e prego gli dèi della metropolitana (sono tanti, sì) che la mia corsa sia esente da guasti elettrici e da capotreni con problemi religiosi.

E se fossi arrivato tardi? Se Natasha se ne fosse già andata? Se il fatto che mi sia fermato per regalare un dollaro a quella violinista avesse innescato una catena di eventi che mi faranno perdere le sue tracce?

Entriamo in stazione. Nello stesso momento, sul binario opposto, vedo arrivare il treno diretto in centro. Le porte si chiudono, ma non ci muoviamo.

Sulla banchina si materializza un gruppo di una ventina di persone, tutte inguainate dentro body dai colori sgargianti. Sembrano uccelli tropicali sullo sfondo grigio scuro dei vagoni. Si mettono in fila e restano immobili in attesa di qualcosa che dia loro il La.

È un flash mob. Anche il treno sul binario opposto è ancora fermo. Uno dei ballerini, un tizio con il body blu elettrico e un pacco enorme, accende lo stereo portatile.

All'inizio sembra soltanto un caos totale, con i ballerini che danzano ognuno al proprio ritmo, ma poi mi accorgo che si tratta dello stesso ballo sfasato di qualche secondo. Una specie di canone perpetuo applicato alla danza. Iniziano con quella classica, per passare alla disco e alla break dance, finché non entra in azione il servizio d'ordine. I ballerini si disperdono e i passeggeri del mio treno applaudono entusiasti.

Finalmente partiamo, ma adesso l'atmosfera a bordo è diversa: la gente si sorride e si scambia apprezzamenti sul flash mob. Trascorre almeno mezzo minuto prima che ognuno indossi ancora la propria maschera protettiva da passeggero di un treno pieno di sconosciuti. Mi chiedo se l'intenzione dei ballerini fosse questa: farci entrare in contatto gli uni con gli altri anche solo per un istante.

natasha

Sono seduta con la schiena rivolta verso la banchina, perciò mi perdo l'inizio. Mi accorgo che sta accadendo qualche stranezza soltanto perché l'intero vagone sembra attratto da qualcosa alle mie spalle. Mi volto e scopro che sulla banchina è in corso un flash mob di danza. I ballerini sono vestiti con colori sgargianti e ballano la disco.

Solo a New York, commento fra me, e tiro fuori il cellulare per scattare qualche foto. Gli altri passeggeri gridano e applaudono e un tizio improvvisa addirittura un suo personale balletto.

Il flash mob dura poco, però, perché tre agenti del servizio d'ordine lo interrompono. Sul vagone qualcuno fischia deluso, ma poi ricominciano tutti a scalpitare perché il treno non è ancora ripartito.

In condizioni normali mi sarei interrogata sul senso di un'iniziativa del genere. Quelle persone non ce l'hanno un lavoro o qualcosa di meglio da fare? Se ci fosse stato Daniel, avrebbe detto che magari è proprio quella la loro funzione. Che magari l'intento dei ballerini è quello di portare un pizzico di stupore nella nostra vita. Non è forse uno scopo altrettanto valido?

daniel

Mi fiondo sulla Cinquantaduesima Strada e vado quasi a sbattere contro una coppia che sta limonando alla grande. Anche se non avessero i capelli azzurri sarebbe difficile non notarli, perché sono praticamente un tutt'uno. Quei due hanno bisogno di una camera, e subito. Sul serio. È come se fossero impegnati in una pomiciata d'emergenza proprio qui sul marciapiede, mentre con le mani si strizzano le chiappe a vicenda. Una strizzata di chiappe reciproca, insomma.

Un uomo dal viso smunto mugugna indignato qualcosa. Un bambino li guarda a bocca aperta e il padre gli copre gli occhi.

Osservare questi due ragazzi mi trasmette una felicità incredibile. Sarà anche un cliché, ma io ci credo: gli innamorati vorrebbero contagiare chiunque. Spero che la loro relazione duri per sempre.

natasha

Svolto a destra e imbocco il Martin Luther King Boulevard per raggiungere il negozio di Daniel. Davanti a quello accanto al suo, in piedi su una cassetta del latte, c'è una ragazza che suona il violino. È bianca, ha lunghi capelli neri che non lava da tempo e un viso magrissimo, di una magrezza non dettata dalla moda, ma dalla fame. È uno spettacolo così strano e triste che non posso fare a meno di fermarmi.

La scritta accanto al cappello per le offerte recita: AIUTATEMI, VI PREGO. MI SERVONO I SOLDI PER RISCATTARE IL MIO VIOLINO DALLE MANI DI UN USURAIO. Una grossa freccia nera sul cartello indica il banco dei pegni alle sue spalle. Non mi capacito di come la vita l'abbia condotta fino a un posto del genere, ma tiro comunque fuori un dollaro e glielo lancio nel cappello, facendo salire a due dollari la cifra finora raccolta.

La porta del negozio si apre e compare un enorme tizio bianco in tuta da ginnastica bianca, con il doppio mento e lo sguardo torvo.

«Tempo scaduto», dice alla ragazza, e le piazza davanti un manone gigantesco.

Lei smette subito di suonare e salta giù dalla cassetta. Raccoglie le monete e le porge all'uomo. Gli restituisce persino il cappello.

Tuta bianca intasca il denaro e indossa il cappello.

«Quanti soldi mancano ancora?» gli domanda lei.

Il tipo si sfila di tasca un quadernino e una matita e scrive qualcosa. «Centocinquantuno dollari e ventitré centesimi.» Poi schiocca le dita per farsi restituire il violino.

La ragazza si stringe lo strumento al petto prima di separarsene.

«Torno domani. Mi promette di non venderlo?» domanda.

Il tizio bofonchia un sì. «Tu ti presenti, e io non lo vendo», le concede.

«Prometto di venire», gli assicura la ragazza.

«Le promesse non contano un cazzo», replica lui, e se ne va.

La ragazza rimane a lungo a fissare l'ingresso del negozio. E dalla sua espressione non riesco a capire se anche lei la pensa così.

daniel

ANCHE se Natasha fosse ancora qui, in questo mostruoso edificio tutto vetri, non saprei proprio dove andare. Fisso l'elenco degli uffici nel tentativo di indovinare qual è quello giusto. So che doveva incontrare un avvocato, ma l'elenco non riporta informazioni specifiche. Per esempio, non c'è scritto AVVOCATO TAL DEI TALI, SPECIALIZZATO NELL'OFFRIRE ASSISTENZA LEGALEINMATERIADIIMMIGRAZIONEADICIASSETTENNIGIAMAICANE CHE SI CHIAMANO NATASHA. Mi spremo le meningi ma non ne esce niente.

Guardo l'ora sul cellulare. Mancano poco più di sessanta minuti al mio Appuntamento con il Destino. Mi viene in mente di non aver ancora controllato il nuovo indirizzo che mi ha dato la segretaria per telefono. Se è troppo lontano, avrò la scusa perfetta per non presentarmi.

Secondo Google Maps, però, sono già sul luogo dell'appuntamento. O Google è in piena crisi esistenziale, oppure il posto è questo. Riguardo prima l'indirizzo e poi l'elenco degli uffici.

C'è poco da fare, cavolo. Il mio colloquio è in questo palazzo.

Sono già dove dovrei essere.

natasha

Apro la porta e il campanello suona con allegro ottimismo. Io però non sono tanto ottimista su come me la caverò qua dentro. Ma devo provarci lo stesso.

Dietro la cassa mi aspetto di vedere il padre di Daniel, e invece ci trovo Charlie. Sta digitando qualcosa sul cellulare e mi rivolge a malapena un'occhiata. Mi chiedo con chi avrei più fortuna, se con Charlie o con il padre. Ma comunque non ho scelta, perché del padre non c'è traccia.

Mi avvicino alla cassa e saluto.

Charlie continua a scrivere per qualche secondo e poi sbatte il telefono sul bancone. Non mi pare il modo migliore di accogliere una potenziale cliente.

«In cosa posso esserle utile?» mi domanda quando alza finalmente lo sguardo. Rimango di stucco nel vedergli un occhio rosso e gonfio. Domattina si ritroverà un bel livido bluastro. Imbarazzato, lui solleva una mano e si tocca la palpebra. Anche le nocche sono chiazzate di lividi.

Mi riconosce solo dopo qualche frazione di secondo. «Aspetta un po'. Non sei la ragazzina di Daniel?»

Quel suo ghigno gli riesce talmente bene che di sicuro si esercita davanti allo specchio.

«Sì», rispondo.

Punta lo sguardo dietro di me in cerca del fratello. «Dov'è quello stronzetto?»

«Non saprei. Speravo che...»

Ma Charlie mi zittisce sfoderando un largo sorriso mellifluo. Credo stia tentando di fare colpo. E mi rendo conto che con le estranee ci riuscirebbe. Ma io un po' lo conosco, e quel sorriso mi fa venir voglia di tirargli un pugno nell'altro occhio.

«Sei tornata per il fratello migliore, vedo.»

Mi strizza l'occhio malconcio e fa una smorfia di dolore.

Dati Osservabili: non credo nel karma.

Ma potrei cominciare.

«Hai il suo numero di cellulare?» gli domando.

Charlie appoggia la schiena alla sedia e riprende il telefono. «Avete litigato o roba del genere?»

Anche se non voglio raccontargli niente, devo mantenere un tono cordiale.

«Più o meno. Ce l'hai, per caso?»

Lui ruota il cellulare di trecentossessanta gradi e mi chiede: «Hai la fissa per i ragazzi coreani o cosa?»

Ha ancora quel ghigno. Lì per lì penso che voglia soltanto prendermi in giro, poi però mi accorgo che la sua domanda è seria. Ci tiene a conoscere la risposta. E forse non sa nemmeno lui quanto ci tenga.

«Perché dovrebbe essere una fissa? Perché non può piacermi tuo fratello e basta?»

«Ma per favore. Cos'ha di speciale? Di ragazzi come lui ce ne sono a pacchi», replica sprezzante.

A quel punto capisco perché ce l'ha tanto con Daniel: non sopporta che suo fratello non si detesti. Malgrado le sue insicurezze, Daniel si accetta più di quanto Charlie farà mai con se stesso.

Provo pena per lui, ma non lo do a vedere. «Aiutami, ti prego.»

«Dammi un motivo per farlo.» Non sorride più e gli è scomparso persino il ghigno. Il coltello dalla parte del manico ce l'ha lui, lo sappiamo entrambi. E io non lo conosco abbastanza bene per appellarmi al lato buono del suo carattere. Non so neanche se ce l'ha, un lato buono.

«Pensa quanti guai passerà tuo fratello», gli dico. «È innamorato di me. Qualunque cosa diranno o faranno i vostri genitori, non rinuncerà mai a me. E tu potrai startene lì a goderti lo spettacolo.»

Charlie getta la testa all'indietro e scoppia a ridere. Non è una brava persona, questo è sicuro. Cioè, qualcosa di buono l'avrà pure. Quasi tutti ce l'hanno. Ma in lui predominano gli aspetti negativi, ecco. Avrà senz'altro i suoi buoni motivi per essere così, ma in fondo a me i suoi motivi non interessano.

Esistono persone che ti cambiano la vita in meglio. E altre che te la cambiano in peggio.

Eppure, strano a dirsi, Charlie la fa, una cosa buona per suo fratello: mi dà il suo numero.

daniel

Mi squilla il cellulare e per poco non lo lascio cadere, neanche fosse posseduto. Non riconosco il numero, ma rispondo comunque.

«Pronto?»

«Daniel?»

«Natasha?» domando, anche se so che è lei.

«Sì, sono io.» Ha la voce sorridente. «Tuo fratello mi ha dato il tuo numero.»

Inizio a sospettare che sia uno scherzo di quello stronzo. Neanche morto mi farebbe una gentilezza simile.

«Chi parla?» domando brusco.

«Daniel, sono io. Davvero.»

«Ti ha dato il mio numero?»

«Magari non è poi così cattivo», commenta.

«Figurati», replico io, e scoppiamo a ridere.

L'ho trovata.

O meglio, è lei che ha trovato me.

Non posso crederci.

«Dove sei?»

«Sono appena uscita dal tuo negozio. E tu?»

«Sono nel palazzo dove ha lo studio il tuo avvocato.»

«Cosa? E perché?»

«È l'unico posto in cui potevo sperare di trovarti.»

«Mi stavi cercando?» mi chiede con una punta di timidezza.

«Prima sono stato uno stronzo. Mi perdoni?»

«Tranquillo. Avrei dovuto dirtelo.»

«Non erano affari miei.»

«Sì, invece.»

Non sono le due parole che vorrei sentirle dire, ma ci vanno vicino, cavolo.

natasha

È SEDUTO su una panchina davanti alla fontana e sta scrivendo sul suo taccuino. Sapevo che sarei stata contenta di vederlo, ma non mi aspettavo di sprizzare gioia da tutti i pori. Devo trattenermi dal saltare, battere le mani e magari fare anche una giravolta.

Sprizzo gioia, sì.

Il che non è da me.

Perciò non lo faccio.

Eppure il mio sorriso si misura in chilometri più che in centimetri.

Mi accomodo sulla panchina e gli rifilo una piccola spallata. Lui si porta il taccuino al viso per coprirsi la bocca e poi si volta a guardarmi, con due occhi grandi e trepidanti. Penso che nessuno sia mai stato più felice di Daniel nel vedere una persona.

«Ciao», mi saluta da dietro il taccuino.

Faccio per scoprirgli la bocca, ma lui si ritrae.

«Che è successo?» gli domando.

«Mi sa che sono stato coinvolto in una piccola rissa.»

«Così *piccola* che non posso neanche guardarti in faccia?»

«Volevo solo prepararti.»

Allungo di nuovo la mano e questa volta Daniel mi lascia fare. Ha l'angolo destro della bocca gonfio e livido, come se fosse reduce da un incontro di pugilato.

«Hai fatto a botte con tuo fratello», dico dopo aver tratto le mie conclusioni.

«Se l'è meritato.» Mantiene un'espressione neutra, minimizzando i propri sentimenti per me.

«Non pensavo che i poeti facessero a botte.»

«Stai scherzando? Siamo i peggiori.» Mi sorride, ma il dolore gli provoca una smorfia. «Sto bene», mi rassicura vedendo la mia faccia. «Sembra peggio di quel che è.»

«Perché avete fatto a pugni?» gli domando.

«Non ha importanza.»

«Sì, invece.»

«Ti dico di no.» Serra le labbra con forza: qualunque cosa sia successa, non me la racconterà.

«C'entro io?» indago, anche se conosco già la risposta.

Lui annuisce.

Decido di lasciar perdere. Mi basta sapere che mi giudica un buon motivo per fare a botte.

«Prima ero arrabbiatissima con te», gli dico. Voglio che lo sappia prima che tra noi le cose vadano avanti.

«Lo so. Mi dispiace. È solo che non riuscivo a crederci.»

«Che non te l'avessi detto?»

«No. Che dopo tutte le cose che sono dovute accadere perché ci incontrassimo, qualcos'altro stesse per separarci.»

«Sei proprio incorreggibile.»

«È possibile.»

Poso la testa sulla sua spalla e gli racconto del museo, di Ahnighito e delle cose che hanno dovuto collimare per dare origine al nostro sistema solare, alla nostra galassia e al nostro universo. Gli dico che, in confronto, innamorarsi non è altro che una serie di piccole coincidenze. Non è d'accordo, e mi fa piacere. Allungo di nuovo la mano per toccargli il labbro e lui la afferra e la bacia al centro del palmo. Finora non avevo mai capito in che cosa consistesse la chimica fra due persone. D'altra parte, tutto è chimica. Tutto è combinazione e reazione.

Gli atomi del mio corpo si allineano agli atomi del suo. Ecco come ho capito che era ancora nell'atrio del palazzo quando qualche ora fa sono uscita dall'ascensore.

Mi bacia ancora il palmo e io sospiro. Toccare Daniel è un misto di ordine e caos, qualcosa di simile all'assemblaggio molecolare e, al tempo stesso, al suo processo inverso.

«Hai detto che avevi buone notizie», esclama, e il suo viso aperto si riempie di speranza. Immagino quello che sarebbe successo se le cose non si fossero risolte. Come saremmo sopravvissuti alla separazione? Perché ormai mi sembra impossibile negare che siamo fatti l'uno per l'altra. Be', saremmo sopravvissuti eccome, mi dico. La separazione non è fatale.

Comunque sono contenta di non doverlo scoprire. «L'avvocato sostiene che riuscirà a trovare una soluzione. È convinto che potrò restare», gli dico.

«Quanto convinto?» mi domanda. Non l'avrei mai detto, e invece è più scettico di me.

«Stai tranquillo. Sembrava sicurissimo», replico io, e lascio sgorgare lacrime di felicità. Per una volta il mio pianto non mi imbarazza.

«Lo vedi? Tra noi era destino. Andiamo a festeggiare.»

Mi attira a sé. Io gli sfilo la cravatta dalla testa e gli passo le dita fra i capelli. Lui affonda le mani nelle mie e mi si accosta per baciarmi, ma io glielo impedisco premendogli un dito sulle labbra. «Conservalo per dopo, questo bacio», gli dico.

Mi viene in mente che c'è una telefonata che voglio fare. È un impulso sciocco, il mio, ma Daniel mi ha quasi convinto che il destino esiste.

Tutta questa catena di eventi è stata innescata dalla sorvegliante che stamattina mi ha fatto ritardare. Se non fosse stata lì ad accarezzare la mia roba, non sarei arrivata in ritardo. E non ci sarebbero stati né Lester Barnes, né l'avvocato Fitzgerald. E nemmeno Daniel.

Frugo nello zaino e tiro fuori il biglietto da visita di Lester Barnes. Appena lo chiamo, però, vengo subito deviata alla segreteria telefonica. Lascio un messaggio confuso in cui lo ringrazio di avermi aiutato e gli chiedo di ringraziare la sorvegliante per me.

«Ha i capelli lunghi e castani, lo sguardo triste e tocca la roba di tutti», dico per descriverla. Poco prima di riagganciare mi ricordo il suo nome. «Credo si chiami Irene. La ringrazi da parte mia, per favore.»

Daniel mi osserva sconcertato.

«Te lo spiego dopo», gli dico, e mi ributto fra le sue braccia. «Torniamo al *norebang*?» gli domando premendo le labbra contro le sue. Il cuore sta cercando di scapparmi via dal petto.

«No», ribatte lui. «Ho un'idea migliore.»

daniel

«Vuoi sapere una cosa assurda?» le chiedo mentre la riporto dentro l'edificio. «Anche il mio colloquio è qui.»

«Non ci credo», replica lei, e per un attimo smette di camminare.

Il mio sorriso è raggiante, muoio dalla voglia di sapere come la sua mente scientifica interpreterà questa incredibile sfilza di coincidenze. «Che probabilità c'erano, eh?»

Lei scoppia a ridere. «Ti diverti, vero?»

«Te l'avevo detto, no? Avevo ragione fin da stamattina. Era destino che ci incontrassimo. E se non l'avessimo fatto prima, magari sarebbe capitato adesso.» La mia logica è assolutamente confutabile, ma Natasha non la confuta. Anzi, fa scivolare la sua mano nella mia e sorride. A questo punto potrei anche trasformarla in una credente.

Ho in mente di portarla sul tetto per pomiciare in santa pace. Ci registriamo per il mio appuntamento e l'addetto alla sicurezza ci spiega come raggiungere gli ascensori. Quello che prendiamo noi ferma praticamente a ogni piano. Gente vestita elegante sale e scende parlando a voce alta di Cose Molto Importanti. Non potrei mai lavorare in un edificio simile, anche se Natasha oggi aveva detto il contrario. Finalmente arriviamo all'ultimo piano. Scendiamo, imbocchiamo la tromba delle scale, saliamo una rampa e finiamo dritti contro una porta grigia su cui si legge NESSUN ACCESSO AL TETTO.

Mi rifiuto di crederci. Il tetto è di sicuro oltre questa porta. Ruoto la maniglia sperando in un miracolo, ma è chiusa a chiave.

Appoggio la fronte sulla scritta. «Apriti sesamo», ordino alla porta.

E quella, magicamente, si apre.

«Ma che cavolo?...» Incespico in avanti e finisco addosso all'addetto alla sicurezza che ci aveva accolti nell'atrio. Al contrario di noi, però, il tizio deve aver preso un ascensore che non ha fatto fermate.

«Non vi è permesso stare quassù, ragazzi», bofonchia. Puzza di fumo di sigaretta.

Mi tiro dietro Natasha ed esco comunque. «Volevamo solo vedere il panorama», gli dico con la mia voce più rispettosa, un tantino supplichevole ma non piagnucolosa.

L'uomo alza diffidente le sopracciglia e sta per aggiungere qualcosa quando viene sopraffatto da un accesso di tosse che lo costringe a piegarsi in due e a battersi il pugno sul petto.

«Si sente bene?» gli domanda Natasha. Il tizio risolleva leggermente il busto e appoggia le mani sulle cosce, mentre Natasha gli mette una mano sulla spalla.

«Mi sono beccato questa tosse», spiega e intanto continua a tossire.

«Be', non dovrebbe fumare», gli dice lei.

Lui si raddrizza e si asciuga gli occhi. «Mi sembri mia moglie.»

«Sua moglie ha ragione», ribatte lei senza la minima esitazione.

Cerco di lanciarle un'occhiata della serie: «Non discutere con questo vecchio sorvegliante con problemi ai polmoni, altrimenti non ci farà restare quassù a limonare», ma, pur avendo interpretato correttamente la mia mimica facciale, lei mi ignora.

«Facevo la volontaria in un reparto di pneumologia. Quella tosse non promette niente di buono.»

La fissiamo entrambi. Io, perché me la immagino con la divisa da volontaria e poi anche senza divisa. Sarà la mia nuova fantasia notturna, ci scommetto.

E lui per qualche motivo che non conosco. Spero soltanto che non sia il mio.

«Lo dia a me», ordina Natasha allungando una mano per requisirgli il pacchetto di sigarette. «Deve smettere di fumare.» Non riesco a capire come faccia a sfoderare un cipiglio così autoritario insieme a tanta sincera preoccupazione.

L'uomo estrae il pacchetto dalla tasca della giacca. «Pensi che non ci abbia provato?» le domanda.

Lo guardo ancora. È troppo vecchio per questo lavoro. A quest'ora dovrebbe essere in pensione e dedicarsi a viziare i nipotini in qualche città della Florida.

Natasha non ritira la mano finché l'uomo non le consegna il pacchetto.

«Stai attento a questa qui», mi avverte lui sorridendo.

«Sì, signore.»

Il tizio si infila la giacca. «Come fai a sapere che non me le vado subito a ricomprare?» chiede a Natasha.

«Non posso saperlo, infatti», replica lei con un'alzata di spalle.

L'uomo la osserva a lungo. «La vita non va sempre secondo i nostri programmi», le dice.

Dall'espressione di Natasha intuisco che non gli crede. Se ne accorge anche lui, ma fa finta di niente.

«State lontani dal parapetto», ci dice strizzandoci l'occhio. «E divertitevi.»

joe

Una storia programmata

Quella ragazza gli ha ricordato vagamente la sua Beth. Diretta, ma dolce. Ecco perché, più che per altri motivi, ha concesso a quei due di restare sul tetto. Sa benissimo che non ammireranno altro panorama se non quello che si offriranno a vicenda. E in questo non c'è niente di male, pensa.

Anche lui e la sua Beth erano così. E non soltanto all'inizio, ma durante tutti gli anni di matrimonio. Dicevano sempre che incontrarsi era stato come vincere alla lotteria, per loro.

Beth è morta l'anno scorso. Sei mesi dopo che entrambi avevano smesso di lavorare. La diagnosi di tumore era arrivata proprio il primo giorno della pensione. Avevano un sacco di progetti per il futuro. Crociera in Alaska per vedere l'aurora boreale (un'idea di lei). Venezia per bere la grappa e vedere i canali (un'idea di lui).

È questo che gli dà ancora sui nervi. Tutti i piani che avevano fatto. Tutti i sacrifici. Tutta quell'attesa del momento perfetto.

E per cosa, poi? Per niente.

La ragazza ha ragione, certo. Non dovrebbe fumare. Dopo che ha perso Beth, è tornato a lavorare e ha ricominciato con le sigarette. Che gliene importava di ammazzarsi per il troppo lavoro o per il troppo fumo? Non c'era più niente per cui vivere o fare programmi.

Joe lancia un'ultima occhiata ai due ragazzi prima di chiudere la porta. Si guardano come se non volessero trovarsi in nessun altro posto al mondo. Un tempo anche lui e la sua Beth erano così.

Forse potrebbe smettere di fumare, in fin dei conti. E magari fare anche nuovi programmi, chissà.

natasha

Daniel si affaccia dalla terrazza e osserva la città, con i capelli sciolti che ondeggiano al vento e quella sua espressione da poeta. Il lato ancora sano del viso sorride.

Mi avvicino e infilo la mano nella sua. «Non hai intenzione di scrivere nemmeno qualche verso, mio giovane poeta?» lo prendo in giro.

Il suo sorriso si allarga, però lui non si volta. «La città sembra così diversa da quassù, non è vero?» mi chiede.

Che cosa vedrà davanti a sé? Io vedo chilometri di tetti, quasi tutti deserti. Alcuni sono ingombri di oggetti abbandonati da tempo: unità esterne di condizionatori ormai fuori uso, mobili da ufficio rotti. Altri hanno veri e propri giardini, e mi domando chi li curi.

E mentre lui estrae il taccuino, mi avvicino un altro po' al parapetto.

Prima di diventare palazzi, questi edifici erano semplici scheletri. Prima ancora erano un intreccio di travi. Erano metallo, vetro e cemento. E prima ancora erano progetti su carta. Ancora prima erano planimetrie. E, in origine, solo un'idea di qualcuno per la costruzione di una città.

Daniel mette via il quaderno e, dopo avermi allontanata dal parapetto, mi posa una mano sul fianco.

«Che cosa ci scrivi, là sopra?» gli chiedo.

«Idee», risponde. Gli occhi gioiosi sono fissi sulle mie labbra, e io fatico a ragionare. Indietreggio di un passo e lui mi segue, come se stessimo ballando.

«Io... Oh, cavolo. Eri così sexy anche stamattina?» domando.

Lui ride e arrossisce. «Sono contento che mi trovi sexy.» Ha ancora gli occhi puntati sulle mie labbra.

«Sentirai male se ti bacio?»

«Sarà un dolore piacevole.» E mi appoggia anche l'altra mano sul fianco come per ancorare a terra entrambi; ma il mio cuore non vuole saperne di calmarsi. Baciarlo non può essere bello come ricordo. Quando ci siamo baciati la prima volta ero convinta che sarebbe stata l'ultima. E la cosa avrà di sicuro reso l'esperienza più intensa. Questo bacio sarà più normale. Niente caos e fuochi d'artificio, solo un bacio tra due persone che si piacciono molto.

Mi alzo in punta di piedi e mi avvicino ancora. Finalmente lui incontra il mio sguardo e mi posa una mano sul cuore che, sotto il suo palmo, palpita come se battesse espressamente per lui.

Appena le nostre labbra si toccano, mi sforzo di tenere gli occhi aperti il più a lungo possibile. Di non soccombere alla folle entropia di questa cosa che c'è tra noi. Davvero non la capisco. Perché proprio lui? Perché Daniel e non un altro dei ragazzi che ci sono stati prima? E se non ci fossimo incontrati? Sarei andata avanti per la mia strada senza sapere che mi mancava qualcosa?

Gli avvolgo le braccia intorno al collo e mi accosto di più a lui, eppure non è mai abbastanza. Eccolo di nuovo, quel caotico senso di irrequietezza. Desidero cose che riesco a nominare e cose a cui non riesco a dare un nome. Vorrei che questo istante durasse all'infinito, ma non voglio perdermi tutti gli altri che verranno. Voglio l'intero nostro futuro insieme e lo voglio qui, adesso.

Mi sento travolgere e mi stacco. «Allontanati. Da. Me», ordino, baciandolo tra una parola e l'altra. E gli indico un punto distante dove non sia più a portata di baci.

«Qui?» mi chiede, arretrando di un solo passo.

«Devi farne almeno altri cinque», preciso.

Lui mi sorride e obbedisce.

«I nostri baci non saranno tutti così, vero?» gli domando.

«Così come?»

«Hai capito benissimo. Sconvolgenti.»

«Mi piace questo tuo modo diretto di parlare.»

«Davvero? Mia madre dice che esagero.»

«Può darsi. Però a me piace.»

Abbasso lo sguardo e non ribatto. «Quanto manca al tuo colloquio?» domando poi.

«Quaranta minuti.»

«Ne hai altre, di quelle domande che dovrebbero farmi innamorare di te?»

«Perché, non ti sei ancora innamorata?» mi chiede, fingendosi incredulo.

«No», rispondo con un sorriso.

«Tranquilla. Abbiamo tempo», conclude.

daniel

SEMBRA un miracolo potercene stare qui su questo tetto come se fossimo parte di una segreta città sospesa. Il sole batte lentamente in ritirata toccando un palazzo dopo l'altro, ma ancora non è buio. Anche se lo sarà presto, per adesso il buio è solo un'idea.

Io e Natasha siamo seduti a gambe incrociate con la schiena appoggiata al muro vicino alla porta delle scale. Ci teniamo per mano e lei ha la testa sulla mia spalla e mi solletica la guancia con i capelli soffici.

«Allora, sei pronta per la domanda dell'ospite a cena?»

«Quella che chiede chi inviterei?»

«Sì.»

«Ehm, no. Comincia tu.»

«Facile», rispondo. «Dio.»

Natasha solleva la testa e mi guarda. «Ci credi davvero?»

«Sì, ci credo.»

«Alla storia di un solo dio? Che sta in cielo? E ha i superpoteri?» La sua non è incredulità beffarda, solo curiosità.

«Non esattamente», replico.

«E in cosa, allora?»

Le stringo la mano. «Hai presente quello che sentiamo

adesso? Questo legame che c'è tra noi e che non ci spieghiamo eppure non vogliamo negare? Be', quello è Dio.»

«Caspita. Voi giovani poeti siete pericolosi.»

Mi tira la mano, se la posa in grembo e la circonda con le sue.

Io alzo la testa e scruto il cielo in cerca di nuvole che mi ricordino qualcosa in particolare. «Ecco quello che penso», le spiego. «Che siamo tutti legati gli uni agli altri, tutti quanti.»

Mi accarezza le nocche con i polpastrelli. «Anche i cattivi?»

«Sì. Tutti hanno dentro qualcosina di buono.»

«No, non è vero.»

«Okay. Però ammetterai che tutti hanno compiuto almeno una buona azione in vita loro.»

Natasha ci riflette e poi annuisce lentamente.

Continuo. «Secondo me è proprio il buono che c'è in noi che in qualche modo ci unisce gli uni agli altri. Quella parte di noi che condivide l'ultimo biscotto con le gocce di cioccolato o fa beneficenza, regala un dollaro a una musicista di strada, lavora come volontaria in ospedale, piange guardando le pubblicità della Apple e dice ti voglio bene o ti perdono. Secondo me Dio è questo. Dio è il legame tra tutte le parti migliori di noi.»

«E secondo te questo legame ha una coscienza?» mi domanda.

«Sì, e noi lo chiamiamo Dio.»

Natasha accenna una risatina. «Sei sempre così...»

«Erudito?» le chiedo interrompendola.

Al che scoppia in una risata vera. «Stavo per dire sdolcinato, veramente.»

«Sì, sono famoso proprio per questo.»

«Scherzo», chiarisce. «Mi piace molto questa tua riflessione.»

È piaciuta anche a me. E, nonostante in passato io abbia

già avuto pensieri simili, è la prima volta che sono riuscito a tradurli in parole. Quando sono con lei do il meglio di me.

Mi porto la sua mano alle labbra e le bacio le dita. «E tu?» domando. «Tu non credi in Dio?»

«Mi piace l'idea che ne hai tu. Di certo non credo in un dio tutto fuoco e zolfo.»

«Però in qualcosa credi, giusto?»

Lei aggrotta la fronte, incerta su cosa rispondere. «Non saprei. Diciamo che sono più interessata al *perché* la gente sente il bisogno di credere in Dio. Perché non nella scienza, allora? La scienza è strabiliante. Il cielo stellato? Meraviglioso. L'interno di una cellula umana? Incredibile. Un dio convinto che siamo nati cattivi e di cui le persone si servono per giustificare la meschinità dei loro pregiudizi e la propria malvagità? Boh. Mi sa che credo nella scienza. La scienza mi basta e mi avanza.»

«Mmm», commento. Il sole si riflette sui palazzi e l'aria intorno a noi si tinge d'arancio. Mi sento avvolto e protetto anche se ci troviamo all'aperto.

«Lo sapevi che l'energia dell'universo è costituita per circa il ventisette per cento dalla materia oscura?» mi chiede.

Io non lo sapevo ma lei sì, naturalmente.

«Che cos'è la materia oscura?»

«Deliziata» è l'unico aggettivo con cui descriverei l'espressione che ha adesso. Mi lascia la mano, si sfrega i palmi e si prepara a spiegarmelo.

«Allora, gli scienziati non ne sono proprio certi, però è la differenza tra la massa di un oggetto e la massa calcolata in base ai suoi effetti gravitazionali.» Inarca le sopracciglia in attesa della mia reazione, come se avesse detto qualcosa di profondo e sconvolgente.

Ma io sono tutt'altro che profondamente sconvolto.

Lei sospira con fare melodrammatico.

«Questi poeti», borbotta poi con un sorriso. E, con l'indice alzato per una maggiore efficacia, aggiunge: «Le due masse dovrebbero essere identiche. *Dovrebbero* esserlo, ma per corpi molto grandi come i pianeti non lo sono».

«Però! Interessante», commento sincero.

«Vero?» È raggiante e io sono pazzo di lei. «Così viene fuori che la massa visibile di una galassia non ha abbastanza gravità per spiegare come mai non si disperda.»

Scuoto la testa perché non capisco.

Lei prosegue. «Se prendiamo in considerazione la forza gravitazionale di tutti i corpi che riusciamo a individuare, scopriamo che questa non basta a tenere in orbita stelle e galassie le une intorno alle altre. Dev'esserci più materia di quella visibile. La materia oscura, appunto.»

«Okay, ho capito», replico.

E lei mi guarda scettica.

«No, davvero. Ho capito. La materia oscura costituisce circa il ventisette per cento dell'energia dell'universo, hai detto?»

«Più o meno.»

«Ed è la ragione per cui i corpi non si disperdono nello Spazio più buio e profondo? È questo che ci tiene insieme?»

Da scettica diventa sospettosa. «Dove vuole arrivare quel tuo cervello distorto da poeta?»

«Se te lo dico mi odierai.»

«Può darsi», conviene lei.

«La materia oscura è l'amore. È la forza di attrazione.»

«Oh, cavolo! Ma che schifo. Sei patetico.»

«Sono un genio, semmai», ribatto, ridendo di gusto.

«Patetico al massimo grado», ripete lei, ma intanto mi si accosta e ride a crepapelle insieme a me.

«Ci ho azzeccato, invece», insisto trionfante. E le riprendo la mano.

Lei brontola di nuovo qualcosa, ma in realtà ci riflette. Forse non è poi così contraria come è convinta di essere.

Scorro le domande sullo schermo del telefono. «Okay, eccone un'altra. Completa la seguente frase: 'Siamo entrambi in questa stanza e ci sentiamo...'»

«Bisognosi di fare pipì», replica con un sorriso.

«Non ti piace proprio parlare di cose serie, vero?»

«Non ti è mai capitato che ti scappasse da morire la pipì? È una cosa seria anche quella. Puoi causarti *seri* danni alla vescica se...»

«Ti scappa veramente?» le chiedo.

«No.»

«Allora completa la frase, avanti», le ordino. Non le permetterò di eludere la domanda con le sue battute.

«Prima tu», mi dice con un sospiro.

«Felici, frementi e fiduciosi.»

«Un'allitterazione. Carina.»

«Ora tocca a te, però sii sincera», le dico.

Mi fa la linguaccia. «Confusi. Spaventati.»

Tiro la sua mano verso di me. «Perché sei spaventata?»

«È stata una giornata lunga. Oggi ero convinta che mi avrebbero rimpatriato. Sono due mesi che mi preparo psicologicamente a questa cosa. E ora pare che potrò rimanere.»

Si volta a guardarmi. «E poi ci sei tu. Stamattina non ti conoscevo e adesso mi sembra di conoscerti da sempre. È un po' troppo. Mi sento fuori controllo.»

«E cosa c'è di tanto terribile in questo?» le chiedo.

«A me piace prevedere le cose. Mi piace progettare tutto con un certo anticipo.»

E lo capisco. Davvero. Siamo programmati per pianificare il nostro futuro. Fa parte del nostro ritmo biologico. Il sole sorge ogni giorno, e ogni notte cede il passo alla luna. «Come sostiene quel tizio della security, però… fare progetti non sempre funziona.»

«E secondo te è vero? Per me è quasi sempre possibile pianificare. È raro che di punto in bianco capiti qualcosa che ti manda a gambe all'aria.»

«Magari lo pensavano anche i dinosauri, e guarda che fine hanno fatto», scherzo io.

Mi rivolge un sorriso talmente grande che non posso evitare di accarezzarle la guancia. Lei si volta e mi bacia sul palmo. «Esclusi gli eventi che portano all'estinzione, per me fare progetti è possibile», puntualizza.

«Io ti ci ho mandato, a gambe all'aria, però», le rammento, e lei non lo nega. «Comunque. Finora hai detto solo due parole: confusi e spaventati.»

«E va bene. Ti accontenterò e aggiungerò 'felici'.»

Altro sospiro melodrammatico. Da parte mia, stavolta. «Avresti potuto dire prima quello.»

«Mi piace la suspense», ribatte lei.

«No, non è vero.»

«Hai ragione. Odio la suspense.»

«Sei felice grazie a me?» domando.

«E per il fatto che non sarò rimpatriata. Ma soprattutto grazie a te, sì.»

Si avvicina alle labbra le nostre due mani giunte e bacia la mia. Resterei qui per sempre a interrompere le nostre frasi con un bacio e i baci con le parole.

«Quand'è che ci fissiamo negli occhi?» domando.

E lei alza al cielo proprio gli occhi che vorrei tanto fissare. «Più tardi. Dopo il tuo colloquio», risponde.

«Non devi aver paura», le dico per prenderla in giro.

«E di cosa dovrei aver paura? Non vedremo altro che iridi e pupille.»

«Gli occhi sono lo specchio dell'anima», ribatto.

«Tutte stupidaggini», replica lei.

Guardo l'ora sul cellulare senza che ce ne sia bisogno. So che il mio colloquio sarà a momenti, ma voglio restare un altro po' quassù nella città sospesa. «Rispondiamo a qualche altra domandina», dico. «Round decisivo. Qual è il tuo ricordo più prezioso?»

«La prima volta che sono riuscita a mangiare il gelato nel cono anziché nella coppetta», risponde senza esitazione.

«Quanti anni avevi?»

«Quattro. Gelato al cioccolato vestita tutta di bianco per la domenica di Pasqua.»

«E di chi è stata l'idea?» domando.

«Di mio padre.» Sorride. «Un tempo mi considerava la cosa più bella del mondo.»

«E adesso non più?»

«No.»

Aspetto che continui e invece passa ad altro: «E il tuo qual è?»

«Quando avevo sette anni siamo andati a Disney World. Charlie voleva salire sulle Space Mountain, ma la mamma temeva che io mi spaventassi troppo e da solo non voleva mandarlo. E né lei né mio padre avevano intenzione di accompagnarlo.»

Mi stringe forte le mani e la cosa mi intenerisce, perché è chiaro che sono sopravvissuto all'esperienza.

«E allora che è successo?»

«Ho convinto la mamma che non avevo paura. Le ho detto che aspettavo da una vita di salire su quelle montagne russe.»

«Ma non era vero, giusto?» mi chiede.

«No, ero terrorizzato. L'ho fatto soltanto per Charlie.»

Mi rifila un colpetto sulla spalla e mi prende in giro dicendo: «Guarda che mi piaci già. Non devi per forza convincermi che sei un santo».

«È questo il punto. Non volevo fare il santo. Sotto sotto sapevo che il rapporto fra me e Charlie non sarebbe durato e cercavo solo di convincerlo che anch'io qualcosa valevo. E ha funzionato. Mi ha detto che ero stato coraggioso e mi ha fatto finire i suoi popcorn.»

Sollevo la testa e guardo le nuvole. Si muovono appena.

«Non è strano che i nostri ricordi preferiti siano legati alla persona per cui adesso proviamo meno simpatia?» domando.

«Forse è proprio questa la ragione per cui li disprezziamo tanto. Sono così distanti da com'erano un tempo che abbiamo perso la speranza di vederli tornare come prima.»

«Può darsi. Sai qual è la parte peggiore della mia storia?» le dico.

«Quale?»

«Che adesso odio le montagne russe proprio per colpa di quella volta.»

Natasha scoppia a ridere e io pure.

occhi

Una storia evolutiva

Gli scienziati teorizzano che i primi «occhi» non fossero altro che un'area pigmentata e fotosensibile sull'epidermide di qualche creatura primitiva. Questa piccola macchia forniva alla creatura in questione la capacità di percepire la differenza tra luce e buio; un bel vantaggio, perché l'oscurità poteva indicare che un predatore era abbastanza vicino da coprire la luce. Grazie a questo recettore, le creature sopravvivevano di più, si riproducevano di più e trasmettevano la propria capacità alla prole. Le mutazioni casuali determinarono poi un avvallamento della macchia fotosensibile, che condusse a una visione via via migliore e, quindi, a maggiori possibilità di sopravvivenza. Con il tempo, la macchia fotosensibile si è evoluta fino a dare origine all'occhio umano.

Come siamo passati dagli occhi come meccanismo di sopravvivenza all'idea dell'amore a prima vista? O alla convinzione che gli occhi siano lo specchio dell'anima? O al cliché degli amanti che non si stancano mai di fissarsi negli occhi?

Alcuni studi hanno dimostrato che le pupille delle persone attratte l'una dall'altra si dilatano per la presenza della dopamina. Altri suggeriscono che le fibre dell'iride indichino particolari inclinazioni della personalità e che forse gli occhi sono davvero lo specchio dell'anima.

Che dire poi degli innamorati che trascorrono ore a fissarsi negli occhi? È una manifestazione di fiducia? *Ti permetterò di avvicinarti riponendo fiducia nel fatto che non mi ferirai mentre sono in questa condizione vulnerabile*. Se sulla fiducia poggiano in parte le fondamenta dell'amore, forse fissarsi negli occhi è un modo per edificare o rafforzare quell'amore. O magari è qualcosa di più semplice, invece.

La pura ricerca di un legame.

Vedere.

Ed essere visti.

daniel

La porta dell'avvocato Fitzgerald è in fondo a un corridoio lungo, grigio e per lo più scialbo. Mi sforzo (inutilmente) di non prenderlo come un segnale riguardo al mio futuro. Sulla porta non c'è il nome, solo un numero. Quando busso nessuno mi apre. Possibile che l'avvocato se ne sia già andato a casa? Perché così sarebbe il massimo. Almeno non sarebbe colpa mia se non sono entrato a Yale e non sono diventato medico. Non me ne frega niente se sono in ritardo di dieci minuti per via di tutti quei baci. Non sono affatto pentito.

Ruoto la maniglia e mi imbatto in una donna singhiozzante. Non nasconde nemmeno il viso tra le mani, come succede di solito. È in piedi in mezzo alla stanza e respira a fatica tra un singulto e l'altro con le lacrime che le rigano il volto. Ha strisce di mascara sulle guance e gli occhi gonfi e rossi come se piangesse già da parecchio.

Quando si accorge di me, smette di piangere e si asciuga la faccia con il dorso delle mani. Il gesto non fa che peggiorare le cose, adesso ha pure il naso sporco di rimmel.

«Si sente bene?» le chiedo, la domanda più stupida che mi sia venuta in mente. Ovvio che non si sente bene.

«Tutto a posto», risponde. Si morde il labbro inferiore e cerca di lisciarsi i capelli, ma di nuovo peggiora la situazione.

«Lei è Daniel Bae, giusto? È qui per il colloquio di ammissione.»

Avanzo di un passo. «Posso portarle un bicchier d'acqua, un fazzoletto o qualcos'altro?» Adocchio una confezione vuota di Kleenex sulla scrivania, accanto a una tazza con la scritta GLI ASSISTENTI LEGALI LO FANNO PER MENO.

«Sto benissimo. Lui è da questa parte», mi dice, indicando la porta alle sue spalle.

«È sicura di star...» insisto, però lei mi interrompe.

«Ora devo andare. Gli dica che è la persona più straordinaria che io abbia mai conosciuto, ma che me ne devo andare.»

Io rispondo «Okay», anche se non glielo dirò mai. Tanto lo studio è piccolo, l'avvocato avrà già sentito tutto.

Lei torna alla scrivania e prende la tazza con la scritta. «Gli dica anche che vorrei restare, ma non posso. È meglio per entrambi.»

E riattacca a piangere. Solo che a questo punto mi commuovo pure io. Che figuraccia.

Lei smette di colpo e mi fissa. «Stai piangendo?» mi chiede.

Mi asciugo gli occhi. «È una cosa sciocca che mi capita sempre. Quando vedo qualcuno piangere, mi metto a piangere anch'io.»

«Che dolce.» Ora che non è più soffocata dalle lacrime, la sua voce ha un che di musicale.

«Veramente è una rottura di palle», preciso.

«Modera i termini», replica lei con lo sguardo severo.

«Mi scusi.» Chi mai può avere da ridire su una parola innocente come «palle»?

La signora accetta le mie scuse con un lieve cenno del capo. «Abbiamo appena traslocato e io non vedrò già più questo studio», mi spiega. Poi si soffia il naso. «Se avessi saputo come sarebbe finita, non avrei mai permesso che cominciasse.»

«A tutti piacerebbe prevedere il futuro», commento. Le tornano le lacrime agli occhi mentre fa sì con la testa.

«Quando ero piccola, i libri di fiabe erano i miei preferiti, perché ancora prima di aprirli sapevo già come sarebbe finita la storia. Con un 'e vissero felici e contenti'.» Lancia uno sguardo alla porta chiusa alle proprie spalle, serra gli occhi e li riapre. «Nelle fiabe la principessa non fa mai la cosa sbagliata.»

La porta si spalanca e io sono curioso di vedere che aspetto abbia la persona più straordinaria del mondo. A parte il bendaggio sopra l'occhio destro, è assolutamente normale.

«Daniel Bae?» domanda, guardando solo me. Non posa gli occhi su di lei nemmeno per un secondo. Gli porgo la mano per salutarlo. «Molto piacere, avvocato Fitzgerald.»

Lui non me la stringe. «È in ritardo», mi dice e torna dentro.

Mi volto per salutare la segretaria, però è già sparita.

natasha

Prendo il cellulare dallo zaino. Ancora niente chiamate né messaggi da Bev. Starà visitando un altro college. Mi aveva detto di voler vedere anche l'università della California di San Francisco.

Farei meglio a telefonare alla mamma. In tutta la giornata ne ho avute parecchie, di occasioni. Ha chiamato altre tre volte, mentre io e Daniel eravamo sul tetto.

Le mando un messaggio: «torno presto».

E lei risponde quasi all'istante, immagino aspettasse con ansia che mi facessi viva.

«è 2 ore che provo a kiamarti»

«scusa!» replico.

Deve sempre avere l'ultima parola, perciò aspetto l'inevitabile risposta:

«niente novità allora? spero che non ti sei montata troppo la testa».

Ributto il telefono nello zaino senza replicare.

A volte penso che la paura più grande di mia madre sia quella di restare delusa. Per combatterla si sforza al massimo di non montarsi la testa e incita gli altri a fare lo stesso.

Non funziona sempre. Una volta ha portato a casa per mio

padre il volantino di un'audizione per uno spettacolo in un teatro minore. Non so dove l'avesse trovato né quale fosse il ruolo in questione. Mio padre l'ha preso e l'ha pure ringraziata, ma scommetto che non ha mai chiamato quel numero.

Decido di aspettare la telefonata decisiva dell'avvocato Fitzgerald prima di raccontarle come stanno le cose. Di delusioni ne ha già avute anche troppe, finora.

Il problema di quando ti monti troppo la testa è che poi è dura tornare con i piedi per terra.

samuel kingsley

Una storia di rimpianti, parte quarta

CERTE persone sono tagliate per la grandezza. Se Dio dona a pochi fortunati di noi un talento particolare, poi ci mette al mondo per sfruttarlo, questo talento.

Io sono riuscito a sfruttare il mio solo due volte, in tutta la vita. Due mesi fa, quando ho fatto *Un grappolo di sole* a Manhattan, e dieci anni fa quando l'ho fatto a Montego Bay.

Si vede che tra me e quell'opera teatrale era proprio destino. In Giamaica il *Daily* ha definito la mia performance «miracolosa». Mi hanno fatto la standing ovation.

A me. Non agli altri attori. Solo a me.

Che strano. Quello spettacolo mi ha mandato in America e ora mi rispedisce in Giamaica.

Patricia mi ha chiesto com'è che ho raccontato al poliziotto i fatti nostri. «Mica è un prete, quello», mi ha detto. «Mica dovevi confessarti, eh.» Io le ho risposto che ero sbronzo e che ero sceso dal palco su di giri. Il massimo che puoi fare è la cosa per cui Dio ti ha messo al mondo, no?

Le ho spiegato che non era mia intenzione. E questo è vero; però è vero anche il contrario. Forse l'ho fatto proprio apposta. Non è una confessione, la mia. Dico solo che è un pensiero che mi frulla in testa. Forse l'ho fatto proprio apposta. Non siamo neanche riusciti a riempire tutto il teatro.

L'America ha chiuso con me e io ho chiuso con lei. E più di tutto è stata quella sera a ricordarmelo. In Giamaica mi sono beccato la standing ovation. In America non ho avuto nemmeno un pubblico.

Che ne so. Magari l'ho fatto apposta davvero. A volte ti perdi in te stesso, quasi fossi migrato in un Paese straniero. Pensi in un'altra lingua e non li leggi, i segnali, neppure se ce li hai intorno da tutte le parti.

daniel

La prima cosa che vedo sulla sua scrivania è un fascicolo con il nome di Natasha. C'è scritto NATASHA KINGSLEY. Dev'essere lei, giusto? Quante Natasha Kingsley ci saranno mai? Non solo avevamo entrambi un appuntamento in questo edificio, ma l'avvocato di Natasha e il tizio che deve farmi il colloquio sono pure la stessa persona? Le probabilità che accada una cosa del genere devono essere una su un miliardo, giusto? Non vedo l'ora di scoprire che faccia farà quando glielo racconterò.

Lancio un'occhiata al mio interlocutore e poi mi guardo intorno in cerca di altri indizi. «È esperto in materia d'immigrazione?» gli domando.

L'avvocato distoglie l'attenzione da quella che presumo essere la mia domanda d'ammissione. «Sì, perché?»

«Credo di conoscere una delle sue assistite», gli dico, e afferro il fascicolo.

Lui però me lo strappa di mano. «Non lo tocchi. Contiene informazioni riservate.» E lo allontana il più possibile.

Sfodero un gran sorriso, ma l'avvocato mi scruta torvo. «Ha ragione, mi scusi», gli dico. «È solo che mi ha appena salvato la vita.»

«In che senso?» Lo vedo flettere il polso destro e mi accorgo che ha la mano fasciata. Mi viene in mente che al telefono la sua assistente mi aveva parlato di un incidente d'auto.

«L'ho conosciuta proprio oggi. Natasha, intendo», rispondo indicando il dossier.

L'avvocato continua a fissarmi, accigliato e confuso dalle mie parole. «Quando l'ho conosciuta stava per essere rimpatriata, ma poi ha incontrato lei e adesso, grazie al suo magico intervento, potrà restare.»

Fitzgerald appoggia la mano fasciata sulla scrivania. «E questo che c'entra con il fatto che le avrei salvato la vita?»

«Natasha è la mia anima gemella», gli spiego.

Mi guarda storto. «Ma non ha detto di averla conosciuta oggi?»

«Già.» Non posso farci niente se ho un sorriso che mi va da un orecchio all'altro.

«Ed è la sua anima gemella?» Non lo vedo mimare due virgolette intorno alle parole «anima gemella», ma le avverto comunque nella sua voce. E le virgolette vocali non sono meglio di quelle gestuali.

Mi fissa a lungo con le mani a guglia davanti a sé. «Perché sei qui, ragazzo?» mi chiede.

È una domanda-trabocchetto? «Per il mio colloquio d'ammissione?»

Mi studia apertamente con grande attenzione. «No, mi riferisco al vero motivo. Perché sei qui nel mio studio in questo preciso istante? È evidente che non ti importa di questo colloquio, visto che ti sei presentato come se fossi reduce da una rissa. È una domanda seria, la mia. Perché sei venuto da me?»

Non posso non rispondergli con sincerità. «Mi hanno costretto i miei genitori.»

«Quanti anni hai?»

«Diciassette.»

Scorre con gli occhi il fascicolo sul mio conto. «Qui c'è

scritto che sei interessato al corso propedeutico di medicina. È vero?»

«Non proprio», replico.

«Non proprio o no?» Gli avvocati amano le certezze.

«No.»

«Ora cominciamo a ragionare. Vuoi andare a Yale?»

«Non so nemmeno se voglio andare all'università.»

L'avvocato sporge il busto in avanti come se mi stesse facendo un controinterrogatorio. «E qual è il tuo più grande sogno?»

«Fare il poeta.»

«Ah, bene. Un proposito concreto.»

«Che lei ci creda o no, questa l'ho già sentita.»

L'avvocato sporge ancora di più il busto verso di me. «Te lo chiedo un'altra volta: perché sei qui?»

«Perché sono obbligato.»

«No che non lo sei», ribatte lui di getto. «Puoi benissimo alzarti e uscire da quella porta.»

«Lo devo ai miei genitori.»

«E perché?»

«Lei non può capire.»

«Mettimi alla prova.»

Sospiro mio (lungo e sofferente). «I miei genitori sono immigrati e si sono trasferiti in questo Paese per avere una vita migliore. Lavorano dalla mattina alla sera per dare a me e a mio fratello l'opportunità di realizzare il sogno americano. E nel sogno americano non c'è scritto da nessuna parte che si può evitare l'università per fare l'artista morto di fame.»

«C'è scritto quello che si desidera, invece.»

Sbuffo. «No, per i miei genitori non è così. Se non faccio come dicono, mi tagliano i fondi per l'università. Mi tolgono tutto.»

La mia confessione ha almeno il merito di interrompere

quella raffica di domande. L'avvocato appoggia di nuovo la schiena alla sedia. «Ne sarebbero davvero capaci?» mi chiede.

So bene cosa rispondergli, però al momento non ne ho il coraggio. Ripenso alla faccia di mio padre, oggi pomeriggio. È così deciso a offrire a me e a Charlie un'esistenza migliore della sua che farà di tutto per garantircela.

«Sì, mio padre ne sarebbe capace.» Ma non perché è cattivo. E nemmeno perché è il classico stereotipo del genitore coreano. Solo perché non riesce a vedere oltre la propria storia personale per concedere a me e a mio fratello di costruirci la nostra, di storia.

Di gente come lui ce n'è un sacco.

Fitzgerald commenta con un debole fischio. «Allora mi sa che dovrai fare in modo che la tua fissazione per la poesia valga qualcosa.»

Adesso sono io che mi sporgo in avanti. «Non le è mai capitato di fare una cosa soltanto perché si sente in obbligo? Soltanto perché l'ha promesso a qualcuno?»

L'avvocato distoglie lo sguardo. Per qualche ragione questa domanda modifica la dinamica fra noi e ci fa salire entrambi sulla stessa barca.

«Onorare i propri impegni è la definizione stessa di età adulta, ragazzo. Se hai intenzione di commettere degli sbagli e di non mantenere le tue promesse, il momento giusto è questo.»

Smette di parlare, flette il polso e sul viso gli compare una smorfia di dolore. «Se vuoi mandare tutto a rotoli fallo ora, quando le conseguenze non sono ancora devastanti. Fidati. Più aspetti più diventa difficile.»

A volte le persone riescono a comunicare anche senza dire le cose in maniera esplicita. Gli guardo la mano sinistra e noto che porta la fede.

«È quello che è successo a lei?» gli domando.

Lui ruota la fede intorno al dito. «Sono un uomo sposato e ho due bambini.»

«Ma ha una relazione con la sua assistente.»

L'avvocato si strofina la benda vicino al sopracciglio. «È iniziata solo oggi.» Rivolge un'occhiata alla porta chiusa quasi nella speranza che lei sia proprio lì. «Ed è pure finita oggi», aggiunge a voce bassa.

Onestamente non mi aspettavo una sua confessione, e ora non so bene cosa aggiungere.

«Mi vedi come un poco di buono, vero?» mi chiede.

«La vedo come la persona che deve farmi il colloquio», gli rispondo. Forse è meglio per entrambi tornare sul seminato.

Fitzgerald si copre gli occhi con le mani. «L'ho incontrata troppo tardi. Ho sempre avuto un pessimo tempismo.»

Non so cosa rispondergli. Di certo non si aspetterà un consiglio da me. In un'altra situazione gli direi di seguire il suo cuore. Ma è un uomo sposato. E il suo cuore non è l'unico in ballo.

«E quindi cosa farà? La lascerà andare?»

Mi osserva a lungo, pensieroso. «Dovrai fare lo stesso anche tu», mi dice alla fine.

Afferra il dossier di Natasha. «Non ci sono riuscito. Ero convinto di farcela, ma mi sbagliavo.»

«A fare cosa?» gli domando.

«A impedire il suo rimpatrio.»

Dovrà ripetermelo parola per parola, perché non ho capito niente di quello che mi ha appena detto. «La tua Natasha verrà rimpatriata stasera. Alla fine, non sono stato in grado di impedirlo. Il giudice non ha voluto revocare l'allontanamento volontario.»

Non so cosa sia l'allontanamento volontario, ma l'unica cosa che mi viene da pensare è che ci sia stato un errore.

Dev'essere per forza così. Adesso sì che spero si tratti di un'altra Natasha Kingsley.

«Mi dispiace, ragazzo», si scusa l'avvocato. E mi allunga il dossier, come se sfogliarlo potesse in qualche modo confortarmi. Lo apro, è una specie di formulario ufficiale. L'unica cosa che vedo è il suo nome: Natasha Katherine Kingsley. Non sapevo avesse un secondo nome. Katherine. Le si addice.

Chiudo il fascicolo e lo restituisco all'avvocato. «Ci sarà pure qualcosa che lei possa fare.»

Fitzgerald unisce di nuovo le mani e si stringe nelle spalle. «Le ho già provate tutte.»

Il suo gesto di rassegnazione mi dà sui nervi. Non stiamo parlando di una stupidaggine, della serie: «Oh, ha saltato l'appuntamento. Torni domani». Qui c'è in ballo la vita di Natasha. E anche la mia.

Mi alzo. «Non ci ha messo abbastanza impegno», lo accuso. Sono pronto a scommettere che la sua relazione con l'assistente c'entri con questa storia. Già, scommetto che ha passato la giornata a infrangere le promesse fatte alla moglie, ai figli e anche a Natasha.

«Ascolta, lo so che sei arrabbiato.» Parla in tono piatto, come se stesse cercando di calmarmi.

Ma io non voglio stare calmo. Premo le mani sulla scrivania e mi allungo in avanti. «Ci sarà pure qualcosa che lei possa fare per aiutarla. Non è colpa di Natasha se suo padre è un gran casinista.»

Fitzgerald scosta la sedia dalla scrivania. «Mi dispiace, ma il Dipartimento della sicurezza interna non gradisce che la gente si trattenga qui con il permesso di soggiorno scaduto.»

«Ma era soltanto una bambina. Non aveva scelta. Non poteva certo dire: 'Mamma, papà, il nostro permesso di soggiorno è scaduto. Sarà il caso di tornare in Giamaica'.»

«Non fa differenza. La legge deve pur tracciare una linea

di demarcazione. Il loro ultimo ricorso è stato respinto. L'unica speranza era il giudice. E se partono stasera, c'è ancora una minima possibilità che fra qualche anno Natasha possa richiedere un nuovo permesso di soggiorno.»

«Ma l'America è la sua casa», grido. «Dove è nata non conta niente.» E non aggiungo il resto, cioè che il suo posto è accanto a me.

«Vorrei poter fare qualcosa», prosegue l'avvocato. Si tocca ancora la benda sopra l'occhio mostrandosi sinceramente dispiaciuto. Forse mi sbaglio sul suo conto. Forse ci ha provato per davvero.

«Ho in mente di chiamarla appena finisco con te», mi dice.

Appena finisco con te. Avevo completamente dimenticato che quest'incontro dovrebbe riguardare il mio ingresso a Yale. «Ha intenzione di chiamarla e dirglielo per telefono?»

«Perché, ha importanza il modo in cui verrà a saperlo?» mi domanda contrariato.

«Certo che sì.» Non voglio che Natasha riceva la peggiore notizia della sua vita per telefono e da qualcuno che conosce a malapena. «Ci penso io. Glielo dico io.»

Fitzgerald scuote la testa. «Non posso permettertelo. È il mio lavoro.»

Rimango lì seduto senza sapere cosa fare. Con il labbro che mi pulsa. Le costole doloranti nel punto in cui Charlie mi ha colpito. Il cuore dolorante nel punto occupato da Natasha.

«Mi dispiace, ragazzo», ripete l'avvocato.

«E se non salisse su quell'aereo? Se restasse qui e basta?» Sono disperato. Infrangere la legge mi sembra un prezzo modesto da pagare per trattenere Natasha in America.

Ma l'avvocato scuote di nuovo la testa. «Sconsiglio un'azione del genere. E non lo dico soltanto da avvocato.»

Devo raggiungerla e dirglielo prima di lui. Non voglio che sia sola quando riceverà la notizia.

Esco dallo studio e mi ritrovo nella sala d'attesa vuota. L'assistente non è tornata.

Fitzgerald mi segue. «Te ne vai così?» mi domanda. «Niente più colloquio?»

Non rallento neanche. «L'ha detto pure lei che in realtà non m'importa di Yale.»

Mi posa una mano sul braccio per costringermi a voltarmi. «Ascolta, so di averti detto che se vuoi mandare tutto a rotoli devi farlo adesso che sei ancora un ragazzo, ma Yale è un affare serio. Frequentarla potrebbe aprirti un sacco di porte. Per me è stato così.»

Forse ha ragione. Forse sono poco lungimirante.

Mi guardo intorno e mi chiedo quanto tempo ci vorrà perché qui dentro finiscano i lavori. E perché Fitzgerald assuma una nuova assistente.

Indico con il mento la scrivania vuota. «Lei ha fatto tutto quello che doveva fare, eppure è ancora infelice.»

L'avvocato strofina per l'ennesima volta la mano sul bendaggio senza nemmeno guardare la scrivania. È stanco, però la sua non è una stanchezza che passa con il sonno.

«Se non me ne vado adesso, me ne pentirò per sempre», gli dico.

«Che sarà mai un'altra mezz'ora per terminare questo colloquio?» insiste.

Ha davvero bisogno di sentirsi dire da me che anche i secondi contano? Che il nostro stesso universo è stato originato da un'esplosione durata il tempo di un respiro?

«Il tempo conta, avvocato Fitzgerald.»

A quel punto si volta e guarda la scrivania vuota.

«Ma lo sa già anche lei», concludo.

jeremy fitzgerald

Una storia fiabesca, parte seconda

Jeremy Fitzgerald non ha detto la verità a Daniel. Il motivo per cui non è riuscito a impedire il rimpatrio di Natasha è che non si è presentato all'appuntamento in tribunale con il giudice che avrebbe potuto revocare l'allontanamento volontario. Non si è presentato perché è innamorato di Hannah Winter e, invece di incontrare il giudice, ha trascorso il pomeriggio in albergo con lei.

Rimasto solo nel suo studio ancora in ristrutturazione, Jeremy penserà costantemente a Daniel Bae per tutta la settimana successiva. Ricorderà le sue parole sul fatto che il tempo conta. Serberà un ricordo vividissimo del suo labbro spaccato e della camicia macchiata di sangue. Ricorderà che labbro e camicia non erano niente in confronto alla devastazione totale che gli era comparsa sul viso quando aveva saputo di Natasha. Come se qualcuno gli avesse piazzato una granata in mano e mandato in pezzi la vita.

Un giorno del mese successivo, Jeremy dirà a sua moglie che non la ama più. Che sarà meglio per lei e per i bambini se lui se ne andrà. Chiamerà Hannah Winter, le farà delle promesse e le manterrà tutte.

Suo figlio non si sistemerà mai, non si sposerà, non avrà

figli e non perdonerà il padre per il suo tradimento. Sua figlia sposerà la sua prima ragazza, Marie, e vivrà quell'intero primo matrimonio anticipandone e poi causandone la fine. Dopo Marie, nessuno la amerà più così tanto. E, anche se si sposerà altre due volte, lei stessa non proverà più per nessuno l'amore che aveva provato per Marie.

I figli di Jeremy e Hannah cresceranno disposti ad amare gli altri con la schiettezza e la semplicità di chi sa da sempre dove nasce l'amore e non teme di perderlo.

E questo non per dire se Jeremy Fitzgerald abbia fatto la cosa giusta o quella sbagliata, ma solo per affermare che l'amore cambia sempre tutto.

hannah winter

Una storia fiabesca, parte seconda

E VISSERO felici e contenti.

natasha

Ora che il sole è tramontato, l'aria è molto più fredda. Non è difficile immaginare che l'inverno sia ormai alle porte. Dovrò tirare fuori il mio cappottone nero e gli stivali. Mi stringo nella giacca e medito di rientrare nel palazzo, dove almeno fa caldo. Mentre mi dirigo verso l'ingresso vedo Daniel uscire dalla porta girevole.

Mi aspetto un sorriso, quando mi vede, invece ha una faccia da funerale. Possibile che il colloquio gli sia andato così male?

«Che è successo?» gli chiedo non appena lo raggiungo. Immagino il peggio, tipo che si è azzuffato con il suo interlocutore e si ritrova bandito da tutte le università e con il futuro rovinato.

Mi posa una mano sul viso. «Ti amo davvero», mi dice. Non sta scherzando. Questo non c'entra con la nostra stupida scommessa. Me lo dice come lo direbbe a qualcuno che sta morendo o che si aspetta di non rivedere mai più.

«Daniel, che c'è che non va?» Gli scosto la mano ma la tengo stretta.

«Ti amo», mi ripete, e mi prende di nuovo il viso con l'altra mano. «Non m'importa che me lo dica anche tu. Volevo solo che lo sapessi.»

Mi squilla il telefono. È lo studio dell'avvocato.

«Non rispondere», mi consiglia Daniel.

Certo che rispondo.

Ma lui mi blocca la mano per impedirmelo. «Non farlo, ti prego», ripete.

Adesso sì che sono angosciata. Premo il tasto IGNORA. «Ma che ti è successo là dentro?»

Daniel strizza forte gli occhi. Quando li riapre sono colmi di lacrime. «Non puoi restare qui», mi dice.

In un primo momento non capisco. «Perché? Di notte chiudono il palazzo?» Mi guardo intorno aspettandomi che un sorvegliante ci inviti ad andarcene.

Daniel ha il viso rigato di lacrime. Nella mia testa si affaccia involontariamente una certezza, e io tolgo di colpo la mano dalla sua.

«Come si chiamava il tipo che ti ha fatto il colloquio?» gli domando con un filo di voce.

Daniel annuisce. «Era il tuo avvocato.»

«Fitzgerald?»

«Sì.»

Guardo un'altra volta il numero sul cellulare e continuo a rifiutarmi di capire le sue parole. «Ho aspettato la sua telefonata finora. Ti ha detto qualcosa di me?»

So già che cosa mi risponderà. Lo so eccome.

Ci prova un paio di volte prima di riuscire a formulare una risposta. «Ha detto che non ha potuto revocare il provvedimento.»

«Ma mi aveva assicurato che ce l'avrebbe fatta», protesto.

Daniel mi stringe la mano e cerca di attirarmi a sé, io però oppongo resistenza. Non voglio farmi consolare. Voglio capire.

Arretro di un passo e gli chiedo: «Sei sicuro? E poi perché avete parlato di me?»

Lui si asciuga il viso. «C'è stato un casino tra lui e la sua assistente, e il tuo dossier era lì in bella mostra.»

«Questo non spiega ancora...»

Mi afferra di nuovo la mano e io la ritraggo bruscamente, come poco fa. «Basta! Smettila!» sbotto.

«Mi dispiace», replica lui, e mi lascia andare.

Indietreggio di un altro passo. «Raccontami soltanto cosa ti ha detto di preciso.»

«Ha detto che l'ordine di rimpatrio rimane valido e che è meglio se tu e la tua famiglia partite stasera.»

Mi volto e ascolto la segreteria telefonica. È lui, l'avvocato Fitzgerald. Vuole che lo richiami. Ha delle notizie spiacevoli da darmi.

Riaggancio e fisso Daniel ammutolita. Lui sta per dire qualcosa, ma io desidero soltanto che si fermi. Che tutto il mondo si fermi. Ci sono troppi ingranaggi in movimento che non riesco a controllare. Mi sento come in uno di quei complicati marchingegni di Rube Goldberg, progettato però da qualcuno che non sono io, per cui non conosco il meccanismo per azionarlo. E non so prevedere che cosa succederà dopo. So soltanto che è tutta una reazione a catena e che, una volta innescata, non si fermerà più.

daniel

Il cuore non si spezza.
È solo un'altra delle cose che dicono i poeti.
Il cuore non è fatto
Di vetro
Né di osso
Né di un qualsiasi materiale che possa
Scheggiarsi
Frantumarsi
O sbriciolarsi.
Non
Va in mille pezzi.
Non
Si rompe.
Il cuore non si spezza.
Smette solo di funzionare.
Un vecchio orologio d'altri tempi senza pezzi di ricambio.

natasha

Siamo seduti accanto alla fontana e Daniel mi tiene la mano. Ho la sua giacca sulle spalle.

È proprio un uomo da sposare. Peccato che non sarò io a farlo.

«Devo andare a casa», gli dico, dopo essere rimasta in silenzio per più di mezz'ora.

Daniel mi attira di nuovo a sé e finalmente sono disposta a farmi abbracciare. Appoggio la testa sulla sua spalla, così ampia e solida. Ci sto bene. Lo sapevo stamattina e lo so adesso.

«E ora che facciamo?» mi sussurra.

Ci sono le email, Skype, gli sms, le chat e magari anche le visite in Giamaica. Ma nel momento stesso in cui ci penso, so che non lo permetterò mai. Abbiamo due vite separate da condurre. Non posso lasciare qui il mio cuore quando la mia vita è là. Né portare il suo cuore con me quando il suo futuro è qui.

Sollevo il capo. «Com'è andato il resto del colloquio?»

Lui mi sfiora la guancia e mi adagia ancora la testa sulla sua spalla. «Mi ha detto che ci metterà una buona parola.»

«Fantastico», replico senza il minimo trasporto.

«Già», commenta lui con un entusiasmo pari al mio.

Ho freddo, ma non voglio muovermi. Se lo faccio innescherò la reazione a catena che mi porterà a bordo di un aereo.

Trascorrono altri cinque minuti.

«Devo proprio andare a casa», ripeto. «Il volo è alle dieci.»

Daniel guarda l'ora sul cellulare. «Mancano tre ore. Hai già preparato tutto?»

«Sì.»

«Vengo con te.»

Ho un tuffo al cuore. Per un'assurda frazione di secondo capisco che verrà con me in Giamaica.

Lui mi legge quel pensiero negli occhi. «Intendevo a casa tua.»

«Lo so», rispondo di scatto. Sono risentita, e pure ridicola. «Non credo sia una buona idea. Ci sono i miei genitori, e poi ho troppe cose da sbrigare. Saresti solo d'intralcio.»

Daniel si alza e mi porge la mano. «Adesso ti dico quello che non faremo. Non litigheremo. Non fingeremo che questa non sia la cosa peggiore che potesse accadere, perché invece lo è. E non ce ne andremo ognuno per la propria strada prima di doverlo fare per forza. Io verrò con te a casa dei tuoi. Li conoscerò, loro mi apprezzeranno e io non prenderò a pugni tuo padre. Tenterò invece di capire se tu assomigli più a lui o a tua madre. Il tuo fratellino si comporterà da fratellino. E magari riuscirò finalmente a sentire quell'accento giamaicano che mi hai tenuto nascosto per tutto il giorno. Vedrò il posto in cui dormi, mangi e vivi e rimpiangerò di non aver scoperto un po' prima che esistevi.»

Provo a interromperlo, ma lui continua a parlare. «Verrò con te a casa tua e poi prenderemo un taxi fino all'aeroporto, soltanto noi due. Ti guarderò salire su un aereo e mi sentirò strappare il cuore dal petto, cavolo, e per il resto della vita mi chiederò che cosa sarebbe potuto accadere se questa giornata non fosse andata esattamente com'è andata.»

Si ferma per riprendere fiato e poi mi chiede: «Okay?»

daniel

Mi risponde di sì. Non sono pronto a dirle addio. Non lo sarò mai. La prendo per mano e ci avviamo in silenzio verso la metropolitana.

Porta lo zaino su una spalla sola, perciò vedo di nuovo la scritta DEUS EX MACHINA. Davvero ci siamo conosciuti soltanto stamattina? Proprio oggi, quando ero disposto ad andare ovunque mi avesse portato il vento? Quanto darei perché in quella macchina ci fosse davvero Dio.

Titolo: «Adolescente della zona sbaraglia l'ufficio immigrazione del Dipartimento della sicurezza interna e vive per sempre felice e contento con il suo unico vero amore grazie a un assurdo cavillo che nessuno aveva tenuto in considerazione fino all'ultimo minuto e adesso assisteremo alla scena finale in cui lui corre all'aeroporto per impedirle di salire sull'aereo».

Però non è così che andranno le cose.

Fin da stamattina ho pensato che tra noi fosse destino. Che tutte le persone, i luoghi e le coincidenze della giornata ci stessero spingendo per sempre l'uno nelle braccia dell'altra. Ma forse non è vero niente. E se invece questa cosa fra noi fosse stata destinata a durare soltanto un giorno? Se fossimo soltanto delle figure di tramite l'uno per l'altra, stazioni intermedie su una strada che ci conduce altrove?

Se fossimo solo una digressione nella storia di qualcun altro?

natasha

«Sapevi che la Giamaica è al sesto posto nel mondo per la percentuale di omicidi?» gli chiedo.

Siamo su un treno della linea Q diretto a Brooklyn. È zeppo di pendolari, per cui siamo in piedi e ci reggiamo a uno dei pali. Daniel mi tiene una mano sulla schiena. Non ha smesso di toccarmi da quando abbiamo lasciato il palazzo. Forse, se continua a restarmi aggrappato non volerò via.

«E ai primi cinque posti che Paesi ci sono?»

«Honduras, Venezuela, Belize, El Salvador e Guatemala.»

«Però.»

«E sapevi che la Giamaica è ancora membro del Commonwealth?»

Non aspetto neanche la risposta. «Sono una suddita della regina.» Se avessi spazio a sufficienza farei pure l'inchino.

Il treno frena e si ferma. Sono più le persone che salgono di quelle che scendono. «Che altro posso dirti? La popolazione ammonta a due virgola nove milioni di persone. Una percentuale compresa tra l'uno e il dieci per cento si dichiara rastafariana. Il venti per cento dei giamaicani vive sotto la soglia della povertà.»

Daniel mi si accosta ancora di più fino a cingermi quasi

del tutto. «Dimmi almeno una cosa bella che ti ricordi», mi ordina. «Niente dati.»

Non voglio essere ottimista. Non voglio adattarmi a questo nuovo futuro. «Me ne sono andata a otto anni. Non mi ricordo poi granché.»

Lui insiste. «Nemmeno della tua famiglia? Cugini? Amici?»

«Ricordo che ne avevo, ma non li conosco, ecco. La mamma ci costringe a parlare al telefono con loro ogni anno a Natale. Mi prendono in giro per il mio accento americano.»

«Una cosa bella, una sola», ripete. Ora ha gli occhi di un marrone scuro quasi nero. «Cos'è che ti mancava di più quando ti sei trasferita qui?»

Non devo pensarci su molto. «La spiaggia. Qui l'oceano è strano. È del blu sbagliato. È freddo. Sempre troppo mosso. La Giamaica è nel Mar dei Caraibi. L'acqua è verde-azzurra e calmissima. Puoi spingerti al largo per metri e metri e ti arriva al massimo all'altezza della vita.»

«Che bello», commenta. Gli trema un po' la voce. Ho paura ad alzare lo sguardo perché poi finisce che piangiamo entrambi qui sul treno.

«Ti va di finire le domande della terza sezione?» chiedo.

Tira fuori il cellulare. «Numero ventinove. Condividi con il/la partner un momento imbarazzante della tua vita.»

Il treno si ferma di nuovo e questa volta le persone che scendono sono più di quelle che salgono. Adesso abbiamo più spazio, ma Daniel mi resta vicino come se non ne avessimo.

«La scena di oggi nel negozio di dischi con Rob è stata piuttosto imbarazzante», rispondo.

«Davvero? Non sembravi imbarazzata, solo arrabbiata.»

«Io la so fare, la faccia di bronzo, al contrario di qualcun altro di mia conoscenza», replico dandogli un colpetto con la spalla.

«Perché eri imbarazzata?»

«Be', Rob mi ha tradito con quella lì. Ogni volta che li vedo insieme mi viene da pensare che magari non ero all'altezza.»

«Quel tipo è un traditore. Tu non c'entri niente.» Mi prende la mano e me la stringe. Adoro la sua schiettezza.

«Lo so. Prima gli ho telefonato per chiedergli perché lo aveva fatto.»

Daniel ci resta di stucco. «Sul serio? E che ti ha detto?»

«Che ci voleva tutte e due.»

«Deficiente. Se mai lo rivedrò, ti giuro che lo prendo a calci nel culo.»

«Sei assetato di sangue ora che hai fatto a botte per la prima volta, vero?»

«Sono un guerriero, non un amante», mi dice, citando Michael Jackson in maniera sbagliata. «I tuoi non erano infastiditi che Rob fosse bianco?»

«Non l'hanno mai conosciuto.» Non potevo fargli incontrare mio padre. Guardarli parlare sarebbe stata una tortura. E poi non volevo che vedesse quant'era piccolo il mio appartamento. Alla fine non mi andava che mi conoscesse a fondo.

Con Daniel è tutto diverso, stranamente. Desidero che lui sappia ogni cosa di me.

Le luci si spengono e subito si riaccendono. Lui mi stringe le dita. «I miei vogliono che usciamo soltanto con ragazze coreane.»

«Non gli stai dando molto retta, a quanto vedo», lo punzecchio io.

«Be', non è che finora io sia uscito con chissà quante ragazze. Una coreana e basta. Mentre Charlie... Lui è come se fosse allergico alle ragazze non bianche.»

Uno scossone mi spinge ad aggrapparmi al palo con entrambe le mani. «Vuoi sapere il segreto di tuo fratello?»

Daniel posa la mano sulle mie. «Sì, qual è?»

«Non si piace un granché.»

«Dici?» mi chiede, riflettendoci. Vorrebbe tanto che ci fosse una ragione per spiegare il comportamento di Charlie.

«Fidati di me», insisto.

Il treno affronta una lunga curva con le ruote che stridono. Daniel mi sorregge con la mano dietro la schiena e non la sposta più. «Perché solo ragazze coreane, per i tuoi genitori?» domando.

«Sono convinti che almeno riusciranno a capirle. Anche quelle cresciute qui in America.»

«Ma quelle sono sia coreane sia americane.»

«Non ho mica detto che la trovo una cosa sensata», commenta lui con un sorriso. «E tu che mi dici? Ai tuoi importa con chi esci?»

Mi stringo nelle spalle. «Non gliel'ho mai chiesto. Però mi sa che preferirebbero vedermi sposata con un nero.»

«Perché?»

«Per la tua stessa ragione. Probabilmente lo capirebbero meglio. E lui capirebbe meglio loro.»

«Le persone di colore non sono tutte uguali, però», ribatte.

«Neanche le ragazze coreane, se è per questo.»

«I genitori sono proprio degli stupidi», dichiara, scherzando solo a metà.

«Secondo me sono convinti di proteggerci», gli dico.

«Da cosa? Siamo onesti, a chi cavolo importa di queste stronzate? Ormai le abbiamo superate, no?»

«Magari ai nostri figli fregherà, invece.» Mi pento delle mie parole nel momento esatto in cui mi escono di bocca. Le luci si spengono di nuovo e ci fermiamo nel tratto tra una stazione e l'altra. Fisso il bagliore giallo-arancio delle luci di emergenza nel tunnel.

«Non intendevo i *nostri* figli», spiego immersa nel buio. «Intendevo la generazione che verrà dopo di noi.»

«Avevo capito benissimo», replica lui sottovoce.

Adesso che l'ho pensato e detto non posso più tornare indietro. Che aspetto avrebbero i nostri figli? Sento la mancanza di qualcosa che neanche so di volere.

Entriamo nella stazione di Canal Street, l'ultima fermata della metropolitana prima del Manhattan Bridge. Le porte si chiudono e ci giriamo entrambi verso il finestrino. Quando emergiamo dalla galleria, la prima cosa che vedo è il ponte di Brooklyn. È già il crepuscolo e le luci sui cavi di sospensione sono accese. Ne seguo con lo sguardo le lunghe arcate nel cielo. Il ponte è splendido di notte, ma è lo skyline della città a lasciarmi incantata ogni volta. Somiglia a una torreggiante scultura di vetro e metallo luminosi, un'opera d'arte realizzata a macchina. Da lontano la città appare progettata con il massimo ordine, come se fosse stata creata tutta in una volta e con un unico scopo. Se ci sei dentro, invece, regna il caos.

Ripenso a quando prima eravamo sul tetto e la immaginavo ai tempi della sua costruzione. Ora la proietto in un futuro apocalittico. Le luci offuscate, i vetri che si staccano lasciando soltanto gli scheletri metallici degli edifici, che alla fine arrugginiscono e si sbriciolano. Le strade divelte, invase dal verde della vegetazione, popolate da animali selvatici. Lo spettacolo di una città in rovina.

Torniamo nel tunnel. So per certo che in futuro paragonerò sempre lo skyline di ogni città a quello di New York. Proprio come paragonerò sempre ogni ragazzo a Daniel.

daniel

«E PER te qual è stato il momento più imbarazzante?» mi chiede appena il ponte scompare dalla nostra vista.

«Stai scherzando, vero? Eri lì anche tu. Con mio padre che ti diceva di cambiare pettinatura e mio fratello che faceva le sue battute sui peni di piccole dimensioni, hai presente?»

Scoppia a ridere. «È stato bruttino, lo ammetto.»

«Potrei vivere altre mille vite e resterebbe sempre il più imbarazzante che mi sia mai capitato.»

«Dipende. Tuo padre e Charlie potrebbero farti passare momenti ancora peggiori.»

Grugnisco e mi gratto la nuca. «Dovremmo tutti nascere con una carta RIAVVOLGI IL NASTRO che ci permetta di cambiare famiglia. A sedici anni, quando finalmente siamo in grado di valutare la nostra situazione, dovremmo poter scegliere se restare con quella che abbiamo o ricominciare da capo con un'altra.»

Natasha tira via la mano dal mio collo e me la stringe. «E potremmo sceglierla, la nuova famiglia?» mi domanda.

«No. Ci toccherebbe sfidare la sorte.»

«In pratica un bel giorno vai e ti presenti a casa di sconosciuti, funziona così?»

«Ancora non ho riflettuto su tutti i dettagli, ecco. Facciamo che una volta presa la decisione rinasci in una nuova famiglia, okay?»

«E la famiglia vecchia che fa, ti crede morto?»

«Sì.»

«Ma è una crudeltà», commenta.

«Okay, okay. Allora facciamo che si scordano della tua esistenza. Tanto non penso che sarebbero in molti a cambiare.»

Lei fa segno di no con la testa. «Non sono d'accordo. Secondo me sarebbero in tanti, invece. Di famiglie brutte ce ne sono, al mondo.»

«Tu lo faresti?» le chiedo.

Resta in silenzio per qualche istante e, mentre riflette, io ascolto il treno avanzare ritmico. Prima d'ora non ho mai desiderato che un treno rallentasse.

«Potrei cedere la mia carta a chi ne ha davvero bisogno?» domanda. È a suo padre che sta pensando, lo so.

Le bacio i capelli. «E tu? Resteresti con la tua famiglia?» mi chiede.

«Potrei usare la carta per togliermi dai piedi Charlie, piuttosto?»

Scoppia a ridere. «Mi sa che queste carte non sono un'idea poi così geniale. Ti immagini se avessimo tutti il potere di incasinare la vita altrui? Sarebbe il caos.»

In realtà è proprio questo il problema. Abbiamo già quel potere sul prossimo.

natasha

CHE strano trovarmi nel mio quartiere con Daniel. Mi sforzo di guardarlo con i suoi occhi. Rispetto alla ricchezza di Midtown Manhattan, l'area di Brooklyn in cui vivo sembra ancora più povera di quel che è. Lungo i sei isolati che percorro per tornare a casa, gli esercizi commerciali sono tutti più o meno dello stesso genere: ristoranti tipici giamaicani, ristoranti cinesi con vetrine antiproiettile, rivendite di superalcolici con vetrine antiproiettile, discount di abbigliamento e saloni di bellezza. Ogni isolato ha almeno un negozio di alimentari con piccola gastronomia, con le vetrine quasi interamente coperte da réclame di birre e sigarette, e almeno un'agenzia di cambio. I negozi sono pigiati l'uno accanto all'altro, lì a contendersi la medesima porzione di immobile.

Mi fa piacere che sia buio, perché così Daniel non può rendersi conto del degrado che ci circonda. Ma subito mi vergogno di questo pensiero.

Mi prende la mano e camminiamo in silenzio per qualche minuto. Siamo oggetto di sguardi curiosi. Una cosa a cui ci saremmo presto abituati.

«Ci fissano tutti», commento.

«Lo fanno perché tu sei bellissima», replica lui senza la minima esitazione.

«Allora te ne sei accorto anche tu», insisto.

«Certo che me ne sono accorto.»

Mi fermo davanti alla vetrina illuminata di una lavanderia a gettoni e il profumo del detersivo ci avvolge. «Sai perché ci fissano, vero?»

«Dev'essere o perché io non sono nero o perché tu non sei coreana.» Ha il viso in ombra, ma dalla voce capisco che sta sorridendo.

«Sono seria», ribatto irritata. «Non ti dà fastidio?» Non so per quale motivo insisto tanto. Forse voglio la prova che, se avessimo l'opportunità di continuare a stare insieme, sopravvivremmo al peso degli sguardi.

Daniel mi afferra entrambe le mani e ci ritroviamo faccia a faccia.

«Magari un po' di fastidio me lo dà, ma è solo marginale. Come il ronzio di una mosca, hai presente? Noioso ma sopportabile.»

«Però perché lo fanno, secondo te?» Esigo una risposta.

Lui mi attira a sé per abbracciarmi. «Mi sembra di capire che per te sia importante, e vorrei tanto fornirti una buona ragione per spiegarlo. Però la verità è che... non me ne importa niente. Sarò anche ingenuo, ma non me ne frega un cavolo di quel che pensano gli altri di noi. Non m'importa se siamo una novità per loro. E non m'importa delle implicazioni del caso. Non ci tengo che i tuoi genitori approvino e, in tutta sincerità, non ci tengo nemmeno che lo facciano i miei. Io tengo solo a te, e sono sicuro che l'amore basti a superare queste stronzate. Perché è questo che sono, stronzate. Tutte queste ansie. Questi discorsi sullo scontro tra culture diverse, sulle culture da preservare, sui problemi cui andranno incontro i nostri figli. Sono stronzate belle e buone, e io mi rifiuto di prenderle in considerazione.»

Sorrido con la bocca premuta sul suo petto. Il mio giovane poeta con il codino. Non avevo mai pensato che fregarsene potesse essere un atto rivoluzionario.

Lasciamo la strada principale per imboccarne una più residenziale. Mi sto ancora sforzando di vedere il quartiere con gli occhi di Daniel. Passiamo davanti a una schiera di case di legno. Sono piccole e vecchie ma colorate e ben tenute. Sulle verande mi pare ci siano più ninnoli e piante penzolanti di quanto ricordassi.

Tempo fa mia madre desiderava disperatamente una casa come questa. All'inizio dell'anno, prima che succedesse il casino, aveva persino portato me e Peter a visitarne una. Aveva tre camere e una cucina spaziosa. E un seminterrato che pensava di subaffittare per avere un introito in più. Vista l'adorazione che ha per la mamma e sapendo che non ce la saremmo mai potuta permettere, Peter ha finto che non gli piacesse. E si è messo a fare il pignolo.

«Il giardino sul retro è troppo piccolo e le piante sono tutte morte», ha commentato senza mai mollarla un attimo, tanto che quando siamo usciti la mamma non era più triste di quando eravamo entrati.

Percorriamo un altro isolato di case simili e poi il panorama cambia di nuovo e ci ritroviamo per lo più circondati da caseggiati in muratura. Sono immobili in cui le persone vivono in affitto.

«Casa mia è un casino, con tutti i bagagli in giro», lo avviso.

«Okay», replica lui annuendo.

«E poi è piccola.» Evito di precisare che ha soltanto una camera da letto. Se ne accorgerà presto. Tanto sarà ancora casa mia appena per un paio d'ore.

Quando arriviamo, le bambine del 2C sono sedute sui gradini davanti al portone. La presenza di Daniel le rende timide. Abbassano la testa e non chiacchierano con me come fanno di solito. Mi fermo davanti alla fila di cassette postali di metallo appese al muro. Nella nostra non c'è posta, solo il menu di un take-away cinese infilato nello sportello. È del ristorante preferito di mio padre, lo stesso da cui ha ordinato la cena la sera in cui ci ha consegnato i biglietti per il suo spettacolo.

C'è sempre qualcuno che cucina qualcosa, nella palazzina, e nell'atrio aleggia un profumo delizioso: burro, cipolla, curry e altre spezie. Il mio appartamento è al terzo piano, così imbocchiamo le scale. Come al solito, la luce sulla rampa che dal primo piano porta al secondo è rotta. Perciò finiamo per salire muti e al buio fino al terzo piano.

«Eccoci arrivati», annuncio, una volta raggiunto l'appartamento 3A. Per certi versi è un po' presto per portare Daniel a casa e presentarlo ai miei. Se avessimo più tempo, gli svelerei tutti i miei piccoli aneddoti. Saprebbe della tenda che in soggiorno separa la «camera» di Peter dalla mia. Saprebbe che la mia carta astronomica è il mio bene più prezioso. Saprebbe che se mia madre gli offre qualcosa da mangiare lo deve accettare e finire tutto anche se ha la pancia piena.

Ma, non potendo trasmettergli queste informazioni, mi limito a ripetergli: «È un vero casino, ti avviso».

Mi fa uno strano effetto vederlo qui davanti alla mia porta. Un effetto straniante, come se la sua presenza fosse normale e al contempo anomala. Come se ci conoscessimo da sempre e ci fossimo appena incontrati.

La nostra storia è troppo compressa. Stiamo tentando di concentrare una vita intera in un unico giorno.

«Mi converrà togliermi la giacca?» domanda. «Mi sento un idiota con questo completo.»

«Non devi essere nervoso», lo tranquillizzo.

«Sto per conoscere i tuoi genitori. Non vedo in quale altra

occasione dovrei esserlo.» Si sbottona la giacca ma non se la toglie.

Gli sfioro la ferita sul labbro. «La cosa positiva è che puoi pure combinare tutti i casini che vuoi. Tanto è probabile che non li rivedrai mai più.»

Mi rivolge un sorrisetto triste. Sto soltanto cercando di far buon viso a cattiva sorte, e lui ha capito benissimo.

Prendo la chiave dallo zaino e apro la porta.

Le luci sono accese e la Dancehall reggae di Peter risuona a palla nell'appartamento. Sento i bassi rimbombarmi nel petto. Davanti alla porta ci sono già tre valigie pronte e, poco più in là, altre due ancora aperte.

Individuo subito la mamma. «Spegni un po' quella musica», ordina a Peter appena mi vede. Lui obbedisce e il silenzio improvviso che segue è penetrante.

La mamma si volta a guardarmi. «Oddio, Natasha. Ti ho chiamato e richiamato per...»

Impiega qualche frazione di secondo per accorgersi di Daniel. A quel punto si interrompe e ci fissa a turno più e più volte.

«E lui chi è?» domanda.

daniel

NATASHA mi presenta a sua madre.

«È un mio amico», dice. Sono abbastanza sicuro di aver percepito dell'incertezza prima della parola «amico». L'ha sentita anche sua madre e adesso mi studia come se fossi un insetto alieno.

«È un peccato conoscerla in queste circostanze, signora Kingsley», dico porgendole la mano.

Lei rivolge un'occhiata a Natasha (un'occhiata della serie: «Come hai potuto farmi questo?»), ma poi si asciuga il palmo sul vestito e mi concede una breve stretta di mano e un sorriso ancora più breve.

Natasha fa in modo che dal piccolo ingresso in cui siamo ammassati ci spostiamo nel soggiorno. O almeno credo si tratti del soggiorno. C'è un panno bluette ammonticchiato per terra e un filo che divide in due la stanza. Poi noto che i mobili sono tutti doppi: due divani letto, due cassettoni, due scrivanie. È la camera che Natasha divide con Peter. Quando ha precisato di avere una casa piccola, non ho capito che intendeva dire che erano poveri.

Ci sono ancora molte cose che non so di lei.

Suo fratello mi si avvicina sorridente e con la mano tesa. Ha i rasta e un viso tra i più simpatici che abbia mai visto.

«È la prima volta che Tasha porta a casa un ragazzo», commenta. Il suo sorriso contagioso si allarga di più.

Ricambio sorridendogli e stringendogli la mano. Natasha e sua madre ci osservano apertamente.

«Tasha, ti devo parlare», le dice la mamma.

Lei non stacca gli occhi da me e Peter. Chissà se immagina un futuro in cui diventiamo amici. Io lo sto facendo.

Si volta verso la madre. «C'entra Daniel?» domanda.

L'altra stra-arriccia le labbra già arricciate (sì, stra-arriccia.)

«Tasha...» Persino io distinguo nel tono della sua voce il classico avvertimento «guarda che sto perdendo la pazienza», eppure Natasha lo ignora.

«Perché se è di lui che vuoi parlarmi, possiamo benissimo farlo qui. È il mio ragazzo.» Mi lancia una rapida occhiata interrogativa e io annuisco.

E proprio allora, dalla porta di fronte a noi entra il padre.

A causa di un'anomalia nel continuum spazio-temporale, i padri della zona hanno tutti un ottimo tempismo, oggi.

«Hai detto 'ragazzo'?» chiede. «E da quando hai un ragazzo?»

Mi volto e lo osservo. Ora so a chi somiglia Natasha. In pratica è la copia esatta del padre, però nei panni di una splendida ragazza.

E senza il broncio. Non ho mai visto un broncio più marcato di quello che ha lui in questo momento.

Il suo accento giamaicano è talmente forte che impiego qualche istante a comprendere le parole che pronuncia. «È questo che hai fatto tutto il giorno invece che aiutarci a noi tre a fare i bagagli?» domanda attraversando la stanza.

A parte quel poco che mi ha raccontato lei, non conosco la storia del loro rapporto, ma adesso la leggo sul viso di

Natasha. È un misto di rabbia, dolore e incredulità. Eppure, il mio animo di paciere non vuole vederli litigare. Le poso una mano sulla schiena.

«Sto bene», mi dice sottovoce. Si sta facendo coraggio per affrontare una qualche prova, lo sento.

E infatti pareggia i conti con il padre. «No. Quello che ho fatto per tutto il giorno è stato cercare di rimediare ai tuoi sbagli. E impedire che la nostra famiglia fosse cacciata dal Paese.»

«A me non mi sembra proprio», ribatte lui. Poi si volta verso di me e il broncio si accentua. «Tu sai come stanno le cose?»

Sono troppo sorpreso che si stia rivolgendo a me, quindi mi limito ad annuire.

«Allora sai che ora non è proprio il caso che ci prendiamo in casa degli estranei», continua.

Sento la schiena di Natasha irrigidirsi sotto le mie dita. «Daniel non è un estraneo. È mio ospite.»

«Ma questa è casa mia», obietta lui raddrizzando le spalle.

«Casa tua?» replica lei incredula ad alta voce. Le poche remore che aveva si stanno rapidamente dileguando. Raggiunge il centro del soggiorno, spalanca le braccia e ruota su se stessa.

«Questo appartamento, in cui abbiamo abitato per nove anni perché ti eri fissato che da un momento all'altro sarebbe arrivata la tua occasione, è casa *tua*?»

«Tesoro. Non ha senso, ora, ritirare fuori questa storia», interviene la mamma dalla porta.

Natasha sta per aggiungere qualcosa, ma poi ci ripensa e, a quanto vedo, si calma. «Va bene, mamma», risponde, lasciando perdere quello che intendeva dire. Chissà quante volte lo ha fatto, per il bene di sua madre.

Credevo che fosse finita e invece mi sbagliavo.

«No, bella», interviene il padre. «Eh, no. Adesso lo voglio sentire, quello che ha da dirmi.» Poi divarica le gambe e incrocia le braccia al petto.

Natasha fa altrettanto e si ritrovano faccia a faccia, l'uno il riflesso dell'altra.

natasha

Per il bene della mamma avrei lasciato correre. Come sempre. Proprio ieri sera ha detto che noi quattro dovevamo fare fronte comune.

«All'inizio sarà dura, eh», ha dichiarato. Ci toccherà abitare con sua madre finché non avremo abbastanza soldi per affittare una casa tutta nostra. «Non l'avevo mai immaginato che la mia vita finiva così», ha detto prima di coricarsi.

Avrei lasciato correre se non avessi conosciuto Daniel. E se lui non avesse incrementato di una significativa unità il numero di cose che oggi perderò. Avrei lasciato correre se mio padre non stesse di nuovo sfoggiando quel suo accento giamaicano forzato. L'ennesima messinscena. A sentirlo diresti che non abbia mai vissuto in America, che questi ultimi nove anni non siano mai trascorsi. Crede davvero che le nostre vite siano pura fantasia. Sono stufa delle sue finzioni.

«Ho sentito quello che hai detto alla mamma dopo lo spettacolo. Hai detto che siamo il tuo più grande rimpianto.»

Lui incurva le spalle e il broncio scompare. Non saprei dare un nome all'emozione che lo sostituisce, però sembra sincera. Qualcosa di reale, finalmente.

Fa per ribattere, ma io non ho finito. «Mi dispiace che la

vita non ti abbia concesso tutte le cose che desideravi.» Mentre lo dico mi accorgo di pensarlo davvero. Ora so che cosa sia la delusione. E capisco come possa durare una vita intera.

«Io mica lo pensavo sul serio, Tasha. L'ho detto così per dire. Tutto quanto...»

Con un gesto lo blocco. Non le voglio le sue scuse. «Ci tengo a farti sapere che sei stato davvero straordinario su quel palco. Incredibile. Eccezionale.»

Ha le lacrime agli occhi. Non so se per il complimento ricevuto, per il rimpianto o per qualcos'altro.

«Forse avevi ragione», proseguo. «Non era destino che avessi noi. Forse sei rimasto fregato sul serio.»

Scuote la testa, adesso, per negare le mie parole. «Oh, Tasha, io l'ho detto così per dire, bella! Non lo pensavo sul serio.»

Invece sì. Lo pensava e non lo pensava insieme. Contemporaneamente.

«Non importa se lo pensavi oppure no. Questa è la vita che stai vivendo. Non è provvisoria, non è finzione e non c'è modo di riavvolgere il nastro.» Mi sembro Daniel.

La cosa peggiore di aver origliato quella famosa conversazione tra lui e mia madre è stata che ha guastato tutti i bei ricordi che avevo di lui. Rimpiangeva che esistessi anche quando guardavamo il cricket insieme? O mentre mi teneva stretta all'aeroporto quando ci eravamo finalmente riuniti? E il giorno della mia nascita?

Ha il viso rigato di lacrime, adesso. Guardarlo piangere fa più male di quanto avrei mai immaginato. Però c'è un'altra cosa che voglio dire.

«La devi smettere di dispiacerti della nostra esistenza.»

Si lascia sfuggire un gemito e ora so che suono abbia una vita di sofferenze.

La gente commette sbagli di continuo. Sbagli piccoli, come

quello di scegliere la fila più lenta. Quella con la signora che sventola un centinaio di buoni sconto e il libretto degli assegni.

E a volte capita di fare sbagli di media gravità. Come iscriversi alla facoltà di medicina invece di inseguire la propria passione.

Ma altre volte se ne fanno di più gravi.

Ci si arrende.

Mi siedo sul divano letto. Sono più stanca di quanto credessi e meno arrabbiata di quanto immaginassi. «Appena arriviamo in Giamaica, devi almeno provarci. Devi andare alle audizioni. E comportarti meglio con la mamma. Lei ha fatto di tutto e adesso è a pezzi, ce lo devi, questo. Basta vivere di fantasia.»

La mamma sta piangendo. Peter le si avvicina per abbracciarla. Mio padre va da loro e lei lo accoglie. Come fossero una persona sola, si voltano a guardarmi e mi fanno cenno di unirmi a loro. Io mi giro prima verso Daniel. E lui mi stringe così forte che è un po' come se ci stessimo già dicendo addio.

daniel + natasha

Il tassista carica nel bagagliaio la valigia di Natasha. Peter e i genitori si sono già avviati all'aeroporto a bordo di un altro taxi.

Seduta accanto a Daniel, Natasha gli appoggia la testa sulla spalla e gli solletica il naso con i capelli, e lui vorrebbe avere più tempo per abituarsi a quella sensazione.

«Pensi che tra noi avrebbe funzionato?» gli domanda lei.

«Sì», risponde lui senza la minima esitazione. «E tu?»

«Anch'io.»

«Ti sei ricreduta, finalmente», replica Daniel con il sorriso nella voce.

«Sarebbe stata molto dura per i tuoi accettarlo?» gli chiede Natasha.

«Avrebbero impiegato un sacco di tempo. Mio padre soprattutto. Non penso che sarebbero venuti al nostro matrimonio.» Nella mente di Natasha affiora l'immagine di quell'ipotetico giorno futuro. Vede l'oceano. Un Daniel bellissimo nel suo smoking. La propria mano che gli asciuga dal viso la tristezza per l'assenza dei genitori. La gioia sul suo volto quando finalmente lei pronuncia il sì.

«Quanti figli vuoi?» gli chiede dopo essersi scrollata di dosso il dolore di quella visione.

«Due. E tu?»

Natasha solleva il capo esitante, ma poi confessa: «Non sono sicura di volerne. A te sarebbe stato bene comunque?»

Daniel non si aspettava una risposta simile e ci mette un po' per accettarla. «Credo di sì. Non lo so. Magari avresti cambiato idea. O magari l'avrei cambiata io.»

«Devo dirti una cosa», afferma Natasha appoggiandogli di nuovo la testa sulla spalla.

«Cosa?»

«Non dovresti fare il medico.»

Lui si gira e le sorride nei capelli. «Ma non eri tu quella dei propositi concreti?»

«La concretezza è sopravvalutata.»

«Vuoi ancora fare la data scientist?»

«Non lo so. Forse no. Mi piacerebbe appassionarmi a qualcosa.»

«Come cambiano le cose, in un solo giorno», commenta Daniel.

Ammutoliscono entrambi: che altro resta da dirsi? È stata una lunga giornata.

Alla fine è Natasha a rompere quel cupo silenzio. «Allora, quante domande ci rimangono?»

Daniel tira fuori il telefono. «Le ultime due. E poi dobbiamo fissarci negli occhi per quattro minuti.»

«Possiamo anche decidere di limonare, invece.»

Dal posto di guida il tassista, Miguel, li interrompe. «Sapete che vi sento, vero?» Li guarda nello specchietto retrovisore. «E vi vedo, pure.» Poi scoppia in una grassa risata. «A certa gente piace far finta che sono sordo e cieco, ma non lo sono. Per vostra informazione.»

Il tizio ride ancora di gusto e Natasha e Daniel non possono che unirsi a lui.

Le loro risate, però, svaniscono non appena la realtà del momento riprende il sopravvento. Daniel stringe tra le mani il viso di Natasha e la bacia teneramente. La chimica fra loro è la stessa di prima. Il calore li avvolge e nessuno dei due sa bene cosa fare con quelle mani che sembrano create soltanto per toccare l'altro.

Miguel non apre bocca. Il suo cuore si è già spezzato una volta, perciò sa riconoscere quello strazio.

Daniel è il primo a parlare. «Domanda trentaquattro. Che cosa salveresti da un incendio?»

Natasha ci riflette. Ha davvero l'impressione che stiano radendo al suolo tutto il suo mondo. E c'è un'unica cosa che vorrebbe salvare, però non può.

A Daniel dice: «Non mi viene in mente nulla, ma qualcosa troverò».

«Te lo concedo. La mia risposta è facile, invece: il taccuino.» E sfiora la tasca interna della giacca per assicurarsi di averlo ancora.

«Ultima domanda. La morte di quale dei tuoi famigliari ti sconvolgerebbe di più? Perché?»

«Quella del mio papà.»

È la prima volta che Natasha lo chiama «papà» anziché «padre», nota Daniel.

«Come mai?» le domanda.

«Perché è ancora in cerca di qualcosa. E a te?»

«La tua.»

«Ma io non sono una tua parente.»

«Sì, invece», replica Daniel ripensando a ciò che gli aveva raccontato lei sui multiversi. In un universo alternativo lui e Natasha sono sposati, forse hanno due figli o forse neanche uno. «Non m'importa che me lo dica anche tu. Volevo solo che lo sapessi.»

Natasha ha molte cose da dire a Daniel, però non sa né come né da dove cominciare. Forse è per questo che lui vuole diventare poeta, per trovare le parole giuste.

«Ti amo, Daniel», dichiara alla fine.

Lui le sorride. «A quanto pare il questionario ha funzionato.»

Sorride anche lei. «Urrà per la scienza.»

Segue un istante di silenzio.

«Lo so», ribatte infine Daniel. «Lo sapevo già.»

quattro minuti

Una storia di amore

DANIEL imposta quattro minuti sul timer del telefono e cinge le mani di Natasha. Questa parte di esperimento prevede che si tengano per mano? Non ne è sicuro. Secondo lo studio in questione, è il passo finale per far sbocciare l'amore. Ma che succede se si è già innamorati?

All'inizio si sentono entrambi un po' stupidi. Natasha è tentata di dire ad alta voce che quello che stanno facendo è proprio da idioti. E sui loro visi compare un sorriso impotente e quasi imbarazzato. Lei distoglie lo sguardo, ma Daniel le stringe forte le mani. Come a dirle: «Stai con me».

Il secondo minuto cancella un po' del loro disagio. Non sorridono più e ognuno memorizza il volto dell'altro.

Natasha pensa al suo corso avanzato di biologia e a ciò che sa degli occhi e del loro funzionamento. In questo istante, un'immagine ottica del viso di Daniel sta raggiungendo la sua retina. La retina converte quell'immagine in segnali elettrici. Il nervo ottico trasmette questi segnali alla corteccia visiva. Ora è sicura che non dimenticherà mai il viso di Daniel. Riconoscerà con esattezza l'attimo in cui il nocciola è diventato il suo colore di occhi preferito.

Dal canto suo, Daniel sta cercando di trovare le parole

adatte per descrivere quelli di Natasha. Sono chiari e scuri insieme. Come se qualcuno avesse gettato un pesante drappo nero su una stella luminosissima.

Al terzo minuto Natasha rivive l'intera giornata e tutti gli attimi che hanno condotto lei e Daniel fino a questo punto. Vede la sede dell'USCIS, la sorvegliante stramba che accarezza la custodia del suo cellulare, la gentilezza di Lester Barnes, Rob e Kelly che rubano i dischi, l'incontro con Daniel, lui che le salva la vita, il momento in cui ha conosciuto suo padre e suo fratello, il *norebang*, i baci, il museo, il tetto del palazzo, ancora baci. La faccia di Daniel quando le ha detto che non poteva restare, il viso rigato di lacrime e colmo di rimpianti di suo padre, questo stesso istante a bordo del taxi.

Daniel invece non pensa al passato, ma al futuro. Esiste qualcos'altro che possa farli incontrare di nuovo?

Durante l'ultimo minuto, il dolore li penetra fin nel midollo. Colonizza i loro corpi, invade i tessuti, i muscoli, il sangue e le cellule.

Il timer scatta. Daniel e Natasha si sussurrano promesse che sospettano di non riuscire a mantenere… telefonate, email, messaggi e persino voli internazionali, al diavolo i costi.

«Non può ridursi tutto a quest'unica giornata», dice Daniel una volta, e poi un'altra.

Natasha non gli confida i propri dubbi. Non gli dice che essere destinati a stare insieme non significa necessariamente *per sempre*.

Si baciano ancora e ancora. E quando alla fine si separano, lo fanno con una consapevolezza nuova. Sono convinti che la lunghezza di una giornata sia variabile, e che dall'inizio non si possa mai intuirne la fine. Sono convinti che l'amore cambi sempre tutto.

Perché quello è il suo scopo.

natasha

MIA madre mi tiene la mano mentre guardo fuori dal finestrino. «Andrà tutto bene, Tasha», mi dice. Sappiamo entrambe che si tratta più di una speranza che di una garanzia, ma voglio crederci comunque.

L'aereo si alza in volo e il mondo che ho conosciuto finora si dissolve. Le luci della città si riducono a dei puntini finché non somigliano a stelle ancorate a terra. Una di quelle stelle è Daniel. Ricordo a me stessa che le stelle non sono soltanto poesia.

Quando serve, sono loro a indicarti la rotta.

daniel

Sento squillare il telefono. Sono i miei che mi chiamano per la milionesima volta. Quando rientrerò a casa ce l'avranno con me, ma pazienza. A quest'ora, fra un anno, sarò da qualche altra parte. Dove non lo so, però di sicuro non qui. Non sono convinto che l'università faccia per me. Non Yale, almeno. Non ancora.

Sto facendo uno sbaglio? Forse. Però voglio essere io a commetterlo.

Guardo il cielo e immagino di vedere l'aereo su cui viaggia Natasha.

A New York c'è troppo inquinamento luminoso. Tutta questa luce non ci consente di vedere le stelle, i satelliti, gli asteroidi. Qualche volta, quando alziamo lo sguardo, non vediamo un bel niente.

Ma una cosa è certa: quasi tutti i corpi che gravitano nel cielo notturno emettono luce. E anche se non riusciamo a vederla, quella luce è sempre là.

tempo e distanza

Una storia misurata

NATASHA e Daniel cercano di restare in contatto, e per un po' ci riescono. Ci sono le email, le telefonate e gli sms.

Però il tempo e la distanza sono i nemici naturali dell'amore.

E le giornate si riempiono.

Natasha si iscrive in una scuola di Kingston, dove l'ultimo anno si chiama sesta classe. Per andare all'università deve prepararsi a sostenere l'esame di maturità e un test di idoneità. In famiglia il denaro scarseggia, perciò per dare una mano ai suoi fa la cameriera. Si sforza di parlare con l'accento giamaicano finché non le viene spontaneo. Trova un gruppo di amici. Impara ad apprezzare, e infine ad amare, la sua terra natale.

E non è che voglia davvero lasciar andare Daniel, è che *deve* farlo. Non ce la fa proprio a vivere contemporaneamente in due mondi, con il cuore da una parte e il corpo dall'altra. Alla fine lo lascia andare per non ritrovarsi lacerata fra quei due mondi.

Quanto a Daniel, termina il liceo ma rinuncia a Yale. Abbandona la casa dei genitori, svolge due lavori e frequenta l'Hunter College part-time. Si laurea in inglese e scrive poesie brevi e tristi. Tutte su di lei, anche quelle che parlano d'altro.

Neanche lui vorrebbe lasciar andare Natasha. Resiste il più a lungo possibile. Ma nella voce di lei avverte il logorio della distanza. E nel suo nuovo accento, la cadenza di un lento distacco.

Passano gli anni. Natasha e Daniel entrano nel mondo degli adulti, fatto di concretezza e responsabilità.

La madre di Natasha si ammala cinque anni dopo il loro trasferimento e muore a distanza di neanche un anno. Qualche mese dopo il funerale, Natasha è tentata di chiamare Daniel, però è trascorso troppo tempo e non si fida più del ricordo che serba di lui.

Peter, suo fratello, in Giamaica sta benone. Si fa degli amici e trova finalmente il posto adatto a lui. Finché un giorno, parecchi anni dopo la morte della madre, si innamorerà di una giamaicana, la sposerà e avrà una figlia che chiamerà Patricia Marley Kingsley.

Samuel Kingsley si trasferisce da Kingston a Montego Bay e comincia a recitare in un teatro comunale della zona. Dopo la scomparsa della moglie, capisce che quel giorno, nel negozio in cui l'aveva conosciuta, aveva fatto la scelta giusta.

I genitori di Daniel vendono il negozio a una coppia di afroamericani. Comprano un appartamento in Corea del Sud e trascorrono metà anno laggiù e metà a New York. Alla fine rinunciano a pretendere che i loro figli siano coreani in tutto e per tutto. In fondo sono nati in America.

Charlie ci dà dentro con lo studio e si laurea con lode a Harvard. Dopo la laurea non rivolge quasi più la parola ai famigliari. Daniel colma come può il vuoto lasciato dal fratello nel cuore dei genitori. E di Charlie sente ben poco la mancanza.

Passano altri anni e Natasha non sa più che cosa significhi per lei quella giornata a New York. Arriva persino a credere che la magia di quel tempo trascorso con Daniel sia frutto della propria fantasia. Quando ripensa a quel giorno, è convinta di averlo idealizzato come succede con il primo amore.

Una cosa buona le è rimasta, però, del tempo trascorso con Daniel. Si cerca una passione e la trova nello studio della fisica.

Alcune sere, nei dolci momenti di abbandono che precedono il sonno, ricorda la loro conversazione sul tetto, quella sull'amore e la materia oscura. Daniel sosteneva che l'amore e la materia oscura fossero la medesima cosa, l'unica che impedisse all'universo di disgregarsi. Natasha sente accelerare il cuore, ogni volta che ci ripensa. Poi sorride nel buio e ripone quel ricordo sullo scaffale delle vecchie romanticherie irrealizzabili.

Neanche Daniel riconosce più il valore di quella giornata, di quelle ore che all'epoca avevano significato tutto. Rammenta le piccole coincidenze che li avevano fatti incontrare e innamorare. Il capotreno con la vena religiosa. Natasha in comunione spirituale con la sua musica. La giacca con la scritta DEUS EX MACHINA. Il suo ex ragazzo che aveva rubato i dischi. Lo sbandato della BMW. L'addetto alla sicurezza che fumava sul tetto del palazzo.

Certo, se potesse condividere i propri ricordi con Natasha, lei gli farebbe notare che le loro strade alla fine si sono separate e che le stesse cose che erano andate per il verso giusto, sono andate anche per quello sbagliato.

Di quel giorno Daniel serba anche un altro ricordo: lui e Natasha si erano appena ritrovati dopo aver litigato. E lei gli aveva parlato della quantità di eventi che avevano dovuto collimare per dare origine all'universo. Gli aveva spiegato che in confronto innamorarsi non era niente.

Tuttavia Daniel è ancora convinto che lei si sbagliasse.

Perché tutto è un grande caos, se osservato da vicino. È soltanto una questione di prospettiva. Se ci si allontana a sufficienza e si aspetta il tempo necessario, l'ordine emerge dal caos.

Magari l'universo suo e di Natasha sta solo impiegando più tempo a formarsi.

epilogo

Irene: una storia alternativa

Sono trascorsi dieci anni, ma Irene non ha mai dimenticato il momento – o la ragazza – che le ha salvato la vita. All'epoca lavorava come sorvegliante alla sede dell'USCIS di New York. Uno dei referenti, Lester Barnes, si era fermato alla sua postazione per dirle che una ragazza gli aveva lasciato sulla segreteria telefonica un messaggio indirizzato a lei in cui la ringraziava. Irene non ha mai saputo perché avesse voluto ringraziarla, ma quel grazie era arrivato giusto in tempo. Perché Irene aveva progettato di suicidarsi proprio al termine di quella giornata.

A pranzo aveva scritto il biglietto di addio e aveva visualizzato mentalmente il percorso che l'avrebbe condotta sul tetto del palazzo in cui abitava.

E tutto se non fosse stato per quel grazie.

Il fatto che qualcuno si fosse accorto di lei era stato l'inizio di ogni cosa.

Quella sera aveva riascoltato l'album dei Nirvana. Nella voce di Kurt Cobain aveva colto un'infelicità perfetta, stupenda, una voce così dilaniata dalla solitudine e dal desiderio da sembrare sul punto di spezzarsi. Eppure non si spezzava, e anche questo era in sé fonte di gioia.

Aveva pensato a quella ragazza che aveva fatto lo sforzo di telefonare e lasciare un messaggio solo per lei. E quel pensiero le aveva smosso qualcosa dentro. Non era bastato a guarirla, certo, però l'aveva almeno indotta a comporre il numero per la prevenzione dei suicidi. In seguito a quella telefonata era entrata in terapia. E per merito della terapia aveva iniziato un trattamento farmacologico che le salva la vita ogni giorno.

Due anni dopo quella sera, Irene ha lasciato l'impiego all'USCIS ricordandosi che da piccola sognava di diventare assistente di volo. Ora conduce una vita semplice e felice a bordo degli aerei. E poiché sa che sugli aerei ci si può sentire soli, e che la solitudine può portare alla disperazione, rivolge ai suoi passeggeri attenzioni speciali. Si prende cura di loro con una premura che manca ai colleghi. Consola quelli che tornano a casa da soli per un funerale e che trasudano tristezza da tutti i pori. Tiene per mano gli acrofobici e gli agorafobici. Si immagina come un angelo custode dalle ali metalliche.

Anche adesso, mentre è intenta a eseguire gli ultimi controlli prima del decollo, cerca di individuare tra i passeggeri quelli che avranno bisogno di piccole attenzioni in più. Il giovane del 7A non fa che scrivere su un quadernino nero. È asiatico, ha i capelli corti e scuri e lo sguardo dolce ma serio. Rosicchia l'estremità della penna, riflette, scrive e rosicchia di nuovo. Irene ammira la sua disinvoltura, il suo comportamento, come se fosse solo al mondo.

Poi allunga lo sguardo ancora oltre e incappa nella giovane di colore dell'8C. Ha le cuffie alle orecchie e un grosso cespuglio di capelli afro tinti di rosa sulle punte. Irene si blocca. Riconosce quel viso. Il calore della sua pelle. Le lunghe ciglia. Le labbra rosa e carnose. Quell'intensità. Non può essere la stessa ragazza, figuriamoci. È proprio lei? Quella che le ha salvato la vita? Quella che vorrebbe ringraziare da dieci anni?

Il comandante annuncia il decollo e Irene è costretta a

sedersi. Dal suo seggiolino osserva la donna finché non ha più dubbi.

Appena l'aereo raggiunge la quota di crociera, le si avvicina e si inginocchia nel corridoio accanto a lei.

«Signorina», le dice senza riuscire a nascondere l'emozione.

La donna si toglie le cuffie e le rivolge un sorriso esitante.

«Le sembrerà strano, lo so», esordisce Irene. E le racconta di quel giorno a New York, della vaschetta grigia, della cover del cellulare con la copertina dei Nirvana, del fatto che quella settimana l'aveva vista presentarsi tutti i giorni.

L'altra la scruta con circospezione, senza proferire parola. Il suo viso è attraversato da qualcosa che assomiglia al dolore. C'è una storia dietro.

Ma Irene continua imperterrita. «Mi ha salvato la vita.»

«Non capisco», replica l'altra con un'inflessione che è un misto di caraibico e qualcos'altro.

E, quando Irene le afferra la mano, si irrigidisce, però non la ritrae. La gente intorno le osserva incuriosita.

«Ha lasciato un messaggio di ringraziamento per me. Non so neanche per che cosa mi ringraziava.»

Il giovane del 7A si affaccia fra i sedili. Irene lo guarda storto fino a farlo sedere e poi rivolge di nuovo l'attenzione alla donna.

«Si ricorda di me?» le chiede. A un tratto diventa molto importante per lei che questa ragazza, ormai donna, la ricordi. E, appena formulata la domanda, ritorna l'Irene di prima, sola e spaventata. Coinvolta, eppure incapace di coinvolgere gli altri.

La linea del tempo ha uno scarto e di colpo si sente divisa fra due universi. Immagina che l'aereo si disintegri, prima il pavimento, poi i sedili e infine la fusoliera. E che lei e i passeggeri restino sospesi a mezz'aria senza niente che li trattenga eccetto la possibilità. In seguito i passeggeri tremolano e si smaterializzano. Uno dopo l'altro palpitano e svaniscono, fantasmi di un'altra storia.

Finché non restano solo Irene e questa donna.

«Mi ricordo di lei», risponde la ragazza. «Mi chiamo Natasha e mi ricordo di lei.»

Il giovane del 7A si affaccia da sopra i sedili.

«Natasha», dice. Il suo viso è un libro aperto e il suo mondo è pieno d'amore.

Natasha alza lo sguardo.

Con un altro scarto, la linea del tempo si ricompone. L'aereo e i sedili ritrovano la loro forma. I passeggeri riappaiono in carne e ossa. E sangue. E cuore.

«Daniel», dice la donna. E ancora: «Daniel».

FINE

Ringraziamenti

EMIGRARE verso un nuovo Paese è un atto di speranza, di coraggio e talvolta anche di disperazione. Perciò desidero ringraziare di cuore tutti coloro che per le più svariate ragioni hanno compiuto lunghi viaggi verso terre lontane. Che possiate trovare ciò che state cercando. E ricordate sempre che con la vostra presenza avete reso migliore il Paese in cui vi siete trasferiti.

Sento inoltre il dovere di ringraziare i miei genitori, entrambi immigrati e sognatori. I risultati che ho raggiunto sono tutti merito loro.

Ringrazio le squadre della Alloy Entertainment e della Random House Children's Books per aver creduto in questo libro impossibile. E per aver scommesso su di me. Wendy Loggia, Joelle Hobeika, Sara Shandler, Josh Bank e Jillian Vandall, siete il mio *dream team*. Il vostro costante appoggio fa di me la scrittrice più fortunata del mondo. Un enorme grazie anche a John Adamo, Elaine Damasco, Felicia Frazier, Romy Golan, Beverly Horowitz, Alison Impey, Kim Lauber, Barbara Marcus, Les Morgenstein, Tamar Schwartz, Tim Terhune, Krista Vitola e Adrienne Waintraub, senza i quali nulla si realizzerebbe.

Una delle più grandi fortune del mestiere di scrivere è quella di poter incontrare i propri lettori. Non smetterò mai di ringraziare ogni singola persona che ha letto i miei romanzi, è venuta a farsi autografare un libro, mi ha inviato un'email o mi ha contattato attraverso i social, e ogni singolo bibliotecario, insegnante, libraio e blogger. Se posso fare il lavoro che ho sempre sognato è solo merito vostro. Grazie davvero per tutto il vostro affetto e il vostro sostegno.

Negli ultimi due anni ho conosciuto scrittori meravigliosi che sono diventati anche amici meravigliosi: David Arnold, Anna Carey, Charlotte Huang, Caroline Kepnes, Kerry Kletter, Adam Silvera e Sabaa Tahir, grazie per il vostro generoso appoggio e per la vostra amicizia. Senza di voi non sarei sopravvissuta a questo folle viaggio. Ringrazio anche la comunità di scrittori di Los Angeles e il gruppo di autori esordienti Fearless Fifteeners. Il 2015 è stato un anno pazzesco! Ed è stato fantastico conoscervi tutti. Vi auguro di continuare a scrivere per molti, moltissimi anni.

Un ringraziamento speciale e particolarmente sentito a Yoon Ho Bai, Jung Kim, Ellen Oh e David Yoon, per aver risposto alle mie innumerevoli domande sulla cultura coreana e coreano-americana. Le vostre riflessioni e i vostri suggerimenti sono stati impareggiabili.

E infine ringrazio i miei tesori, David e Penny. Siete il mio piccolo universo. La ragione di tutto. Vi amo più di ogni altra cosa.

Finito di stampare presso Grafica Veneta S.p.A.
Via Malcanton, 2 – Trebaseleghe (PD)
Printed in Italy